JN086915

Phoenix Revives from Ash
フシノカミ
辺境から始める
文明再生記5
Mizuumi Amakawa
雨川水海
illustration.
大熊まい

「ごめんなさい。
私はあなたを好きですが、
あなたより先に、あなたより強く、
あなた以外に心を奪われているのです」
《マイカ》

《アッシュ》

「君といると本当に楽しいね。
私の、不死鳥さん」

Phoenix Revives from Ash

05

フシノカミ

辺境から始める文明再生記

5

雨川水海
Mizuumi Amakawa
illustration.
大熊まい

05

contents

Phoenix Revives from Ash

05

煉理の火翼

【横顔　マイカの角度】

いつも、その横顔を見つめていた。

あたしの思い出の中、アッシュ君を正面から見つめた記憶というのは、案外――割合として――少ない。

だって、アッシュ君はいつも前を向いているから。

本を夢中で読んでいる時。熱心に誰かと話をしている時。一人でなにかを考えている時。いつもアッシュ君は、真《ま》っ直《す》ぐ前を見つめている。

その見つめる先になにがあるかは、よくわかっている。アッシュ君の夢だ。古代文明の物語にあるような、清潔で、安全で、裕福な生活。

年を重ねるごとに、その夢がどれほど難しいか理解する。あたしより賢い人、力のある人でもそれを夢にも見ない理由、絶対に叶《かな》わないという現実との乖離《かいり》を思い知る。

きっと、あたしより賢いアッシュ君は、あたしよりもその現実をよくわかっているだろう。

それでもあきらめない。遥《はる》か遠く、他の誰にも見えない闇の奥の夢を摑《つか》むため、脇目も振らずに進んでいく。輝くようなその眼差《まなざ》しは、いつも前に向けられていた。

あたしは、いつもその横顔を見つめていた。

だから、すぐにわかる。

「アッシュ君、怪我《けが》してるでしょ」

じーっと見つめる。推進室の机に座って、なんともありません、って顔で書類を手に取っている赤髪の男の子の顔を、じーっと。

「大丈夫ですよ？」

「怪我は、してるんだね」

その答え方、怪我してるけど我慢できる、って意味でしょ。アッシュ君がそういう誤魔化し方するの、あたしちゃんと知ってるんだからね。

「室長命令です。アッシュ君は怪我が治るまで出勤停止です」

「マイカさん、ちょっと、ちょっと待ちましょう？」

アッシュ君が交渉を持ちかけて来る。眉尻を下げた笑顔で、あたしと向き合う。はい、いらっしゃい。

正面から見つめるアッシュ君だ。横顔も素敵だけど、正面から見つめてもカッコイイなぁ！

「怪我は、まあ、ちょっとしています」

「正直でよろしい。お腹《なか》だよね？」

動きがちょっとかばう感じになってるんだよね。アッシュ君、普段は姿勢が綺麗《きれい》だから結構目立つよ。

「脇腹がちょっと……アジョル村でトレントと戦った時に一撃もらったものですね」

むぅ、怪我するのは仕方ないかもだけど――いやほんとはそれもよくない。アーサー君からも無茶や無理をしないようにって言われてるんだからあたしには過保護になる理由が二人分ある――それを誤魔化してお仕事しようなんて不届きだよ。

あたしがじーっと睨《にら》むと、アッシュ君が早口になる。

「言いたいことがあるのはわかります。わかりますが、どうか見逃してください。今回だけ、今回だけですから。アジョル村の人達《たち》の移住先を、冬が本格的になる前に決めないと貴重な人材が倒れてしまうかもしれません」

アッシュ君の言っていることはわかる。アジョル村がトレントに襲われた時、村人の救出とトレントとの遅滞戦闘に向かったアッシュ君率いる部隊は、家屋を取り壊して迎撃陣地を整えた。

結果としてトレントは倒せたが、アジョル村は冬を越せるような状態じゃなくなってしまった。

困るのは村人だ。冬の寒さの中で野宿などしたら、風邪をひいて亡くなる人がたくさん出るだろう。

そうなる前に、アジョル村の人達を受け入れてくれる農村を探す必要がある。アッシュ君はそのために、怪我を隠して働こうとしている。

はぁ……もう、ほんと、そういうとこ、そういうとこだよ、アッシュ君……。

「マイカさんとレンゲさんが、私が領都に帰って来る前に原案をまとめておいて下さったので、すぐ動ける状態で助かりました。アジョル村の人達は今や立派な農業技術者です。一人一人が貴重な人材ですよ。マイカさんとレンゲさんの優しい心遣いに報いるためにも、ここはちょっとだけがんばらないといけないところなんです」

アッシュ君のこういうところが、本当に好き。すぐ先に見えた悲劇に猛然と襲いかかって、ハッピーエンドに書き換えてしまう。

「わかったよ、しょうがないなぁ……。できるだけフォローしてあげるね」

好きだから、しょうがない。あたしはそれを止めるんじゃなくて、後押しするって決めたんだ。

「ありがとうございます、マイカさん！　マイカさんは優しくて素敵ですね！」

んんっ！　不意打ちぃ……！

顔が真っ赤になるのがわかる。アッシュ君の真っ直ぐな褒め言葉はいつだって一撃必殺だ。しかも防御も回避もできない。むしろ自分から当たりに行きたいまである。

「では、早速受け入れてくれそうな農村まで交渉に行ってきますね！」

人の顔を真っ赤に染めておいて、アッシュ君は書類を手に立ち上がり、すぐに走り出そうとする。

「マイカさん？」

その肩を、摑んで止める。

「ふ、ふふ……ダメだよ、アッシュ君。あたしだって成長してるんだから……」

いつまでも褒め言葉一つに翻弄されて、アッシュ君が一人で走って行っちゃうのを見送るような女じゃないんだよ。

あたしはもう、アッシュ君に追いついているんだからね。油断するとすぐ先に行っちゃうアッシュ君を、こうして止めることができちゃうんだよ。

「アッシュ君が働くことは認めます。でも、外に出ることは認めません！」

「な、なんですって!?　と驚くほどじゃないですけど、ですが、それだと……」

「各農村への受け入れ交渉、自分で行くつもりだったんでしょ？」

「そうです。とりあえず、軍子会時代の同期のところに行こうかと……サイアスさんのところとか、話が早いと思います」

却下です。怪我人にそんな外回りのお仕事なんかさせられないよ。

「それなら、あたしが行きます。後は、グレン君にも行ってもらえばいいかな？」

「……結構、いえ、かなりきついお仕事ですよ？」

「きついお仕事だから、今のアッシュ君に任せられないよ。フォローするって言ったでしょ？」

怪我をして弱っている時くらい、あたしに頼ってよ。むしろ、あたしが甘えるような声でねだってしまう。

「それに、軍子会の同期っていう条件なら一緒だし、役職的にはあたしの方が適任だよ？　グレン君は……スイレンさんにもついていってもらおっか」

多分、こっちの方が話はスムーズに進む。立場的に妥当だもんね。まあ、アッシュ君ならパワーで同じくらいスムーズにやっちゃいそうだけど、同じくらいなら、代わりに行ける。

「確かに、マイカさんの案でも大丈夫ですね……」

「でしょ？　なんでもアッシュ君がやる必要はないよ。アッシュ君はここにいて、アジョル村の人達の方をまとめておいて。家族単位で移動したいとか、バラバラでも良いとか、それぞれ考えが違うだろうし」

あたしの提案に、アッシュ君はしばらく迷ったようだけど、渋々といった風に頷《うなず》く。

「わかりました。では、今回はそのように分担しましょう」

「ん、よろしい」

アッシュ君が持って行こうとした書類を受け取る。中身を見てみたら、道中の案内兼護衛の手配をお願いする文書だ。危ない、ここで逃してたらそのまま出発しかねなかったよ、これ……。

あたしが嘆息すると、なにやらアッシュ君からの視線を感じる。

「気をつけてくださいね、マイカさん？」

アッシュ君が、あたしのことを正面から見つめている。すごく心配そうに、じーっと。

「ふふ、大丈夫だよ。うちは治安が良いし、案内の人もいるから迷子の心配もないし」

「それはそうなのですが……。マイカさんは今やサキュラ辺境伯家の重要人物です。推進室のトップでもありますし、身の回りには重々気をつけてください」

あたしがなにを言っても、アッシュ君は心配そうだ。じーっと、あたしを見つめている。

背筋を、ぞくぞくと駆け上がる感情がある。アッシュ君の、いつも真っ直ぐ夢を見つめている目が、今はあたしを正面から見ている。それはつまり、アッシュ君の夢に、あたしが正面から映りこむほど必要とされているということ。

ここまで来られた。あなたの正面に立てるほどに、ここまで走って来た。あの村の夕暮れから、今日のこの瞬間まで、息が切れても走り続けて。

今なら、この正面からなら、この気持ちを伝えられるだろうか。好きだと言って抱きついたら、好きだと言って抱きしめてくれる？

ああ、でも――その衝動を、ぐっと我慢する。我慢して、大丈夫だよ、と幼馴染《おさななじみ》として笑い返す。

「あたしのことはいいから、グレン君とスイレンさんへの連絡もお願いしていい？　こっちは案内役の手配に行って来るから、ね？」

「……わかりました。よろしくお願いしますね、マイカさん」

ふっと、アッシュ君が向きを変える。あたしを心配してくれていた顔が、今はグレン君とスイレンさんへの打診へと角度を変えて、横顔になる。

その横顔も素敵だけど、ちょっと残念。レアなアッシュ君の正面の顔、もっと欲しかった。

でも、もうちょっとだよ、アッシュ君。アッシュ君とあたしの婚約について、サキュラ辺境伯家内では順調にお話が進んでるからね。

このお話がまとまったら、あたしのお婿さんになって、もっと正面から見つめて欲しい。その分、あたしも君の夢を後押しする。

だから、今は我慢して、アッシュ君のために走って来るよ！

あ、でももうちょっとアッシュ君の横顔、見ていっていい？

「マイカさん？　私の顔になにかついてます？」

うん、あたしの恋心が。

◇◇◇

【横顔　ユイカの角度】

わたしは、あまり領都には顔を出さないようにしている。

何故《なぜ》かというと、わたしはかつて、次期サキュラ辺境伯の筆頭候補と見られていたからだ。それを投げ捨てて久しいけれど、当時はそれなりの派閥というものを持っていた。そして、派閥を構成する要素が人である以上、すぐに消えてなくなったりはしない。

人の寿命分、派閥だったもの、派閥の残滓《ざんし》は残ってしまう。大部分は、問題ない。現在の次期サキュラ辺境伯であるイツキの派閥に吸収された。わたし達の姉弟仲はよかったもの。

それでも、やっぱり問題を起こす一部はいて、イツキの邪魔をしないよう、領政に迷惑をかけないようにと、わたしは村にこもることにしている。

そんなわたしが、久しぶりに領都までやって来てしまった。素敵な招待状に我慢できなくて、つい。

懐かしいお店があるわ。あら、あのお店がなくなっている。知らないお店も増えている。それに、前より街路が綺麗になった気がするわね。

そんな風に、久しぶりの街並みを楽しみながら執政館の門まで辿《たど》り着くと、

「姉上！　お久しぶりです！」

なんか領主代行が出迎えて来た。

「ええ、お久しぶりです、代行殿」

ちょっとお話が必要みたいね？　どうしてわたしが領都にあまり顔を出さないか、どうしてわたしが騎士の護衛ではなくクイド商会の護衛でここまで来たか、どうしてわたしが弟のことを役職付きで呼ばなければならないか。じっくりと理解をしてもらう必要がありそうだわ。

と思ったら、執政館から飛び出して来た侍女が、イツキの襟首を摑んで中へと引きずりこんでいく。執政館の立派なドアの中へと弟が消えていき、やがて侍女だけが出て来た。

「お見苦しいところをお見せいたしました、ユイカ様」

「苦労をしているみたいね、ラン」

誰のせいで、というところは口にしなくとも、領主代行のお付き侍女には正確に伝わったみたい。

お気遣いありがたく、と一礼が返って来た。

「見えないところでならいくらでも良いと何度も叱ったのですが、ちょっと目を離した隙にこのざまです」

「後で、わたしからもよく言っておきましょう」

「……領主館に、宿泊のご用意ができております」

「ええ、任せて頂戴」

サキュラ辺境伯家は、外圧ゆえにまとまりが良い。良いけれども、だからといって内側に火種が全くないわけではない。だから、姉弟であっても、役職が上の弟が、姉に堂々と下手に出てはいけない。イツキがいなくなっても、ユイカがいれば良い、なんて発想が家臣に広がったら、まとまりにひびが入ってしまう。

全く、最近は次期領主らしく成長したと思ったのに、まだまだ子供っぽくて困るわ。

そう嘆息しながらも、弟の率直な歓迎の声が聞けたことに、これもサキュラの風土かと笑みも浮かぶ。辺境で、危険で、貧乏で、それでもまとまりが良いのが自慢の土地だ。

「さて、ラン殿」

その笑みを見せながら、領主代行の筆頭侍女殿に一礼する。

「ノスキュラ村村長クラインの妻、ユイカ・ノスキュラ。村長代理として、アジョル村の移住者受け入れについてのお話をうかがいに参りました」

「はい。お越しについては、領地改革推進室のマイカ室長よりうかがっております」

頬が、さらに緩む。笑みが、さらに深くなる。

室長、マイカ室長ですって！　良いものね。他人の口から、娘ががんばっていることを聞くのは。

「面会場所は領地改革推進室とのことですので、ご案内いたします」

「ええ、お願いします」

見知った廊下を侍女に案内されながら歩く。

「ラン殿、領地改革推進室のことですけれど」

「はい？」

せっかくの機会なのだから、もっと娘のがんばりについて聞いてみましょう。

「急にできた部署ですが、ずいぶんと動きがあるようですね」

「ええ、全くその通りでして」

案内のために先を行く侍女の表情は見えないが、かすかに、その声は笑ったようだった。

「領地改革推進室は、その業務内容から、ある程度の特例が許される部署として設立されました。そのための領主直轄――今の当家ですと、領主代行直轄ですね。しかも、サキュラの名を継ぐマイカ様が室長である部署ですから、大きな存在になることはわかっていました」

「わかってはいた。けれども？」

きっとそう続くだろうと思われた言葉を、ランの代わりに繋《つな》ぐと大きく頷かれた。

「けれども、たった二年でここまで重要な部署になるとは、恐らく誰も想像していなかったことでしょう」

あら残念。わたしがイツキから相談を受けて、やってしまいなさい、と答えた時、きちんと予想できていたわよ？　絶対に想像以上を行く、と。

「現在、この領都では犯罪件数が著しく減少しています。これは主に、スラム街の住人に食料が行き渡っているためだと考えられています」

「スラム街に食料？　それに、領地改革推進室が関係しているのかしら？」

「間違いなく。農業試験用の畑を領都の近辺に増やすためにと、推進室はスラム街から人を雇って土木工事を行いました。どうやら、推進室で使われている囚人達の伝手《つて》で、スラム街の元締めと話をつけたようで」

うん、やっぱり想像の上を行くわね。いきなりスラム街の住人を取りこむなんて、誰も想像してないわ。

「これ以外にも、研究所の増改築や推進室が進める交易路整備計画の実験、試験的に栽培した農作物を食べる実験など、とにかく食うに困った人に食料を手に入れる機会を与えているようで」

結果、スラム街の住人達も飢えることが減ったというわけね。それで犯罪も減った。

「貧困は犯罪の第一要因、ということですね」

「数字を見れば歴然かと」

良いことだわ。傷つく人、悲しむ人が減ったことは、人として喜ばしい。また、治安が高い水準で守られていることは、為政者として喜ばしい。

「他に、推進室では新しい建材の導入も進めていまして、窯や炉を使う工房や、石工や大工達も活気づいています」

「そうすると、新しい生産活動が始まり、雇用が必要になり、経済がより大きく回るわね」

「すでに回り始めています。例えば……そう、推進室と関係の深いクイド商会は、ここ数年でとんとん拍子に大きくなりました」

そうね、クイドさんったら、この間まで荷車を馬に引かせるのが精一杯だったのに、今ではクイド商会の馬車を何十と各地へ走らせている。現在の好調の原因がなんであるか、クイドさんは忘れられないらしく、ノスキュラ村にもずいぶんとサービスが良い。

「おかげで執政館の業務も増えてしまいました。リイン先輩がなんとか対応しているほどです」

「それは、問題ね……」

せっかくの良い流れが、一ヶ所が狭いせいで、せき止められてしまうかもしれない。

「ええ。ですが、ここ二回ほど、軍子会で優秀な人材が輩出されたおかげで、手当てが間に合いそうです」

「あらまあ」

そういえば、うちの村から留学に出した二人もがんばっていると聞いている。寮監補佐の名前を、手紙で何度も挙げていた。

「では、サキュラ辺境伯領は、先の見通しが明るい、そういう状況ですね」

「全く驚くべきことに」

ランは、そう同意して、立ち止まった。

「これらの明るい見通しを切り開いたのが、領地改革推進室です。数々の計画を提示して実行する。マイカ室長の手腕は驚くべきものです」

領主代行の筆頭侍女をして、手放しに賞賛せざるを得ない実績。

それはそうだろう。現実として、有効な計画であったとしても、タダではできない。そして、領地の経営などというものは、いつだって余裕のない状況で回っているものだ。

予算の上限という高い壁がある。新興勢力というのは、先にその壁によじ登っている者達を引きずりおろし、蹴飛ばして壁に挑まなければならない。それは難しい。だから、素晴らしい新規計画も、ほとんどは力を出し切れず、場当たり的で半端な計画に堕する。

計画に必要な資金を得るため、そうした大乱戦を制するのは部署の責任者の使命だ。

マイカは、わたしの娘は、しっかりと乱戦を勝ち抜いたのだろう。

立派になったわね、マイカ。

「ですが、ユイカ様。マイカ室長の手腕はもちろん素晴らしいのですが、それと並んで……素晴らしい？　ええ、素晴らしい……若干、不可解なところもある、ミステリアス？　な存在が……」

ランが誰のことを話題にしたいのか、すぐに気づいた。今の領都に、そんなにも表現しづらい人物は、恐らく一人しかいないだろう。

「マイカ様の影に……影？　ああ、いえ、影かどうかは本題ではないのですが、それらの計画の本当の出所である、推進室の計画主任の存在もやはり言及すべきだと……」

ほらやっぱり。わたしは、くすくすと口元を押さえて笑う。脳裏に浮かぶ赤髪の男の子は、ここでもとびきり元気だ。

振り向いたランは、眉尻を下げて困った様子を隠さない。感情を表に出さないタイプの子だったはずだけど、そんなこの子をして、困惑せざるを得ない暴れっぷりらしい。

「あら、その計画主任は、室長と違って問題があるのかしら。そうね、能のある人材は癖が強いことも多いから、そういうこと？」

わたしが微妙にとぼけて言うと、ランは同意六割、否定四割くらいの顔で返事に困る。

「いえ、問題はありません、多分……？　計画主任は……基本的に、良い子でして、差し入れを何度も頂きましたし、礼儀も正しく、イツキ様の困ったところを指摘してくれますし、頼もしい味方……だとは思います」

そうそう。アッシュ君は、基本的に助けてくれる良い子よね。

「ですが、少々刺激が強すぎる部分があるのも事実でして。普段は良い子ですし、悪意がない分、叱ることも拒絶することもできず、困るところが……」

そうそう。アッシュ君は、ぐいぐい迫って来る刺激が強すぎる悪い子よね。

くすくすと笑いながら頷いていると、ランの建前もとうとう崩れ始める。

「ユイカ様、あの、アッシュ君のことなのですが、本当に、悪い子ではないのです……。わたしは特に、イツキ様に対してガツンと言ってくれる辺りが好きですし、差し入れのお菓子もいつも美味《おい》しくて……」

あの子は癖が強いけれど、中々どうして、人たらしなタイプだ。バンさんやフォルケ神官の時もそう。癖が強いからこその魅力がある。それはどうやら、この執政館でもそうらしい。

「ふふ、ラン殿にそこまで言わせるなんて、逸材ですね。話の流れからすると、今回の計画にもその計画主任が？」

「そう、そうです。最新の農業技術を実地で試し、成果を出したのが計画主任です」

素直に褒める道筋をようやく探り当てたランが、少し早口で乗って来る。

「その最新の農業技術を習い覚えた人材が、今回の移住対象ということですね。期待できます」

「はい。これをきっかけに、推進室の領内への影響力は確かなものになるでしょう。それに、他領の当主やその側近クラスから、推進室への問い合わせなども増え始めています」

「領の内外に存在感を示しつつある、ということですね」

流石《さすが》だわ。思わず呟《つぶや》く。流石はアッシュ君、小さな怪物さんね。あなたはわたしに言った通り、ただ前へ、ただ夢に向かって、突き進んでいる。

あの日、村から飛び立った一羽の鳥は、ここで壮大な巣を作り始めているのだ。

たまらないわ。ファンとして、これほど心が沸きたつことはない。わたしの応援する怪物さんが、多くの人を仰天させながら暴れ回っている。しかも、その傍らに寄り添っているのはわたしの娘！

本当に、たまらないわ。

「それでは、ユイカ様」

ランが足を止める。そこは、以前は資料を放りこんでおく倉庫だったと記憶している部屋だ。今では、真新しい看板に、領地改革推進室と書いてある。

「こちらになります。中では、計画主任がお待ちのはずです」

「ええ、ありがとうございます」

さあ、わたしの大好きな小さな怪物《マイ・ディア・リトル・モンスター》さん。久しぶりに、村の代表としてお話をさせて貰《もら》おうかしら。

ああ、楽しみだわ。以前のあなたは、ノスキュラ村という壺《つぼ》の奥底から、わたしにとびきり甘い蜜をくれた。

今度は、サキュラ辺境伯領という壺の奥底から、なにを取り出してくれるのかしら。

初めて目にする領地改革推進室は、しっかりとした書棚にたくさんの書類を詰めこんでおり、設立二年とは思えない貫禄《かんろく》があった。

大振りな机が三つ、そのうちの一番奥にある机に、領地改革推進室室長のプレートが置かれているのを見て、つい頬が緩む。少し残念なことといえば、その机には誰も座っていないことだろう。

その代わり、大振りな机の一つに座っていた男の子が立ち上がる。

「ようこそ、領地改革推進室へ。お待ちしておりました、ユイカ夫人」

事務的な台詞《せりふ》を口にしても、穏やかな笑みを添えていれば立派なもてなしになる。それが好ましい見目であればなおさら。まあ、夫ほどではないけれど。

男の子は、背筋の伸びた綺麗な姿勢で、わたしを円卓に用意された席に案内してくれる。

「この度はお越し頂き、ありがとうございます。私は計画主任の役を頂戴しているアッシュ・ジョルジュ・フェネクスと申します。現在、席を外している室長マイカに代わり、ご説明させて頂きます」

それから、とアッシュ殿は先に席に座っていた女の子を手で示す。

「こちら、アジョル村の村長を立派に務めておられる、スイレン・アジョル殿です」

「スイレンと申します！　この度はなんとお礼を言ったら良いか……！」

見るからに緊張している女の子、スイレンさんは慌てて立ち上がって、勢いよく頭を下げる。椅子が蹴飛ばされなかったのは、アッシュ殿が素早く椅子を引いたからだ。ナイスフォロー。スイレンさんがマナー的に危ういことを知っていた動きね。

「ユイカ・ノスキュラです。わたしは村長夫人ですから、どうぞお気を楽に、スイレン殿」

立場的に、スイレンさんの方が上なのよ。そうやんわりと伝えると、スイレンさんはとんでもないと顔を引きつらせて首をぶんぶん振る。

「そんなことできません！　マイカさんやアッシュさんから聞きました。ノスキュラ村では、うちの村人の受け入れをすぐに決めてくれたって！　おかげで村の皆も、行き先が本当にあるんだとすごく安心できたんです！」

だから、ありがとうございます――スイレンさんは何度も頭を下げる。

良い答えだわ。かしこまった態度の理由が、わたしが領主一族の出であること以上に、村人のためであるということね。

わたしがちらりと赤髪の男の子に視線を送ると、優しい顔で頷きが返って来た。

アジョル村は色々と問題があると聞いたけれど、この村長さんなら将来に期待ができる。

「受け入れについては、スイレン殿がお気になさることはありませんよ。領地改革推進室が開発した最新の農業技術を身につけた技術者ですもの。これは施しではなく、投資だと認識しています」

「はい！　アジョル村の皆、この二年で鍛えられましたから！　きっとお役に立ちます！」

とても自信たっぷりね。まあ、鍛えたであろう人物が誰かを考えれば、それも納得かしら。

小さな怪物さんは、「自分は人畜無害です」と言わんばかりの澄ました顔で、微笑《ほほえ》んでいる。

「では、自己紹介が済んだところで、本題に入りましょう。今回の移住するアジョル村の方々が持っている技術についてですが――」

紙の資料が手渡され、さっと目を通す。

いくつか、見知ったものがある。コンパニオンプランツ、畑の効率的な管理と状態の記録方法は、ノスキュラ村で広まっているものだ。ただ、知らないものの方がたくさんある。話は聞いていたけれど、実際はどんなものかわからないものも。

これが、わたしの知らないアッシュ君、ということね。わたしの娘がついて行って、支えた成果。

「驚くほど新技術が多いですね」

「ありがとうございます。イツキ様のお計らいで、推進室一同、優秀な人材がそろった成果かと」

お世辞、というには少し本音が多い社交辞令の後、わたしは踏みこむ。

「予想以上で投資のしがいがあります。ところで、移住を受け入れることは可能ですが、その年の収穫まで食料が不足するのですが」

報酬の上積み交渉である。今回、アジョル村で発生した難民を、技術者の移住という形に言い直した辺り、とても上手《うま》いと思う。でも、その内実にはやはり難民という要素がある。そこを突っついて、難民を受け入れる負担を補償しろ、という交渉だ。

「その点についてはご心配なく。移住者がその年の収穫を得られるまで、移住者の分の食料はサキュラ家が補填します」

流石と言うべきか、当然と思うべきか。この交渉は想定済みだったみたい。名目の立ちやすい移住者分の食料だけに絞ることで、最低限の出費で乗り切ろうというわけね。とても合理的。

しかし、それだけかしら。名目は立つ。反論もしづらい。けど、人間はそこまで合理的ではない。もっとおまけが欲しいと渋られる可能性があるわね。例えば――

「その条件ですと、ノスキュラ村で受け入れられる移住者の数は、あまり多くはならないかもしれませんね」

移住者の数を少なくされる。移住者も、親戚や家族関係にある集団で移動したがるから、これをされると推進室の手間が増えて、計画が後々まで順調には進まないだろう。教導だって、数が少ないと進まないものね。

「ユイカ夫人」

にっこりと笑う赤髪の男の子は、アッシュ殿だった。アッシュ君ではない。いまだに役職に相応《ふさわ》しい態度のまま、縁故であることに甘える必要もなく、わたしの試験に答えてみせる。

「先程の移住者が持つ技術をもう一度ご覧ください」

「なにかしら」

「改良型の農機具には、馬や牛で引くものがあります。ノスキュラ村では、農耕に使える馬や牛はお持ちですか？」

「いえ、残念ながら」

知っているだろう問いかけに、苦笑する。

「では、この技術の教導に支障が出てしまいますね。それは問題ですので、その時期にお貸しできるよう馬をご用意しましょう。クイド商会などから、行商のついでにお借りできる仕組みを考えています」

なるほど。そう来るのね。ああ、それは上手いわ。

その場限りで使い潰される食料や資金の提供ではない。あくまで、農業技術の普及向上計画を円滑に進めるために必要な、今後に繋がる一手。

　贈与でなく貸与であれば推進室側の出費は少ない。そして馬を使って作業ができるなら、例年よりも畑を広くできる。その分だけ収穫量が増えれば、税の徴収で出費を取り返せる。

　商会側も、維持費のかかる馬に、領政からお金が回って来るのは美味しい。負担が減るならばと、馬を多めに保有しようとする商会も増えるだろう。そして、馬が増えた分だけ運ぶ商品が増え、やはり徴収される税で取り返せる。

　サキュラ辺境伯家の支出は増える。増えるが、それは増収とセットなのだ。執政館の財務部は、どんな顔をして推進室のこの企《たくら》みを飲みこんだのだろう。財布が軽くなる不安にさいなまれつつ、きっと返って来るさと祈るような顔だったんじゃないかしら？

「ただ、ご用意できる馬の数には限界があります。順番に回るうち、日程が少々遅れる地点があるかもしれません。ご了承ください」

「順番、ですか」

「ええ、順番です。同じ領内でも、各村で作業時期は異なりますから、まず対応できる見込みです。が、万が一ということがありますから」

　順番付けは必要だと計画主任が笑う。そして、順番をつけたら、それをあらゆるところで利用したくなるのが人間だ。

　わたしなら、移住者を多く受け入れてくれたところに、良い馬を、疲れの少ない早い段階で、可能ならば数も多く回す。順番に従って。

ああ、あんなに可愛《かわい》かったわたしの小さな怪物さんが、すっかり悪い子になっちゃって。頼もしいわ。とても頼もしい。だって、わたしはあなたの味方だもの。

「ノスキュラ村も豊かとは言えませんが、移住者をできるだけ多く受け入れましょう」

味方だから、すぐに掌《てのひら》を返す。返した掌を見せて、両手を上げて降参のポーズ。

今回、わたしは領地改革推進室から、一つお願いをされていた。初めて大規模な交渉が必要となるため、練習がしたい。身内贔屓《びいき》なしで交渉して、練習相手兼試験官になって欲しい。そう言われていたけれど、こちらが手加減して欲しいくらい。

「テストは合格ですか、ユイカさん」

「満点をあげていいくらいだわ」

先に立場を崩してしまったわたしに、アッシュ君は年長者に褒められた年少者らしく、少し照れ臭そうに頷く。

「よかった。ユイカさんの合格をもらえたのなら、他の交渉も上手くいきそうです」

「油断してはいけないわよ？　でも、まあ……大丈夫でしょう」

領主一族の出ということで、わたしは特殊な立場だ。領主直轄の推進室に対して、ともすると対等以上の目線で話しができてしまう。そのわたしに対して、贔屓目《ひいきめ》なしで有利に交渉を進めたのだ。他の村長なら、推進室の方が対等以上の立ち位置で話せるのだから、心配はいらないだろう。

「そんなわけで、スイレンさん、安心して頂戴。あなたの村の皆さんは、どこに行ってもとても大切にされるわ」

それだけのメリットを移住者の人達は持たされている。たくさん来てもらった方がありがたいことを理解しろ、と丁寧に説明する恐《こわ》い計画主任がいるのだ。

「は、はい、それはもう……そういったことについては、あたし、アッシュさんのこと信じてますから」

それはそれは、ありがとう。わたしの怪物さんの味方でいてくれて。

味方だから、わたしはサービスしてあげられる。

「さっきはああ言ったけれど、今のノスキュラ村は中々余裕があるわ」

「それは喜ばしいですね」

故郷の現状に、アッシュ君の声が少し弾む。でも、その余裕はあなたのおかげなのよ？

「だから、男手が亡くなったご家族や、子供が多いご家族でも、わたし達は受け入れられるわ。そういった人達を優先して回してね」

「い、いいんですか！」

農作業において、力が強いことは重要だ。一般的に、力が弱い女性や子供は、農作業において低く見られることがある。スイレンさんの驚きは、そのことをよくわかっているからこそだ。

「ええ、任せてもらって大丈夫よ。ノスキュラ村では、力仕事以外にも働き口があるの。遠慮しないで」

アロエ軟膏《なんこう》とか蜜蠟《みつろう》加工とか、うちでは内職の人手にも需要がある。近頃は、狩猟の成果も上向きで、革加工にも手を伸ばしたらどうかと話し合われるようになった。やり方はわからないけれど、本で調べて試してみればいい、と年少者から声が上がっている。

これが、今のノスキュラ村。ほぼ農業しか産業がなかったところに、加工業が芽吹き始めている。ただ最低限の食べ物を自給自足するだけだった村が、付加価値の高い物を生み、豊かさとはどういうことかを学び始めている。

アッシュ君の夢である、古代文明のような贅沢《ぜいたく》さにはまだ遠く及ばないけれど、ノスキュラ村は、確かに豊かになっているのよ。

スイレンさんに向けた話題に乗せた、わたしのメッセージがきちんと伝わったらしい。アッシュ君は、ちょっとした満足を覚えた顔で笑ってくれた。

ちょっとした、というところが、本当、アッシュ君よね。


ノスキュラ村の提案に、スイレンさんは喜んで人員の再検討に走って行った。

「ありがとうございます、ユイカさん。実際、夫や長男が亡くなって、妻や小さい子が残っている家庭というのも多かったので」

色々と雑務の多い研究所で引き取るにしても、スラム街の住人への仕事の割り振りもあって十分とは行きそうになかったと、アッシュ君がお礼を述べる。

「良いのよ。ノスキュラ村は、いくつかの技術については先に普及しているし、距離も近いものね？」

いざとなったら直接教えてくれるでしょう？　そう甘えてみると、アッシュ君は手ずからお茶のお代わりを淹《い》れてくれながら、彼らしく答えた。

「私は好意には好意が返って来ると信じています。ユイカさんにはいつもご好意を頂いていますね」

「それはこちらの台詞よ。ありがとう」

お茶を受け取って、改めてアッシュ君を見つめる。今度は村長代理役の試験官としてではなく、娘を持つ母親として。

「大きくなったわね。この冬で十五歳だものね」

体つきも顔つきも、あどけなさが抜けて、大人らしさに変わり始めている。身にまとっている役職に相応しい服も、しっかり着こなしていて、若さに見合わぬ落ち着きが漂う。

「ユイカさんのおかげですよ。領都への留学から、軍子会修了後の滞在までご許可を頂きましたから。おかげで楽しくやっています」

そして、この穏やかな物腰――後ろで組んだ手に、すごい爪がニョキニョキ生えて来ることは知っているけれど――だ。これは年頃の女性達が放っておかないわね。素敵な男の子になったもの。

「ところで、アッシュ君、マイカのことなんだけれど」

すっかり私的な空気に切り替えて、可愛いわたし達の子に話しかける。

「はい、マイカさんがどうかしました?」

「推進室の室長になったあの子は、アッシュ君の目から見てどうかしら?」

「素晴らしいですよ」

唐突だったろうわたしの問いに、アッシュ君は即答した。

「領主一族であることを考えても、新設部署でこれだけ計画を推し進められるのは驚異的です。私が言うのもなんですが、次々上申される計画をよく理解して、守ってくれていると思います」

あの子にとっては、計画を守っていると言うより、アッシュ君を守っている、と言う方が正確だと思う。

「それなら、マイカなしでは今の領地改革推進室の成果はない？」

「もちろんです」

今の推進室の成果とは、即《すなわ》ちアッシュ君の成果だ。当人がどれほど謙虚に考えようとも、外から見れば誰もがわかる。彼が、彼の夢に必要なことを、推進室という翼を使ってはばたかせている。

つまり、わたしの娘が推進室の計画を進めているということは、夢を追うアッシュ君の背を押しているということ。

「私が苦手な交渉や苦情処理を積極的に引き受けてくれて、とても助かっています。おかげで計画主任らしく、計画作成と運営に集中できています」

しっかりやっているようね、マイカ。アッシュ君にとって、その夢にとって重要な存在になっている。それは並大抵のことではなかったろうに、それでもアッシュ君のすぐそばに立てるほど、強く想《おも》っているのね。

幼い頃の憧れを、背が伸びてもなお枯らさず、より強く、より鮮やかに、大輪の花へと育てた。

マイカ、あなたがそこまで彼を想うなら、わたしも最後の一押しに手を貸しましょう。

困難な恋に挑む乙女には、魔女が魔法の力で手助けをする。物語は、そういうもの。

「だったら、もしもマイカがいなくなったら、大変ね？」

ちくりと突き立てる、棘《とげ》の一刺し。

今までずっと一緒だった、いつからかわからないほどずっと隣にいた幼馴染が、もしも――という思考を突き刺す。

さあ、考えて。あなたの夢にとって大切な女の子よ。手放したくない、そう思う？

もし、ほんの少しでもそう思ったのなら――あなたはもう、この魔女の魔法から逃れられない。

◇◇◇

【横顔　マイカの角度】

農村を回り終え、夕暮れの領都に胸を張って帰着する。いくつかアジョル村の移住者の受け入れに肯定的な返事を携えているので、堂々の凱旋《がいせん》だよ。

これをアッシュ君に報告すればまた褒めてくれるはず。

「流石マイカさん！　とても頼りになりますね！　結婚しましょう！」とかなんとか。まあ、最後はちょっと気が早いね。でもそれ以外は言ってくれると思う。

早速、寮館のアッシュ君の部屋に突撃したいんだけど、今日のあたしは領主館に泊まる予定になっていた。

領主館の二階は、領主一族が使う居室になっている。領主館でのあたしの部屋は、かつてユイカお母さんが使っていた部屋だ。あたしも寮館で過ごすことが多いので、あまり使われていない。

その部屋の中から、にぎやかな声が聞こえる。ドアを開けると、この部屋の前の住人が、久しぶりの自室でくつろいでいるようだ。

「あら、マイカ。ダメでしょ、ドアはノックしてから開けなさい」

「はい、ごめんなさい！」

久しぶりの声は、叱られているのに嬉《うれ》しくなってしまう。向こうも、しょうがないわね、と苦笑いだ。

「おかえりなさい、マイカ」

「ただいま、お母さん！」

昔を思い出して、飛びこむようにお母さんに抱きつく。他の人はいないし、プライベートってことで、はしゃいじゃってもいいよね。

「けふっ……お、大きく、なったわね。それもそうよね、もう十五歳なんだから」

お母さんはちょっと咽《むせ》てから、昔みたいに抱きしめてくれた。ごめん、勢い強すぎた？

「お仕事もがんばっているって、皆褒めていたわ」

「当然！　アッシュ君がいるからね、良いとこ見せないといけないから」

「そのアッシュ君も、マイカのことを褒めていたわよ」

とっても、と強調されて頬が蕩《とろ》けちゃうような気分になる。アッシュ君に褒められるのは、人伝《ひとづて》でもすごく嬉しい。流石の中毒性だ。

「アッシュ君、あたしのことなんて言ってた？」

「素晴らしいって。マイカのおかげで、自分のやりたいことに集中できるって感謝してたわ」

「ほんと!?　やった！」

握りしめた拳を掲げると、お母さんがちょっと必死な表情で顔を傾《かし》げた。ごめん、当たりそうだったね。お母さんは、慎重を期してあたしと距離を取ることにしたみたい。久しぶりのお母さんの柔らかさが遠ざかってしまった。

「もうちょっと、お淑《しと》やかになさい。元気一杯なところは可愛いと思うけど、抑える時はしっかりと抑えられるように」

「はい、ご指導ありがとうございます。以後、心得ておきます」

ぴしっと姿勢を正して一礼する。どうよ、お母さん。あたしだってちゃんとお上品な振る舞いができるようになったんだから。

「マイカ、それはちょっと軍人寄りすぎる態度だわ。動きに曲線をイメージした方が優雅に見えるから、気をつけて」

「う、はぁい……」

礼儀作法も精進したと思ったけれど、まだお母さんに勝てなかったか。手強《てごわ》い。しょんぼりと肩を落としたら、髪を撫《な》でる指先が慰めてくれる。

「アッシュ君が、そういうあなたを好きでいてくれると良いわね」

「そこが難しいよ。アッシュ君、相手によって態度を変えたりしないから……」

好き嫌いは激しいけど、好きと大好きの違いがないというか。幼馴染として、また上司として、あたしには特別な顔をよく見せてくれているとは思う。でも、その顔にあたしと同じ好きの感情が混じっているかと聞かれると、わからない。

「そこもまたアッシュ君の良いとこなんだけど」

「そうね、立派な態度だとは思うけど……それだと困るから、そろそろしっかりアッシュ君を捕まえておきましょう。お母さんも協力するわ」

「ありがとう、お母さん！」

お母さんが味方になれば百人力だよ。なんたって、アッシュ君の初恋疑惑があるからね。敵にだけは回したくない……。

「では、そろそろサキュラ辺境伯家の家族会議を開きましょうか。イツキ、もう椅子に座って良いわよ」

お母さんに声をかけられ、床に座っていた叔父上がぷるぷる震えながら立ち上がる。あたしが部屋に来た時から、何故か床に座らされていたんだよね。

あたしの疑問を読み取ったのか、お母さんはにっこりと笑う。

「姉として弟に言うべきことがあっただけよ。気にしないで」

「叔父上、またなにかしたの？」

侍女のランさんにもよく叱られているイメージあるけど、久しぶりに会ったお母さんにまで叱られるなんて、叔父上はちょっと隙が多いと思う。

「イッキ、マイカが慣れるくらいしょっちゅうやらかしているの？」

「いやいや！　そ、そんなしょっちゅうしくじっているわけじゃないぞ！　そうだよな、マイカ！」

「う～ん、お仕事で失敗っていうことはあんまりないけど……ちょっとプライベートで緩いところが多いかな」

ジョルジュさんと飲みに行って二日酔いで帰って来るとか、酒場で大盤振る舞いしすぎてお財布空っぽにして帰って来るとかね。そりゃあ誰かが叱らなくちゃいけない案件だ。叔父上は奥さんいないし、実父は王都に行っているから、身近な人間として侍女のランさんが叱り役を買って出ている。

「いやっ、マイカ、それはな、男の付き合いというか。そう、領民の声を直接聞くために必要なことであって、決して私的な楽しみに溺れているわけじゃ……！」

「イッキ……また後で、お話ししましょう。じっくりと」

早口に言い訳を繰り出した叔父上だったけど、お母さんの温度の低い声を浴びせられて、しょんぼりと俯《うつむ》いた。

「さて、弟のプライベートについては後でしっかり絞めておくとして……本題に入りましょう」

お母さんが、ぽんと手を叩《たた》いて話題を切り替える。

「今回、わたしが領都まで出向いた本当の用件についてね」

そうなのだ。今回、お母さんはとある重大案件を話し合うため、長年避けていた領都までやって来てくれたのだ。

それは、アジョル村の難民を、農業技術者として受け入れる——ということではない。それは隠《かく》れ蓑《みの》だ。

「次期サキュラ辺境伯であるイツキに尋ねます。あなたの跡を継ぐ者として見た時、マイカの能力はどうかしら」

今日、こうして領主一族の三人が集まったのは、お家の今後について話し合うためだ。

まずは、あたし・マイカが、サキュラ辺境伯家を継ぐに足る資格があるかどうか。それは、あたしだけではなく、多くの人の一生を左右する問いになる。

お母さんの表情、特にその眼差しは、娘であるあたしの知らない鋭さを帯びていた。

きっと、これがユイカ・サキュラ・アマノベとしての顔なのだろう。村長夫人ではなく、娘を持つ母親でもなく、領地領民の上に立つ為政者としての在り方を選んだユイカという人物。

問われた叔父上は、そんな女性の顔を眩《まぶ》しそうに目を細めて見つめ返す。

「マイカは、流石は姉上の娘、そして義兄上《あにうえ》の娘と納得させられる人材だ。事務能力は文句がない。会議の席での弁舌も確かなものだ。それは領地改革推進室の実績が証明している。唯一難点を挙げるとすれば、人脈がまだまだ薄いところだろう」

「そうね。そこは村育ちだから、どうしても不足するでしょうね」

叔父上とお母さんの言う通り、まだまだ知らない人が領内にもいるんだよね。領の外だと、もっと知らない人が増える。

「だが、それは大きな欠点とは言えないだろう。マイカは明るく社交的だ。軍子会時代も多くの人間に囲まれていたし、執政館でも評判が良い。気難しい筆頭のヤックでさえマイカのことは認めている」

「つまり……それは、人脈についても時間をかければ問題はない、ということね？」

「俺はそう考えている。ましてや、俺とてまだ若いと自負できる年だ。何事もなければ、マイカが継ぐのは五年十年、それ以上先の話だ」

叔父上のフォローに、お母さんが鋭い目のまま頷く。

「懸念がそれだけであれば、十分でしょう。万が一のことがあれば、わたしも支えるくらいはできるし……他に、お家の継承に利権が絡みそうな人達は？」

「継承権の高いヤエもマイカを推すだろう。他には、俺の派閥も、ランやリインを筆頭にマイカにつくはずだ。仲が良いからな。ああ、クイド商会の票も取れるのは侮れんぞ。最近、大きな商会を一つ食った」

「現時点でそれだけ食いこんでいれば十分だわ。これで問題があるとしたら、歴代の辺境伯も大半が継承に不安があったことになるでしょう」

お母さんが、為政者の目であたしを見て来る。少しだけ、そのうちに驚きと喜びがあったように思う。がんばったんだよ。お母さんに教わった通り、アッシュ君の背中を守るために人間関係の調整をしようと、積極的に声をかけて回った。周囲からの信頼は、その成果だ。

「では、サキュラ辺境伯家を継ぐことに、マイカが問題ない能力を持っていると認めましょう。そうすると、次の問題がより深刻になります」

「マイカの婿についてだな」

叔父上の言葉に、心臓が跳ねる。強く鼓動を打ったのか、摑まれたように委縮したのか。どっちかわからないまま、嚙《か》みつくように宣言する。

「あたし、アッシュ君以外は嫌だからね」

それ以外の人を押しつけられそうになったら家出も辞さない構えだよ。

何度も言っていたおかげか、これについて叔父上もお母さんも否定しなかった。

「ということだから、イツキ、アッシュ君が周囲に納得できる人材かどうかを確認しましょう」

「こちらも初めからそのつもりだ。今回は、マイカの継承問題よりこちらが重要だな。現領主の孫娘と農民の倅《せがれ》の婚姻となると、普通なら、物語くらいでしかないような身分差だ」

普通なら、としつこく繰り返す叔父上に、お母さんもふっと表情が緩む。

「ええ、それには、わたしも心から賛成するわ」

でも残念、アッシュ君は普通じゃないんだなぁ。皆の緩んだ表情がそう言っている。

「あの子、二つ目の銀功勲章を獲得するんですって？」

「それは情報が古いぞ、姉上。サキュラの銀功が四つ、他領からも二つが追加で贈られることが決まった。合計で銀七つ持ちだ」

ここで驚きの声をあげなかったお母さんは、流石だと思う。流石、アッシュ君との付き合いが古いだけのことはある。でも、そのお母さんをして明らかに顔色が変わったのだから、やっぱりアッシュ君はすごい。

「他領からって、一体どこから？」

確認するお母さんの声が、少しかすれて聞こえた。

「スクナ子爵領とネプトン男爵領だ。どちらも、石鹼《せっけん》の製造技術を開示した領地でえらく喜ばれた。いずれも領地独自の湯煙勲章と海嘯《かいしょう》勲章で銀だぞ」

「最上級の評価、ということね。他領の人間で持っているとなれば、誰もが一目を置く名声の証《あかし》よ」

「王都の豪商の独占を崩しての技術供与、ということを各領主がしっかりと理解してくれたんだろう。もはや、アッシュの出自をあげつらうのは誰が見ても嫉妬の発露にしか見えん」

他領の領主からも大きく認められたことで、アッシュ君はもう、農民の出身だなんてバカにできる存在ではなくなった。大抵の人間に対して、その能力一つで見返すことができるほどの勲功を賞されているのだ。

アッシュ君なら、バカにする輩《やから》を見返す時間があったら本を一行でも多く読み進めると思うけどね。できるかできないかの問題だから、混ぜっ返さないけど。

「それなら、もう決まりでしょう」

お母さんが、大きく頷く。全ての問題が解決したと、晴れ晴れとした笑みを浮かべて。

「マイカの辺境伯継承に問題がなく、同じ年頃のアッシュ君の功績は大である。領主一族としては、優秀な血筋を婚姻で取りこむのは常套手段《じょうとうしゅだん》よ」

「それじゃあ、お母さん!?」

確認は、物理的に前のめりに。こう、机越しに飛びかかる感じで。

「ええ、わたしからも、父であるサキュラ辺境伯閣下に推薦をしましょう。マイカの婿に、アッシュ君こそ相応しいと」

「もちろん、領主代行として俺からも。実際問題、アッシュを御するのはマイカにしかできていないわけだし、公私共に二人がそばにいるのは良いことだと思う」

「あら、イツキから見てもお似合いの二人ということ?」

「他の組み合わせが思いつかんくらいだ。……可愛い姪《めい》をやるのは少々以上に抵抗があるのだが、それでもアッシュなら仕方ないと思う部分がある」

周りの人間からは、そう見えるんだろうか。照れ臭いけど、口元が緩んじゃう。アッシュ君が聞いたら、どう思うだろう。

「いいわねぇ、わたしとクラインみたいじゃない」

「おぉ、そうだな。当時を知る人間はそう思うだろう」

「というわけだから、わたしとあの人に負けないくらい、しっかり捕まえておくのよ?」

そう言って、あたしに向けて片目をパチンと伏せてみせる。あざとい。あたしのお母さんながら実にあざとい仕草だ。機会があったら、あたしもアッシュ君に使ってみよう。

◇◇◇

冬の冷えた空気は、張りつめた弓の弦にも似ている。清冽《せいれつ》で厳粛な気配を振りまいて、その寒々しさの射程内にいるものに沈黙を強いる。おかげで、冬の森の中は非常に静かだ。

そんな静けさの中で、私は周囲の気配を注意深く探る。姿勢は膝立ちで、湿った地面から湧き上がる冷気が、容赦なく集中力を削っていく。

しんどい。お家に帰ってお布団に入りたい。休暇を取って温泉に行きたい。

根源的な欲求をぐっと堪《こら》えて、教わった知識と培った経験から、周囲に感知なしの応答を得て、私は細く息を吐きながら立ち上がる。

「怪しい気配はないようです。もう少し進みましょう」

私の指示に、部下である衛兵の皆さんは、安堵《あんど》と面倒臭さの入り混じった表情で了解した。

安堵は、危険な野生動物や魔物、とりわけ、トレントが近くにいないと知って。

面倒臭さは、この寒さの中、さらに森を分け入ると知って。

そりゃあ複雑な表情にもなろうというものだ。気持ちはよくわかる。私だって、もう帰りたい気持ちなら絶対に負けない。

しかし、この森は特別だ。一月と少し前、アジョル村を襲ったトレント八体が出て来た森が、今の私達のいる場所である。

他にトレントは残っていないか。残っていないとしたら、その後の野生動物の動きはどうなっているか。確認しないことには、アジョル村を犠牲にした、あのトレント戦は終わらない。

なんたって、この森の直近にある集落は、大変優秀な生産力を誇るアデレ村ただ一つになってしまったのだ。そして、今のアデレ村には、アジョル村を失った人々が身を寄せている。

辺境伯領の経営面から言っても、私の感情面から言っても、ここで手を抜いて再び犠牲を出すわけにはいかない。

私は漏れそうになる不満を、ぐっと顎に力を入れて噛み砕いて、衛兵の皆さんを見回す。

彼等《かれら》は、私以上のプロフェッショナルである。私がなにか言うまでもなく、今回のつらい任務がなんのために行われているか、骨の髄まで染みている。

私が一つ頷くと、彼等も表情を引き締めて頷きを返してくれる。

つらいとは感じている。不満が湧き出て来る。人間だもの、どうしようもない。

だが、彼等の鍛えられた職業意識や持ち前の人柄が、それらを踏み潰して前進することを是とする。

辺境伯領の民を守るための職につき、実際にそうであろうとする彼等の、なんと頼もしいことか。

見た目は冴《さ》えないおっさんや、やんちゃをこじらせたあんちゃん達だが、その中身は熱い男達だ。

私も見習わなければ。仮にも、上官の立場として彼等を率いているのだ。

少なくとも、こんな上官についていく気にはならないなぁ、なんて部下の我慢の種を増やさないようにしたい。これが人の上に立つ重責であるな。

私は自覚を背負いながら、黙々と、我慢強く、森の中を探索していく。一月の時間でも森が癒せなかったトレントの行進跡を辿っていくと、途中で奇妙な匂いに気づく。

「この匂い……」

一般的に、腐った卵のような匂いと表現される、この森にはありうべからざる刺激臭だ。だが、事前の情報によると、トレントがいた場所ならありえるらしい。

「こっちですね。皆さん、トレントに関連する物質の匂いがします。警戒してください」

衛兵の皆さんは、了解しながらも不思議そうに鼻を鳴らしている。私以外は感じ取れないらしい。

ここで、ちょっと恐い話をしよう。トレント戦以降、私の五感はさらに鋭敏になった節がある。それればかりか、気のせいだったらいいのだが、傷の治りも早いかもしれない。トレント戦で受けた負傷、肋骨《ろっこつ》にヒビが入ったと思ったのだが、すでに完治済みである。

アジョル村の移住計画のため、大したことないですよーと笑って誤魔化しながら働いていたのだが、一週間で痛みが引いて、二週間でかなり激しい運動をしても問題なくなった。

その時は、都合がよろしい、ユイカ女神のご加護に違いないと喜んでいたのだが、忙しさが過ぎてみるとちょっと暢気《のんき》すぎる感想だ。

形のない事物なので他人と比較が難しいのだが、流石に今世の人間離れしていると思う。

軽くファンタジーだ。人類に不利じゃないファンタジーというか、私に有利なファンタジー。本当にレベルアップ制があったりするのだろうか、今世。

もちろん、そんなことはない、はずだ。

魔物について調べた時、討伐方法や討伐例が載っていた。つまり、魔物を倒した人は、当然のように私以外にもたくさんいる。なのに、特別肉体が強化されたという記述は、伝承や伝説としても存在しない。

ファンタジーしているのは、私だけなのだろうか。トレント戦の時の、謎のメッセージの件もある。そういえば、すっかり気にしなくなったが、私は前世らしき記憶を保持している。これだって大概、珍しい事象だ。

そろそろいい年になったし、我が身の不思議について、どなたか教えて頂けないだろうか。神様がいるのなら、多分そっちの専門分野だと思う。

悩みつつ、匂いを辿っていくと、森にありえない色彩が出現した。

森の中、薄い陽光が乱反射しては、鉱物的な黄や赤、銀の色が暗緑の世界に広がっていく。

多彩の源は、ガラス質の表皮を持つ樹皮だった。中には、色とりどりの物質が透けて見えており、キャンディをつめたガラス瓶のように見えなくもない。

ただし、残念ながら、食欲が湧くような彩りではない。

赤は透明感のない淀《よど》んだ色だし、銀色もくすんでいる。黄色はまだ透明感があるが、腐った卵のような刺激臭はこの黄色が発生源だ。

万が一、これらに食欲が刺激されても、口にしない方が良い。少量ならむしろ体に良い場合もあろうが、多分、毒になる。

「卿《きょう》、これは……」

衛兵の一人が、ぽかんと口を開けて、巨大なガラス瓶のような物体に目を丸くしている。

無理もない。とてつもなくファンタジックな光景だ。お金を取って見世物にできるくらいである。

「皆さんも話には聞いたことがあるでしょう。これが、トレントの樹家ですよ。と言っても、私も見るのは初めてですけどね」

「お、おぉ、これが……」

魔物との戦いを第一義とする衛兵の皆さんは、魔物絡みの知識が豊富だ。トレントの樹家と言われて、納得と感心の目で、不可思議な光景に見入る。

サキュラ辺境伯領は、辺境の文字に恥じず、かなり魔物との接触が多い地域である。竜鳴山脈とその大森林から、魔物が流れて来るためだ。

特に、人狼《じんろう》は行動範囲が広いのか接触機会が多く、実際に戦ったという者はかなりの数がいる。

それほど接触の多い人狼の関係事案でも、人狼の墓場と呼ばれるモノを目にする衛兵は少ない。

これは寿命を迎えた人狼が集まる場所らしく、人狼の遺骸が金属の塊として集積している。今世の貴重な鉱脈だ。

墓場がサキュラ辺境伯領内で発見された事例は、十件未満と多くない。それも、墓場としては小規模らしく、潤沢に金属が採取できるとは言い難い。

世の中には、巨大墓場と呼ばれる規模のものもあり、そこから得られる金属資源は王国を支えるほどの量だとか。

実にうらやましい。王国の勃興期、対魔物最前線を担っていた当時の辺境伯・現ダタラ侯爵の権勢を支える大金庫なのだそうだ。

一方、トレントは、その動きの遅さからか行動範囲が狭く、実のところ遭遇件数は格段に低い。今回のアジョル村の案件は、とんでもない不運である。

トレントという種からしてそうであるためか、トレントの樹家は、人狼の墓場以上に発見報告が少ない。

家とついていることからわかるように、あの木製全身鎧《よろい》を着こんだゴリラの死骸は、この珍奇なガラス瓶じみた樹木の中で、普段はじっとしている――らしい。

私は実際に見ていないから信じがたいが、文献にはそう書かれていた。

今目の前にしている樹家も、ウロというには大きすぎる穴が空いており、そこにはトレントがすっぽり入れそうなので、説得力を感じないでもない。実際に目撃するまで信じられないけれど。

ともあれ、そんな貴重なトレントの樹家であるが、摩訶不思議《まかふしぎ》なガラス質の樹皮は、ずばりガラスである。

マジかよって思いましたよ。もはや樹皮と言って良いかも怪しい。

ただ、ガラス産業が有名な地域は、このトレントの樹家からガラス樹皮を採取して再利用している。だから、他ではできない規模のガラス産業が維持できるとのことで、マジらしいです。

人狼の死骸から金属資源を入手する、という流れを聞いた時もそうだけど、妙なところで人類に優しさを見せるファンタジー要素である。

それと、優しさはそれだけではない。

ガラス瓶につめられたキャンディのような彩りの（悪い）様々な物質である。

王都のアーサー氏が、博物学者から聞き出した話によると、あのキャンディのうち、黄色は硫黄の可能性があるという。

マジかよって思いましたよ。でも、実際に微妙に漂う匂いが硫黄のそれなので、多分マジです。

他にも、王都の博物学者が調べた分析結果から推測すると、赤はリンの一種、銀はマグネシウム辺りのようだ。嘘《うそ》か真《まこと》かは、実物を使って慎重に調べる。

もし、実際にそれらの物質だったら、ものすごく助かる。特に硫黄。もう、本当に助かる。

古代文明がどれだけ使いこんだか知らないが、今世では硫黄がさっぱり見つからない。温泉地で微量に取れるらしいが、そんな些細《ささい》な量だけあってもどうしようもないくらい重要なのが、硫黄だ。

正確には、硫黄から作り出せる硫酸が重要なのだ。

直接硫酸が手に入るなら硫黄は不要だが、そんな入手法が今世にないのだから、やっぱり硫黄が重要となる。その硫黄が、今、目の前にある。

これで、今まで手をこまねいていたあれやこれやがついに実現できると思うと、私の脳内麻薬がお花畑を展開する勢いの幸せを分泌する。

この幸せの前では、なんでトレントがこんな謎のお家を作るのかなんてどうでもいい話だ。大切なのは、いつも事実である。

今回の幸せな事実は、人狼からもトレントからも、文明に有用な、今世では枯渇気味の資源が採取できるということだ。

あ～、私の前世らしき記憶にもこんな魔物がいてくれたら、色んな人達が救われただろうに。いつだって資源は足りなかったですもんねぇ。

こんな特性を持った存在がいたら、神格化されていてもおかしくない。災難も運んで来るけど、多神教の神様なんてそのようなものだ。精々拝んで祀《まつ》って、よろしくやって頂くしかない。

ありがとう、ファンタジー。ありがとう、ファンタジーの神。ところで、あなたはどこの神様です？

わからないので、とりあえず我が加持神ユイカ女神に感謝の祈りを捧《ささ》げておく。

では、周辺の安全を確保して、貴重な資源を回収できるように準備をしよう。

トレントの樹家は、八体分とは思えない広範囲に広がっていたので、しばらく資源の入手には困らない。これが尽きる前に、他の樹家が見つかればなお都合がよろしい。

見つからなければ、他領から輸入することになる。少々金はかかるが、今世ではガラスはともかく、硫黄などの利用法を確立している個人・団体がいないようなので、多分簡単に取引できる。

めちゃくちゃ貴重で重要な資源なんですけどね。

とりあえず、研究所に持ち帰ったガラス入り硫黄を、硫酸にする科学実験を始めよう。

研究所の実務責任者ヘルメス君にゴーサインを出すと、あらかじめ調べていた手順に従って、研究所員（受刑者）の皆さんが動き出す。

まず、樹皮ガラスを割って、中身を取り出します。

……いきなり違和感がすごい。やっぱり、この樹皮、ガラス瓶代わりになってますよね。

化学変化に強いガラスで資源が守られているのは大変都合がよろしいのだが、流石に不自然だ。

ある時は人を襲い、ある時は資源の入手先である魔物とは、一体なんなのだろう。

私の疑問はいや増すばかりだが、とにかく、硫酸を作るために機材が準備されていく。

「ヘルメス副所長、ガラス器、組み立て終わりましたー」

「りょーかい！　今、確認しまーす」

研究所員の報告に、ヘルメス君もてきぱきと動いて、機材の状態を確かめる。

メインの機材は、ガラス製の装置だ。

これは簡単に説明すると、二つの部屋に分かれている。一つは、硫黄と硝石を燃焼させる部屋。

もう一つは、燃焼反応で得られた物質が流れていって、溜《た》まる部屋。

もちろん、後者の部屋で得られるものが、目的の硫酸である。この装置を複雑にしていくと、硫酸の濃度を上げげたり、得られる量の効率化ができる。

「よーし、機材問題なし！」

ヘルメス君が自身の手で機材を確認し終えたことを、大きな声で知らせる。

それから、全体の様子を監督していたレイナ嬢に頷く。

「レイナ所長、実験開始の許可をお願いしまーす！」

「許可します」

和気あいあいとした研究所では珍しいことに、事務的で簡潔なやり取りだ。そもそも各自の呼び方からして形式的である。

これは、数々の危険物を扱う研究所が、自分達で考え出したルールに従っているのである。

普段はどんな呼び方でも言葉遣いでも構わないけれど、危険が伴う実験、慎重さが求められる研究の最中は、決まりきった手順を守ること。それは呼び方一つからそうだし、一つの手順が終わる度に声に出し、上司の確認を取ることもそうだ。

ルールの発案者は、やはりと言うべきか、レイナ嬢であった。

締めるところはかっちり締める、頼りになるお姉さん属性に、ますます磨きがかかっている。彼女には、ベルゴさん達受刑者でさえ素直に言うことを聞かせるお姉さん力《カリスマ》がある。

このルールを適用してから、研究所では大小の事故が目に見えて減ったので、マイカ嬢がきちんとお褒めの報告書を作成した。

優秀な部下を自慢するのも、上司のお仕事である。

「よし、硫酸製造実験、開始！」

ヘルメス君の指示で機材に火が入れられ、レイナ嬢が注意深く全体の動きを観察している。私はそれをニコニコしながら見ているだけという、実に楽な役回りである。

研究所のメンバーは、本当に優秀で助かる。いや、研究所のメンバーも、と言うべきか。頼もしい同僚や仲間に囲まれて、私は大変な幸せ者である。

ちなみに、さらっと硫黄と並んで機材に入れられた硝石であるが、主な入手先は畜糞《ちくふん》堆肥の製造小屋と牧場である。

農業に都合の良い微生物さんが、堆肥用に窒素を分解してくれるついでに、この硝石も採れるようにしてくれるのだ。結構前から集めていたものが、今ようやく日の目を見た。

これで硫酸ができれば、硝酸も作れるし、塩酸も作れる。消石灰から得られたアルカリ性物質と比べて、遅れること四年、とうとう工業的に使える酸が手に入る。

硫酸は麻酔や肥料、そして電池の製造に利用できるし、硝酸はなんと写真技術に利用できる。それ以外の利用法だって多数ある。

いやぁ、しばらく研究のネタには困りませんなぁ。一気に前途が開けた気分だ。

頼もしい研究所メンバーの奮闘により、第一回の硫酸試作実験は、無事に完了した。

硫酸、なんとか入手しました。

「すみませーん、アッシュさんがここにいるって聞いて来たんですけど」

私がガラス瓶に抽出した硫酸を満足感と共に眺めていると、実験小屋の中に少女が入って来る。

着慣れていない神官服が初々しい、スイレン嬢である。

「はい、私はこちらですよ。どうしました」

「あ、いたいた。トレントの捜索が無事に終わったって聞いたので、そのお礼をしたいと思いまして」

アジョル村村長の役職を持つ少女は、今の彼女にできる最大の丁寧さで、頭を下げる。

「冬のトレントの襲撃からこれまで、数々のご好意、本当にありがとうございました」

「スイレンさんにそう言って頂けるのであれば、働いたかいがありました。他の衛兵の皆さんにも、伝えさせて頂きます」

トレント捜索隊と、トレント討伐隊の皆さんも、若い村長の謝辞に喜ぶだろう。

今回の捜索完了で一段落となったのだし、合同で打ち上げ会を開いて、彼等の奮闘を労《ねぎら》っても良いですな。

「あ、グレンさんにだけは、スイレンさんから直接お伝えしますよね？」

「えっ？　い、いえ、それはそのっ」

「直接お伝えくださいね」

にっこり笑って後押ししておく。

真っ赤になったスイレン嬢に、周りの研究所員も事情を察して微笑ましそうに表情を緩める。大半が強面《こわもて》傷持ちのおっさんですけどね。

数少ないおっさん以外の人物、レイナ嬢がくすくすと愛らしい笑い声を漏らす。

「わかりやすいわね。でもアッシュ、からかうのはよくないわよ？」

「からかうなんて人聞きの悪い。応援ですよ」

「どうかしらね」

ほどほどにしておきなさい、と言わんばかりのレイナ嬢の優しい眼差しに、私は笑って頷いておく。

レイナ嬢のお姉さんっぷりはますます磨きがかかって来た。

皆のお姉さんレイナ嬢は、スイレン嬢にも包容力たっぷりに話題を振る。

「ともあれ、スイレンさん、良いところに来ましたね。丁度実験が一つ終わったところなの。ヤエ神官も気にしていると思うから、報告を持ち帰って欲しいのですけれど」

「あ、は、はい！　なんの実験でしょう？」

「それが正確にわかっているのは、アッシュくらいでしょうけど……硫酸製造実験ですって」

「りゅうさん……」

スイレン嬢は、しばらくその単語を口の中で繰り返して考えていたが、やがて手を叩いて笑顔を見せる。

「あれですね！　肥料を作るのに使うっていう、あれ！　トレントの捜索途中で必要な材料が見つかったって聞いたけど、もうできたの？」

「ええ、これがその硫酸ですよ。よく覚えていましたね」

「うん！　まだまだ勉強不足だけど、農業に関係あることはがんばって覚えるようにしてるから」

驚きながらも嬉しそうに、スイレン嬢は私の示したガラス瓶を見つめる。

「へえ、見た目は水みたいなんだぁ。想像してたのと違うなぁ。これを動物の骨とかにかけると、肥料としての効果が高まるんだったっけ？　あ、いえ、でしたっけ？」

「ええ、文献によるとそうらしいです。今まで試したデータがないので、らしい、としか言えませんけれど」

「あ、じゃあ、これから確かめないとですね！　うん、あたしもがんばります！」

彼女のがんばる発言は、硫酸を使用した肥料の効果を試験畑で試すことが、彼女の仕事になるからだ。初めて会った頃と違って、実に積極的なスイレン嬢である。

現在、彼女は神官見習いであり、領地改革推進室の協力者として働いてもらっている。

これは、残念ながら一時解散となってしまったアジョル村の復興のため、農業をもっと学びたいという希望を受けて取られた措置だ。

他にも、アジョル村の村人が十人ほど、都市に移住することになり、研究所の試験畑を運用する人手として雇われている。スイレン嬢には、彼等のリーダーをお願いしたのだ。

ゆくゆくは、試験畑の記録や実験内容の提案まで任せたいと考えている。

今、どんな実験内容になるのか熱心にレイナ嬢と話しこんでいるスイレン嬢を見れば、試験畑の管理責任者が誕生するのもそう遠い話ではなさそうだ。

ただ、そのためには、意欲以外にも基礎的なスキルが必要になる。

軍子会に参加できなかったスイレン嬢は、そのスキル、読み書き計算を習うために、神官見習いとして神殿に入ったのだ。

「スイレンさん、ヤエ神官との勉強はいかがです?」

「あ、はい。とってもわかりやすく教えてもらっています。フォルケ式っていう勉強法みたいなんですけど、すごいですよ、あれ。村で自分で文字を覚えようとしてた時よりずっと覚えやすいんですよ」

その方法ならよく存じております。というか、ヤエ神官、いつの間にそんなものを使い始めたのですか。

「ま、まあ、どんな勉強法であれ、わかりやすいならなによりです」

「憧れの都市にやって来て、勉強させてもらっているなんて、夢みたいですよ。それもこれも全部アッシュさんのおかげで、本当にどう感謝したらいいか」

「とんでもない。こちらにとっても、研究所の試験畑を任せられる人手が欲しかったのですから、ありがたいことです」

それに、私はスイレン嬢の希望を、上司であるマイカ嬢やイツキ氏に報告しただけなので、ほとんど手間はかかっていない。

有為の人材を見逃さない上司が優秀なのだ。

「それを言うなら、畑で働くのだって、結局は新しい農業の勉強になるし。ありがたいことばかりですよ」

「お互い損のない関係ということですね」

どちらにも負担がないなんて、きっと長続きできる良い関係になるに違いない。

そんな素晴らしい関係なのに、スイレン嬢はちょっと困った笑みを浮かべている。

「ええっと、ありがたすぎて心苦しいっていうのがちょっと……」

スイレン嬢の呟きに、レイナ嬢とヘルメス君が頷く。

「わかるわ、それ」

「最初は皆そんな感じだな」

私以外は共感できる悩みらしい。私はさっぱりわからないので首を傾げざるを得ない。

「ありがたいことなら、そのままありがたく受け取れば良いと思いますが……」

「だから、それがありがたすぎて苦しいのよ」

レイナ嬢の返しが早い。皆さん、随分と贅沢な悩みをお持ちみたいですね？

「私にはよくわかりませんが……ともあれ、お悩みがあるということで、心労お察しいたします」

中身はわからなくても、悩みを持つ苦しみならばよくわかる。

私も、夢に向けて今後どのように進んでいくべきか尽きない悩みを抱える身だ。同じく悩む同志を、優しい言葉で励ますくらいはできる。

「そういうことならば、もうすぐ温泉地で有名なスクナ子爵領に行けるのですから、そこでゆっくりと休んで、気分を新たにしましょう」

実に楽しみですね。今世初の温泉ですよ。

私が満面の笑みを浮かべたのに対して、スイレン嬢はますます困ったように苦笑する。

「その……さんざん迷惑をかけたあたしが、そんな旅行に同行させてもらえるっていうのも、大分きついんだよ……？」

「なにも気にしなくていいと思いますよ？　きちんとイツキ様が許可を出してくださったんですから、目上のご好意に甘えるのも、目下の可愛げです」

私が発案した温泉休暇が決まった時、今回の功労者であるグレン君が、スイレン嬢も連れて行きたいと素直な気持ちを漏らしたのだ。

これを伝え聞いた私・マイカ嬢・イツキ氏は、そりゃそうだと三人そろって頷いた。

今まさに恋に夢中のお年頃ですもんね。せっかくの楽しい旅行イベント、好きなお相手と一緒に行きたいなんて当然すぎる。

そして、スイレン嬢自身、曲がりなりにも二年間、アジョル村の現場で責任者として踏ん張りとおした実績を持っている。最後には、村壊滅の危機に際して、村長として立派に振る舞った。

辺境伯領としても、褒美を与えるに不足はない。

そして、領地改革推進室の一同で温泉地に行くならば、一人増えたところで大した違いはない。

だったら、スイレン嬢も一緒に温泉に行けば良いじゃない。

流れるようにスイレン嬢の温泉行きが決まったわけだ。

どこにもスイレン嬢が気にする要素はない。強いて言うなら、グレン君の背中でも流してあげればいいんじゃないですかね。

「そもそも今回の温泉旅行、メインの目的は、スクナ子爵からのご招待に応じることと、辺境伯閣下との会談ですから」

スクナ子爵は、石鹼の製造法を教えた温泉地の為政者だ。

こちらも打算ありありの技術供与であったが、石鹼の獲得に大層喜んで頂けたらしく、今回の招待はそのお礼である。

また、近頃の領地経営が色々と立てこんでいるため、辺境伯閣下が良い機会だから直接会って話し合いたいと仰せになられた。

だから、今回の温泉旅行にはイツキ氏も参加して、子爵家とのトップ外交と、辺境伯家内のトップ会議が開かれる。最重要の公務と言っても過言ではない。

そう、あくまでお仕事、これは出張である。出張先に温泉があったので、疲れが取れて幸せになれるお湯に入れるだけだ。

私も、湯治場を有するスクナ子爵や、ご主君であるサキュラ辺境伯と直接言葉を交わす可能性も高いという。上手くコネを作っておけば、今後の計画も有利になるに違いない。

色々と楽しみなお仕事であるな。

私が夢への希望溢《あふ》れる顔で皮算用をしていると、スイレン嬢、レイナ嬢、ヘルメス君が、顔を寄せ合って溜息《ためいき》を吐《つ》いている。

「あたし、そのお偉い様からのご招待っていうのが、もう恐れ多いんだけど」

「そういうことに慣れてないんだもの、それが自然ですよ。私だって緊張するわ」

「気にすることないよ。こんなのが平気っていうか、楽しみにできるのなんて、アッシュだけだって」

「アッシュさんだもんね」

「そう、アッシュだもの」

「アッシュだからな」

別にもうそれで納得して頂いても構いませんが、特大の溜息をくっつけるのはやめて頂きたい。まるで、私が困った人間みたいではないですか。

しかし、スイレン嬢（と他の二人）の悩みはわかりましたよ。

「どうやら、辺境伯閣下のお誘いに恐縮しているようですが、気さくな人物なので大丈夫ですよ」

なんたって、領主クラスのトップ会談があるのに、推進室一同の同伴を許可してくれたくらいだ。柔軟な対応ができる、話のわかる上司だ。

もっとも、許可が下りた最大の理由は、サキュラ辺境伯領が誇る重鎮の結婚の報《しら》せにあるだろう。

この度、新たに誕生した夫婦に、新婚旅行をプレゼントしようという辺境伯閣下の粋な計らいだ。

私達推進室は、それと同じタイミングで温泉に行きたいと声をあげたので、ご相伴にあずかることができたようだ。タイミングは大事である。

結婚した重鎮が誰かって？

いい年して未婚のままでいたとある騎士様で、年下の美人神官にとうとう追い詰められた人です。

存分に祝って差し上げましょう。

スクナ子爵が用意して下さった宿は、温泉地で最も格式高い高級宿だった。

主賓の領主一族はそういう扱いも当然だと頷けるが、よもや貧農の倅の私まで最高待遇の宿に宿泊できるとは思わなかった。

湿気を考慮した木造平屋の宿本体の佇《たたず》まいは、さして大きくない。だが、この宿は温泉地の一角をふさぐ形で建てられており、その奥には長年をかけて整えられた林が存在する。

これが、宿の庭である。

この庭園の中に、いくつもの離れや温泉があり、宿泊客は喧騒《けんそう》を離れて思い思いに湯治を楽しむことができる。休暇はもちろん、密会にも持って来いだ。

実際、そういう使い方もされていると、イツキ氏がそっと教えてくれた。やんごとない方々のリゾート地ともなれば、そうなるのも必然と言えよう。

客の目に入らないようひっそりと衛兵が巡回しているのは、防諜《ぼうちょう》と暗殺の対策なのだろう。

対魔物に重点を置いた辺境伯領の衛兵と違い、子爵領の衛兵達は対人用の繊細な気配をまとっている。忍者的な空気だ。

今も、私は露天風呂に浸《つ》かっているのだが、湯船の向こうに広がる川と木々の風情ある景色の中に、ちらほらと黒子のような衣装を着た衛兵の姿が見える。

お仕事お疲れ様で~す。

肩まで温泉に浸かり、口から魂を吐き出す勢いでリラックスしながら、影働きの皆様に感謝の念を送る。

「あ~……」

癒される。今世十五年、下天のうちをくらぶって蓄積した疲労が、お湯が染みた肌から抜けて行くようだ。

やっぱりお風呂は良い。温泉だとなおのこと良い。心身ともに解《ほぐ》されて、今までとは違った視点で今後の計画を検討できそうだ。

これまではサキュラ辺境伯領の中だけで物事を進めて来たが、石鹸技術の放出という手札を切った以上、今後はそうもいくまい。あれ、一応は王室独占級の代物だったし。

今回、スクナ子爵からご招待にあずかったことからも、サキュラ辺境伯領の開発技術が注目されている内幕がうかがえる。

公開技術と秘匿技術に注意して、外部との交渉に臨むべきであるな。

「アッシュ、せっかくの温泉に来てまで、そんな難しい顔をすることはないだろう」

「おや、ジョルジュ卿――ではなくて、バレアスさん」

貸切状態のお風呂場にやって来たのは、ジョルジュ卿だ。新婚旅行中なのだから、堅苦しい役職呼びはやめておいた。

私よりしっかり筋肉のついた体にかけ湯をして、ジョルジュ卿は隣に浸かって来る。

なお、今世では混浴が普通だが、湯着をつける習慣があるので、健全だ。男性は膝丈くらいのズボン的なものを装着する。

お湯の温かさに、ジョルジュ卿は心地よさそうに吐息を漏らしてから、私に笑いかけて来る。

「また仕事のことを考えていたのだろう？　少しは気を抜いたらどうだ。俺から見ると、お前は働きすぎだ」

「バレアスさんに働き過ぎと言われると、ちょっと危険な感じがしますね」

冬の領軍備品総点検の経験者ですからね。致命的な労働量だ。

私が真面目な顔で頷くと、ジョルジュ卿は明るい笑い声をあげる。

「そうだろう？　イツキ様も、俺が言うと説得力があるはずだ、と言っていたよ」

あまり心配をかけるなよ、とジョルジュ卿は私の肩を肘で小突いて来る。親友でもあるイツキ氏を慮《おもんぱか》っての釘刺《くぎさ》しのようだ。

体調管理は完璧なはずなんですけどね。

「そういうバレアスさんこそ、せっかくのお休みなんですから、私なんかではなく新妻と一緒に入るべきだと思いますよ」

新婚旅行なんだからヤエ神官と一緒にいなさいよ。その辺は皆さん気を遣って、離れの露天風呂付き客室をあてがっているのに。

「流石に連日二人きりでは間が持たんよ、今日は別行動だ」

「新婚早々、なにをおっしゃるのですか。がんばってくださいよ」

「そう言われると……あまりいじめてくれるな」

真面目で精悍《せいかん》な顔立ちを、世にも情けない風に歪《ゆが》めて、ジョルジュ卿は嘆息する。

惚《ほ》れた弱味という言葉があるけれど、どうもこの夫婦に限っては、惚れた側であるヤエ神官の方が強いらしい。

ジョルジュ卿が不器用すぎるとの見方もできる。仕事はびっくりするくらいできるんですけどね。

「そのヤエ神官は、今はなにを？」

「他の女性陣から誘われて、温泉を巡ると言っていたよ。先達として助言がどうのこうのと言っていたが」

「ほほう、恋の助言ですかね？」

推進室の女性陣はいずれもお年頃の乙女であるからして、難攻不落に見えたジョルジュ卿を陥落せしめたヤエ神官の手腕に興味があるのだろう。

スイレン嬢辺りは特に参考になりそうだ。お相手が同じ真面目な騎士タイプである。

今世の十五歳といえば、正式に結婚していてもおかしくないお年頃だ。比較的環境のよろしい上流階級でも、平均寿命が四十歳前後だから仕方がない。さらに平均寿命が下回る農民になると、十五歳で子供を持っていても当たり前に見られる。

前世と比べると、皆が生き急いでいるのだ。

「ああ、なんのことかと思っていたが、なるほど、恋の助言か」

ジョルジュ卿は、よくそういうことがわかるな、と感心した後、珍しく意地の悪い表情を浮かべる。

「では、妻に倣って、俺もいくらか先達として振る舞うべきかな？」

「おや？　私の恋愛事情への追及ですか？」

ずいぶんと久しぶりの話題だ。

都市に来たばかりの頃、初めてジョルジュ卿とプライベートで話す席を設けた時に、そんな話をした気がする。その時は、お互い仕事人間だからと笑い話になったものだ。

その直後にジョルジュ卿をヤエ神官とデートさせましたけどね。あれは良い仕事ができたと自負しています。

「お前ももういい年だ。それに、ずいぶんと立場も変わった」

そうだろう、とジョルジュ卿は、後輩となった私のフルネームを役職付きで口にする。

「騎士《サー》アッシュ・ジョルジュ・フェネクス」

ええ、そうです《イエス・サー》。

私、この春から騎士生活始めました。

アジョル村でのトレント戦の功績により、サキュラ辺境伯閣下から騎士位を賜ったのだ。

姓の由来は、もちろん不死鳥である。とうとう不死鳥マークが、正式に私のシンボルマークとなってしまった。

「一家を為《な》したのだ、その名を次代に繋ぐのも務めのうちだぞ」

「それはわからないでもありませんけれど、貴方《あなた》が言うと説得力に欠けますね、義父上《ちちうえ》」

「むぅ、やはりそうか？」

私の返しに、長年独身生活を送っていた我が義父バレアスさんは、頭を掻《か》いて誤魔化す。

そう、バレアスさんは私の義父だったのである。私のミドルネームに使われているジョルジュは、一度はジョルジュ家の養子になったことを示すものだ。

ほんの二年足らずの養子生活であった。

ジョルジュ家の養子にならないか、という話は、私が軍子会を卒業した直後に持ち上がったものだ。私が部下を統率する身分となる上で、農民の息子という出自で不利にならないようにと、イツキ氏が熱心に勧めてくれた。

多分、都市を離れて村に戻らなければ、と私が言い出した件が影響しているのだろう。マイカ嬢の影響がちらほらと見える。

ひとまず故郷に相談をしてみたら、ユイカ夫人はぜひそうすべきだとやたら嬉しそうに推して来た。両親も、親子の縁が切れるわけでもないと、快く養子に出してくれた。

アッシュ・ジョルジュの誕生は、私より周囲の人の方がよほど喜んでいたと思う。イツキ氏が心底ほっとした顔をしていたし、マイカ嬢は我が事のようにはしゃいでいた。

その時の祝福っぷりを思うと、いささかジョルジュ家の息子だった時間が短すぎたような気がする。

トレント八体を倒しきったことを報告した時のイツキ氏の表情は、特にそんな考えを引き起こす。賽《さい》の河原で石を積んで百年目みたいな顔になってたから……。

ともあれ、ちょっと前まで義父であった（今でも義父なのだが）ジョルジュ卿は、先輩騎士として私に結婚を勧めて来る。

「まあ、悪い例の俺が言うのも、ほら、あれだ、説得力があるだろう？　かなり周囲から口うるさく言われたからな。あれはつらいぞ……」

「イツキ様も相当せっついたと聞いていますよ」

「あの人が一番うるさかった。新しい侍女が入ると必ず見合いを勧めて来るんだ。あれには本当に困った」

額を押さえてうな垂れる姿には、説得力十分な面白さがある。

「で、とうとう養子にまでお見合いをセッティングされて、そこから詰んだと」

「そうだぞ、俺の結婚はアッシュのせいだ」

私の〝せい〟とは悪意のある言い方に聞こえますな。

「ヤエ神官にご不満でも？」

「い、いや、それはない！　ないぞ！　今のは言葉の綾《あや》というかな……」

やっぱり、この夫婦はヤエ神官の方が強いようだ。

「そういえば、バレアスさんが独身を続けていた理由、以前は教えてくださいませんでしたねえ」

確か、昔の恋が忘れられない、でしたっけ？

聞きたいですねえ。聞かせて頂きたいですねえ。

「ヤエ神官はご存じのお話ですか？」

「い、いや、知らないはずだが……アッシュ？」

「義父と養子なのですから、聞かせて頂けませんか？　今なら、ここだけの秘密にできると思いますよ？」

「今なら……？」

「ええ、今なら」

今を逃すとここ以外の秘密になってしまうかもしれません。具体的には、ヤエ神官のお耳に入ります。まあ、会話の端々から察するに、ヤエ神官はとっくにご存じっぽいですけどね。ジョルジュ卿がバレてないと思っているならそうなのだろう。ジョルジュ卿の中では。

さあ、ジョルジュ卿、あなたはヤエ神官の追及を逃れる自信がおありですかな？

親切心に満ちた忠告を、笑顔の微妙な表現にてお知らせすると、バレアスさんの額に大量の汗が浮かんで来る。

お察しの通り、大変危険な状況ですので、返事は計画的にされるがよろしい。

「う、ぐ……っ」

その時、ジョルジュ卿の眼《め》がなにかに気づいた光を宿す。

なにか、上手い反撃を見つけたと見える。一体なにに気づいたのか。私は思考を回しながら、ジョルジュ卿の一手を待つ。

もし、雑な言い訳が出て来たら、即座に叩き潰してくれる。

「い、いいだろう。俺も身を固めたのだ。過去に区切りをつけるのに、良い機会かもしれん」

「ほう？」

覚悟を決めたのだろうか。

いや、ジョルジュ卿の表情は、追い詰められながらもあきらめていない。自身の命を擲《なげう》つことになろうとも、必ず敵を食い止めんとする騎士の顔だ。

「だが、こちらだけが話すのもなんだ。アッシュ、先にお前の話を聞こうじゃないか」

「私の？」

ジョルジュ卿の秘密の恋バナが聞けるというのであれば、こちらも相応の情報を提供する覚悟はありますぞ。

ジョルジュ卿は、切り札を叩きつけるように、真剣な眼差しで告げる。

「マイカ様のことをどう思っているかだ」

「好きですよ」

「お前も本当は気づいているのではないか？　マイカ様は、俺から見てもお前に惹《ひ》かれている様子がわかるほどだ」

私の返答を無視して、ジョルジュ卿は静かに、しかし強い口調で私に訴える。

おかしい。私の返事が聞こえなかったのだろうか。

「このことは、イツキ様も当然気づいている。実際、俺も何度かマイカ様のことを相談されているのだ。イツキ様は、マイカ様のことを大変大切にしているからな。彼女の願いを叶えてやろうと影ながら苦心していたのだ」

「あ、やっぱりそうでしたか」

薄々……というか、大体わかっていましたよ。

都市に慰留しようとした時とか、ジョルジュ家の養子にした時とか、イツキ氏が露骨にマイカ嬢にアピールしていたから。あの人、姪っ子のこと好きすぎて、貴族としての腹芸が全くできていない。その点は、マイカ嬢の方が優秀だ。

流石はマイカ嬢、ユイカ女神の娘である。

「アッシュのことだ、身分の違いなどをよくよく考えて、一線を引いているのだろうとは察する。だが、一人の男として、彼女のことをどう思っているか。その胸のうちを、この義父に聞かせてはくれまいか」

あ、ようやくジョルジュ卿の目が、独演を終了して私のところに戻って来た。

それを確認して、私はもう一度、簡潔に答えた。

「好きですよ」

「……ん？」

ジョルジュ卿が、真顔のまま首を傾げる。

聞こえなかったのだろうか。

「ですから、好きですよ」

「誰が？」

「私が」

「誰を？」

「マイカさんを」

「好きなのか？」

「好きですよ」

これ以上なくきっぱりと好きです。

「で？　私から聞きたいお話というのは、以上でしょうか？」

それなら、次はジョルジュ卿の秘密の恋バナをお願いします。

「いやいや！　待て、ちょっと待て！　お前、そんなあっさり言うのか!?」

「聞いたのはバレアスさんじゃないですか。私はお答えしただけですよ。あと、声が大きいです。流石に大声で話されると困るのですが」

私の指摘に、ジョルジュ卿は慌てて口元を押さえる。

「だ、だが、お前は今までマイカ様の気持ちに応えようとしなかっただろう！　ひ、秘密にしていたんじゃないのか！」

「秘密と言いますか……はっきりと恋心を自覚したのは、つい最近のことですから」

元々好意を持っていたが、恋愛対象の狩猟圏内に入ったのはここ一年くらいのことだ。

私の今世の体が、まあなんというか、生物学的に成熟しきったのが原因だと思う。前世的道徳観をもってしても、思春期特有の熱を抑えきれなくなってしまった。

そして、そんな私の目から見て、マイカ嬢は大変魅力的な女の子に成長していた。可愛くて綺麗で有能で、私のやり方に自然と合わせてくれる。文句なしの恋愛対象である。

あと、目的のためならあの手この手も辞さないという性格もポイントが高い。

ふと気がつくと、欲しい、と思うようになってしまったのだ。

結構前から、もうちょっと体ができて来たら、という予感はあったけれど、ずばりであった。私は、前世ロリコン的概念の崩壊を、落ち着いて受け入れていた。

ここ一年くらいは、マイカ嬢に近づかれると抱きしめたくて困っている。密《ひそ》かに紳士レベルも上がっていたのです。

「お前……どれだけイツキ様やユイカ様が気を揉《も》んでいたと……」

「そう言われましても……」

こちとら遥か彼方《かなた》の夢を追いかけるのが最優先の暴走特急である。通過駅のホームでそっと待たれても止まれない。タイムロスになるなら停車駅だってすっ飛ばしていく所存である。

私を止めたければホームから飛び降りて、線路の前に立ちはだかるくらいはして頂かないと。それでも止まるとは保証いたしません。人身事故にご注意を。

そんな危険物と化している私だ。今までは「それがどうした、どんどん行くぜ」と危険度を増して来たのだが、いざ誰かを特別に想うようになると、困ったことになってしまった。

「自分で言うのもなんですが、私は相当の変人ですよね」

「言うまでもないぞ。皆知っている」

「そこまで力強く即答されると、いささか傷つくのですが……。まあ、困ったことにご存じのとおりです」

私は、舌の上に痛烈な苦みを感じて、隠しきれず表情を歪める。

「そんな変人が、結婚なんて考えて良いと思います？」

仕事の関係者や、同じ夢追い人を、それぞれの事情の範囲で巻きこむのとは話が違う。好きになるくらい魅力的な人の話だ。幸せであれと心から願える人の話だ。

そんな大事な人の人生を、他人の接触が許されない部分までごっそりと奪うことになる。

「私は、私自身が、それを許されるほどの人間だとは思えません」

ジョルジュ卿の表情が驚きを見せる。私は、相当に珍しい表情になっているようだ。

ジョルジュ卿は私の顔を見つめ、そこに現れる意志や思惑をくみ取ってくれる。

やがて、眉間に深い悩みを刻みながら、義父は口を開こうとする。

「お前はそう言うが、アッシュ」

「貴重なご意見は、どうかご勘弁を」

それを、私は申し訳なく思いながらも、きっぱりと拒絶する。

「これ以上踏みこんで良いのは、貴方ではありません」

貴方は、私に人生を奪われる相手ではない。

だから、踏みこませない。

貴方は、私の人生を奪える相手でもない。

だから、踏みこませない。

「これ以上は、当の本人にしか、許しません」

全てを跳ね除《の》けるような私の断言に、ジョルジュ卿は、唇を引き結んで黙りこんでしまう。

槍《やり》を合わせる時のように、ジョルジュ卿はこちらにつけ入る隙がないかと、じっと見つめて来る。

そうはさせじと、私が真っ直ぐに見返す。

やがて、ジョルジュ卿は声を立てずに笑う。

「全く、人にはせっせと世話を焼いて結婚させておいて、わがままだと思わないか？」

「騎士家への養子縁組するのに比べたら、ずっとささやかな後押しでしたよ？」

私がヤエ神官に力を貸していたとしても、ジョルジュ卿の休みを教えたり、食べ物の好みを教えたくらいだ。就職斡旋《あっせん》や家族斡旋するような、権力のある人々の工作活動と一緒にしないで欲しい。

「俺には、お前の方がよほど強引だったよ」

「そんなはずはないでしょう」

「現に、トドメを刺したのはイツキ様ではなくお前だろう？」

それは個人の主観の違いですね。

私が笑顔でとぼけると、ジョルジュ卿はさっぱりとした表情で両手を上げた。

「ともあれ、お前の考えはわかったよ。こうして、横からこっそり探りをいれようとしても、アッシュの目と耳には届かないのだな」

「ええ、やりたいことに向かって、いつも全力疾走していますからね」

横からこっそり近寄られる間に振りきれるのだ。ノンストップ暴走である。

「それでもなおお気持ちを知ろうとするなら、がむしゃらに走っているアッシュの正面に立ちはだかる勇気が必要というわけだ」

義父上は、私のことをよくわかっておられる。

私が笑って頷くと、ジョルジュ卿は大袈裟《おおげさ》に溜息を吐いてみせた。

「マイカ様も大変な相手に想いを寄せたものだ」

「無責任ながら、本当にそうだと思いますね」

ジョルジュ卿は、養子のあまりに勝手な言葉に苦笑して、私から視線を外す。風情のある川と林の景色に顔を向けたのは、会話終了の合図だろう。

だが、終了なんてさせてなるものか。

「さあ、バレアスさん。次はあなたの番ですね」

「う、うん？　なんのことかな？」

そんなすっとぼけで逃げられると思うてか。

「私の話を聞いたのですから、バレアスさんの秘密も教えてもらいますよ。当然ではないですか」

そういう約束だったのだ。なんとなく終わりという雰囲気で誤魔化しても騙《だま》されない。何年この話を聞くのを楽しみにしていたと思っているのですか。

「よもや、お約束を違《たが》えるつもりですか、ジョルジュ卿？」

「う、うぬぬ……」

いい年した騎士がうぬってないで、さっさと吐きなさい。

それとも、ヤエ神官にご相談申し上げた方がよろしいですか？　ジョルジュ卿が、忘れられない秘密の恋を教えると言ったのに、約束を破ったと。

◇◇◇

【横顔　セイレの角度】

サキュラ辺境伯家の重鎮方ご一行がやって来た。スクナ子爵家として、この歓待は常の商売とは異なり、領政に係る業務である。領主直々に歓待の人選を行う辺り、それが如実だ。

「セイレ、お前はフェネクス卿のお相手をしなさい」

スクナ子爵であるお爺様《じいさま》は、笑顔の鞘《さや》の中に短剣を潜めて、わたしにそう命じた。

わたしは、十六歳で婚約者がおらず、フェネクス卿は十五歳で未婚だと聞く。つまりは、そういうことを視野に入れて接しろということだろう。

「かしこまりました。しかし、マイカ様のご様子からすると……」

マイカ様の婿候補として、フェネクス卿のお名前が挙がっている可能性は非常に高い。なにしろ、視線の密度も熱も、まるで違う。マイカ様の視線は、常にフェネクス卿に向いている。実際には別な人に顔を向けて話している時でさえ。

「お前も気づいていたか、結構。お前から無理に迫る必要はない。話はわたしが運ぶし、わたしも無理強いするつもりはないから、安心しなさい」

「はい、お爺様。無用な口を挟みました」

流石はお爺様だ。その辺りもきちんと把握していたらしい。

そして、無理に奪うつもりもないと。サキュラ辺境伯家と事を構える気はないのだ。わたしも子爵が決定したその意向に合わせて動くことになる。あくまで友好的に、もしフェネクス卿と男女の関係でお近づきになれたとしたら儲《もう》けもの、くらいの感覚で良いようだ。

「すまないな」

お爺様は、表情を弱めて呟いた。こういう顔をすると、世間で化《ば》け狐《ぎつね》だの妖怪だのと恐れられる老子爵とは思えない。情が深い一人の老人だ。

「なにが、でございましょう？」

「結婚については政略が当たり前とはいえ、当たれば運がよかった、という孫娘の使い方になるのでな。流石に、この老いぼれも怖気《おじけ》づいてしまったよ」

「どうかお気になさらず、お爺様。子爵家に生まれて教育を受け、身綺麗《みぎれい》にこれまで暮らして来たのですから、それに伴う義務と心得ております」

実際、わたし以外の妹や従妹《いとこ》達では障りがあるだろう。すでに婚約者がいたり、家格や継承権の絡みから、フェネクス卿を相手にした博打《ばくち》のような策には使えない。

その点、わたしは、孫娘とはいえ継承権がないに等しい血筋になる。騎士であるフェネクス卿との婚約がなっても釣り合いは取れる。フェネクス卿を婿として子爵家に入れることができなくても、わたしがフェネクス卿に嫁いでサキュラ領に行くこともできる。

わたしが受けて来た教育は、そのためのものだ。情報を収集し、情報を統合し、そこから全体図を詳《つまび》らかにする。繊細で、知的で、静謐《せいひつ》な作業だ。諜報《ちょうほう》能力で貴族社会を生き抜く、スクナ子爵家の女としての在り方を、わたしはそれなりに気に入っている。

「それに、フェネクス卿といえば、文武に優れた英雄的な人物ではありませんか」

スクナ子爵家において、その名はここ最近で最も注視される単語の一つとなっている。どんな文脈の中にあったとしても、その名を見落とすな、そう周知が徹底されて、誰もが頷くほどに。

初めて、フェネクス卿——当時は、ジョルジュ卿の副官、という認識の方が強かった——の名前がここまで飛んで来たのは、伝説にすぎなかったはずの飛行機と共にだった。

サキュラ辺境伯領で、空を飛ぶ機械が蘇《よみがえ》った！

嘘にしてもあまりに大きすぎる話。猿神様を騙す《ありえない》つもりかと、当時のスクナ子爵家では誰も信じなかった。大嘘と決めつけて確認を取ることもしなかったほら話が、実物として飛んで来たのは、そのしばらく後の話になる。

王都のサキュラ辺境伯の屋敷に招かれたお爺様が、空飛ぶ機械を見せられたと報告をした時の騒ぎと言ったら……。老練な貴族であるはずのお爺様の顔にも、隠しようのない狼狽《ろうばい》と呆然《ぼうぜん》、そして興奮があった。その表情の意味がわかったのは、その空飛ぶ機械が、サキュラ辺境伯領の特産品として出回った時だ。

わたしも、実物を目にしたのだ。嘘にしてもあまりに大きすぎる話の正体は、想像よりもずっと小さい。手の上に乗るほどの、しかし、確かに空を飛ぶ機械という、巨大すぎる真実。

当然、スクナ子爵家は大慌てになった。伝説のような――ではない。まさしく伝説の技術が、突如として目の前に現れたのだ。情報を握ることで隠然とした影響力を保つスクナ子爵家が、このような青天《せいてん》の霹靂《へきれき》を食らうことなどあってはならない。

責任者は蒼白《そうはく》になり、わたしのような小物まで表情を失《な》くした。

〝なにが〟こんなことを引き起こしたのか、早急に確認しなければならない。

〝誰が〟――と問う者はいなかった。考えもしなかった。伝説が、個人の力によって為されるのは、物語の中だけのこと。わたし達が扱うのは、現実の情報。

その、はずだった。

しかし、サキュラ辺境伯家に情報網を伸ばせば、出て来たのは個人の偉業。

ジョルジュ卿の副官が主軸であるらしい。ジョルジュ卿は名の知れた人物だ。次期辺境伯であるイツキ様を支える幹部である。その副官ともなれば、有能だろう。しかし、それでは武官になってしまう。武官が、一体どうして、このように高度な技術の産物を生み出すことになるというのか。

これは、囮《おとり》情報か？　スクナ子爵家が、情報戦で遅れを取っている？

しかし、サキュラ辺境伯家といえば、勇猛果敢にして質実剛健。諜報活動などという小細工とは無縁の家風だ。侮っているわけではない。むしろ、スクナ子爵家としては恐れてさえいる。あの家は、怒れば問答無用でこちらの首を刈り取るだけの実力があるからこそ、諜報を無視できるのだ。

知りたいことがあるなら聞きに来れば良い。覗《のぞ》き見《み》も好きにしろ。だが、もし目障りになったら、頭の先から足の先まで砕き潰してやる。この恐ろしい暴力の巣窟が、サキュラ辺境伯家なのだ。

だから、恐らく、これは真実なのだ。認めざるを得ないが、信じられない。

ジョルジュ卿の副官が、飛行機に携わっているらしい。どうやらその副官はまだ若いらしい。副官といっても見習いであるらしい。まだ軍子会の一員であるらしい。農民の出であるらしい、らしい、らしい。練達の情報員が、まるで見習いのように不確かな言葉を重ねる。

おかしい。誰もが固すぎる唾を呑《の》んだ。飛行機という満天を駆ける真実の下、その影にいる人物はあまりに小さく見える。

小さいわけがないのだ。空を飛ぶ機械だ。伝説の代物だ。それを蘇らせるなんて神にも等しい御《み》業《わざ》ではないか。それを為したのが、その中心が、こんな小さな人物であるわけが……。

〝それ〟は、幼い頃に熊を一人で仕留めたこともあるらしい。前期古代文明について神官が教えを乞うほど造詣が深いらしい。人狼と一対一で戦って勝利したらしい。領都一の名店の影の料理長らしい。神殿の学説をひっくり返したらしい。石材を自在に作り出せるらしい。多くの助手を抱えるほど医学に詳しいらしい。魔法のような火を作りだしたらしい。食料不足を一気に解決する手段を見つけたらしい。トレントの群れを無傷で全滅させたらしい。

調べても調べても、疑念は解消されることなく、ただ積み重なっていく。

情報員達は、次第に焦燥していった。自分達は、一体なにについて調べているのか。人間、それもまだ若い少年について調べているのではなかったのか。

フェネクス卿に対するスクナ子爵家の想像は、ほとんど多頭の化け物に至っていた。「あの悪魔」と言えば通じていたのだから、相当だろう。

そして、その悪魔の正体を見破るより先に、向こうがスクナ子爵家を見つけてしまった。

王都のサキュラ辺境伯閣下を経由して、スクナ子爵家に技術供与の話を持ちかけて来たのだ。

「あの悪魔」が。

石鹸の製造技術を提供する用意がある。温泉地として、これは喉から手が出るほどに欲しいでしょう？　悪魔の誘う声は、こちらの心を見透かすようだった。

無論、安くはなかった。しかし、王都の石鹸豪商、そのバックにいる侯爵家からの妨害を阻止する共同戦線もつけての提案ともなれば、話が変わる。

子爵家の重鎮会議が臨時で開かれると、即座に賛成で可決されるほどに、それは誰の目にも有益だった。

怪しい誘いだという声も大きかった。しかし、あまりに魅力的だったし、サキュラ辺境伯家に対する信頼もまた大きい。あの家は、自分から戦争を仕掛けるような真似《まね》は決してしない。魔物の恐怖を最も知るがゆえに。

「これはありがたい話だ」

お爺様が、スクナ子爵として述べた。

「これだけの恩を受けて、知らぬ存ぜぬは不義理と笑われてしまう。ここはサキュラ辺境伯家の方々を招待して、大いに歓待しようではないか」

つまり、お爺様はこう言ったのだ。「あの悪魔の正体を確かめよう」と。

それを聞いた誰もが、息を呑んだ。わたしも、息を呑んだ。

会えるのだ。未知の塊のような、得体の知れないあの人物と。

緊張はしている。ひょっとすると、恐怖に近いかもしれない。でも、わたしはどこかで、熱望していた。

だって――これほどの人物とまみえることができるなんて、人の短い一生で果たしてどれほどの幸運によるものか！

「お爺様、フェネクス卿の接待役、このセイレにお任せ頂けること、幸運に存じます」

これも血筋の因果なのだと思います。わたしは、未知のなにかを探ることに、渇いた喉を潤すような喜びを覚えるのです。

いよいよ、フェネクス卿と接触できる。お爺様は、フェネクス卿が女性陣から離れ、男性陣だけで温泉に向かったところを捕まえたのだ。

湯着に着替えて、他に選抜された接待役の女性達と目を合わせて頷く。今回の標的は、フェネクス卿がメインだ。

領主代行のイツキ様にも、年長の二人がアタックするが、こちらはお遊びのようなもの。

あの方が、今は亡き女性に一途《いちず》であることは周知の事実だ。一人の女性として、それはそれで好ましい態度であるけれど、貴族としては少々隙がある。お爺様はそれを突いて、「隙を見せるなよ」と教えて差し上げるつもりなのだ。

強制的な授業をしておいて、フェネクス卿に仕掛ける無礼の対価を押しつける算段。流石はお爺様、抜かりがない。

お爺様から合図が来て、わたし達はもう一度目を合わせて頷いて、わたし達の戦場である湯気の中へと踏みこんだ。

湯気の中の影から、素早くそれぞれの担当を見つけて、横に滑りこむ。わたしが滑りこんだのは、もちろんフェネクス卿のところだ。

「女中のセイレと申します。冷えたお水は、いかがですか?」

笑顔で声をかけると、フェネクス卿も柔らかい微笑みを返してくれる。

「では、一杯頂けますか」

「はい、どうぞ」

高級なガラス器で水を差し出しつつ、ちらりとフェネクス卿を観察する。

やはり、見目は良い。スクナ子爵家の中でも、実物のフェネクス卿を見て、視線が熱くなった女性は多い。わたしも遠目で見て知っていたが、近距離でお湯で濡《ぬ》れた姿を見ると全く印象が違う。

なにより、その体に刻まれた傷跡が、ぞっとするほど深いことに驚かされる。

情報を聞いて知ってはいた。フェネクス卿は、農村で熊を撃退し、領都では人狼と戦い、この前はトレントの群れを全滅させた、武勇の士であると。

けれど、どこか実感ができていなかった。穏やかな微笑みを浮かべるフェネクス卿は、それほどに温和で、理知的、大人しそうに見えたのだ。

それがどうだ、数々の武勇が、その傷跡に記されている。生きていることが不思議なほどの戦歴を、この少年は潜《くぐ》り抜けている。

フェネクス卿が、水を飲むためにそらした喉に、つい視線が吸い寄せられる。傷跡の深さを知ってしまったがゆえに、生きていることを示すその動作が、とても貴重なものに思えてしまう。

その貴重なものが、少しだけ驚いた顔をして笑う。

「素晴らしい。心憎いまでの細やかなご配慮ですね。とても冷えていて、美味しいです」

「あ、ありがとうございます」

貴公子のように礼を言われて、胸が弾んだ。すごい。想像とまるで違う。

情報で知る出自の朴訥《ぼくとつ》さと、体の傷跡に見られる剛毅《ごうき》さと、目の前で変わる表情が、フェネクス卿という真実を教えてくれる。こういう人物なのだ、「あの悪魔」と恐れられたフェネクス卿は。

わたしがフェネクス卿の人となりを測っている間も、接待は和やかに進む。

和やかと言っても、一種の戦闘中である。イツキ様には、計画通りに美女二人がぴったりとくっついて、お遊びながら色仕掛けを敢行。フェネクス卿には私が。本当に和やかなのは、既婚者ということで気を遣われたジョルジュ卿だけである。

イッキ様が、両肩にもたれた美女達を持て余して、困った顔で苦情を漏らす。

「スクナ老、うちの家臣にそこまで気を遣うのなら、私にも多少は気遣いを頂けないだろうか？」

「ほっほ、なにを世迷《よま》い言《ごと》を。それだけの男ぶりで、男やもめをやっているイッキ殿が悪かろう。お父上も、跡取りに跡取りができんと嘆いておられましたぞ」

「父がどう言おうと、スクナ老がからめ手を使って良い理由にはならないでしょう」

「そうですかな？　わしがからめ手を使ってはいけぬ理由にもならんと思いますがなぁ」

年長のお爺様を相手に、イッキ様は自分だけでは不利と悟ったのか、フェネクス卿達に話題を振って来た。

「おい、我が家臣よ、主人が卑劣な敵の罠《わな》にかかっているんだぞ。加勢して忠誠を示すのだ」

領主代行の命令に、フェネクス卿とジョルジュ卿は顔を見合わせる。

「アッシュ、すまないがこの状況では俺は力になれん……」

「そうでしょうねぇ」

どうやら、ジョルジュ卿は新妻にしっかりと手綱を握られているらしい。これをよい言葉で評価すると、誠実、ということになる。

ジョルジュ卿は、イッキ様の命令に従えない。さて、フェネクス卿はどうするのだろう。

「私一人ですか」

そう呟いた後、フェネクス卿は場を見渡して、彼我の戦力差を測ったようだった。そして、

「イツキ様、そもそも独り身をしている貴方が悪いと諫言《かんげん》いたします」

あっさりと自分の主家の跡取りを見捨てる決断をしてのけた。

「この際ですから言わせて頂きますが、現領主代行であり、次期辺境伯ともあろうお方が、三十路《みそじ》前で独身ですよ？　それほど野心がない人物だって、綺麗どころを送りこんで隙を突こうとしますよ。この際ですから、身を固めるお覚悟を決めるまで追い詰められてはいかがですか」

あまつさえ、それを主家を思っての忠義の発露であると、至極真面目な顔で並べ立てている。

「それが主家に対する家臣の物言いか！」

「時には耳に痛い言を囁《ささや》くのも、忠臣の務めと存じます」

トドメとばかりに、フェネクス卿は満面の笑みを浮かべて一礼する。

その姿はどこから見てもおどけていて、イツキ様以外の一同を笑わせてくれる。接待役のわたし達でさえ、素の笑いを漏らしてしまった。

最後には、スクナ子爵家の人間でもないのに、接待役にイツキ様をいじめるように指示して従わせてしまった。わたしも、多分この流れで言われたら喜んで悪戯《いたずら》に参加しただろう。

面白い人。確かな勇猛さがあり、驚くほどの知識を持ち、その上でユーモアまである。この人の中には、色んなものがたくさん詰まっているに違いない。

それは、お爺様も同じだったみたい。朗らかに笑いながら、フェネクス卿に声をかける。

「いやはや、実に愉快な方ですなぁ」

「イッキ様のお人柄ゆえですよ。家臣の進言を喜ばれる、お仕えのしがいがあるお方です」

ああ、そんなことを言ったら、イッキ様も後から怒れないですね。ご愁傷様です。

「ふむ。確かに、イッキ殿は話していて気持ちの良い人物ですからな」

和やかな会話の合間に、お爺様が髭《ひげ》を撫でながらちらりとわたしを見る。うなじが痺《しび》れるような感覚で、あの話を仕掛けるのだと悟った。

「君とは中々話す機会が取れなんだが、アッシュ君……いや、フェネクス卿でしたな」

「はい。この冬にサキュラ辺境伯より騎士位を賜りました、アッシュ・ジョルジュ・フェネクスと申します」

改めてお爺様が挨拶すると、フェネクス卿は礼儀正しく応じた。

「噂《うわさ》はかねがね聞いていましたよ。サキュラ辺境伯に模型飛行機を見せつけられた時から、お名前は忘れられません」

「閣下のご記憶に留まったとなれば、私の仲間も喜びます。あの飛行機は、元はと言えば、物心ついた頃から飛行機を作ろうと、一人夢見ていた私の仲間がきっかけをくれたものでして」

情報部員が持って来た話と合致している。だが、少し足りない。ヘルメス殿が、飛行機を作る重要人物であったことは確かだが、その筋道を作って強烈に後押しをした人物がフェネクス卿であるはずだ。

「ヘルメスさんがいてくれたおかげで、どれだけ私達が助けられたことか。あの情熱と堅実さは、実に得難いものです」

なのに、フェネクス卿は自身の手柄を語らない。お爺様も不思議に思ったのだろう、そこに言葉を差しこんだ。

「うむ、そのヘルメス君の優秀さも、無論褒めるに足ることではありますが……私が感心するのは、貴方ですよ、フェネクス卿」

お爺様の言葉に、フェネクス卿はきょとんと不思議そうな顔をした。まるで、自分など取るに足らないものにすぎないと言わんばかりだ。

「私ですか？」

「フェネクス卿の有能さは、私の老いた耳にもよく聞こえてきておりますよ。飛行機ばかりでなく、新たな建築素材や農法、農機具、そしてもちろん、我々が大いに恩恵を受けた石鹸といった数々の技術を開発しておいでだ。驚嘆に値します」

お爺様の言葉は、攻撃的だった。サキュラ辺境伯家では、新しい農業技術については秘匿している。それをスクナ子爵家の情報網は把握していると、褒めそやす言葉の中で、力を誇示したのだ。

フェネクス卿の表情は変わらなかった。だが、秘匿情報が他領の人間から語られたのに、表情を変えないなどということはありえない。フェネクス卿は、動揺を抑えこんで見せたのだ。そればかりか続く言葉でさらりと流してしまう。

「がんばりましたからね」

本当に大したことではなかったように聞こえる。まるで常人とは大きさが違う器を持っているような、余裕を感じられる。

「その叡智《えいち》だけでも余人を寄せつけぬと言うのに、フェネクス卿は武勇にも秀でているとか。お体を見れば、それも納得させられます」

お爺様が、どんどん褒めていく。その度に、フェネクス卿も他の誰かを褒めていく。

部下、同僚、仲間、幼馴染——恋人は挙げなかった。いないのだろうか。これほどの人物であるというのに。マイカ様は？　それなら、少しはわたしにもチャンスはあるだろうか。

段々と、フェネクス卿がお爺様の勢いに押されていく。褒め言葉から逃げる言葉が出て来ない。この辺りは、お爺様の年の功が勝ったようだ。

いよいよ、追い詰めたフェネクス卿に対し、お爺様が本命を差しこむ。

「これほどの人材、天に二つもありますまい。ぜひ我が領にも欲しい逸材ですな」

危険なほどに率直な勧誘の台詞。迂闊《うかつ》にすら感じて、わたしも一瞬だけ焦る。

案の定、これまで苦笑いで抑えていたイツキ様の表情が変わった。

「スクナ老！　いやスクナ子爵殿、その発言はいささかお遊びがすぎます。フェネクス卿は我が領で大任を預けている騎士なのですよ」

「ほっほ、わかっていますとも。なにも彼を引き抜こうと思っているわけではありませんぞ。うらやましい人材であると、素直な気持ちをお伝えしたまでです」

イツキ様の鋭い諫《いさ》めの言葉も、お爺様はするりとかわす。あえて率直な言葉を使ったのは、あからさまに示しておいて、冗談だと言いやすくするためのようだ。逆に、見えないようにやった方が、退《ひ》く時に言い逃れがしづらいと考えたのだろう。

「フェネクス卿ほどの人材なら、我が領も可能な限りの待遇をお約束するのですが、いかんせん他にいないようでは空事ですな。我が領は、ご覧の通り風光明媚《ふうこうめいび》が売りでして、心身を癒すという点では、王都よりも自信があるのですがの」

お爺様は、自領のよさを挙げながら、条件の一つであるわたしを視線で示す。

「温泉は健康によく、また美容にも効能がありましてな。おかげで我が領の女達の美しいこと、王国一とも評判がありますが、フェネクス卿の目から見ていかがです？」

緊張しながらも、お爺様の言葉に合わせて微笑を作る。一番綺麗に見えるようにと、スクナ子爵家の女子が覚える技能の一つだ。

「ええ、大変お美しいと思いますよ」

フェネクス卿が、わたしの顔をしっかりと見て褒めてくれる。継承権が低くとも、スクナ子爵の孫娘、日頃から作り上げていることもあり、美しいとは言われ慣れた世辞だ。だというのに、頬が熱くなったのがわかった。

思った以上の、破壊力。フェネクス卿は、ずいぶんと、真っ直ぐに響くお言葉を使うのですね……。いえ、誤魔化すのはやめましょう。あのフェネクス卿から褒められて、わたしが嬉しいと感じたのだ。

思った以上に、フェネクス卿に前のめりになっていたみたい。お爺様、あの、もう少し、いえ、かなり強めに推して頂いても？

「おお、そうですか、そうですか。このセイレなどは、実は私の孫の一人なのですよ。そろそろいい年なのですが、生憎《あいにく》と良縁には恵まれませんで。フェネクス卿ほどの人物がいれば、ぜひにとお勧めしたいところですな」

いかがでしょう。年上とはいえ、ほとんど変わらない年ですので、悪くはないと思うのですが。

上目遣いでフェネクス卿の反応をうかがう。こうすると、男性はときめくらしい。それ以上に、わたしがちょっとフェネクス卿の顔を直視できないということもある。

イッキ様は、かなりうろたえた様子。それだけ、フェネクス卿が次期領主からもしっかりと評価されているということだろう。

そして、肝心のフェネクス卿はと言えば、ゆったりと、余裕の笑みを浮かべていた。お爺様の提案が気に入った、というわけではなさそうだ。なぜならその笑みは、牙を剝《む》く猛獣に似ていた。

「優秀な人材は、どれだけいらしても足りませんからね。閣下もお誘いするほどに優秀な人材がいるなら、いや、少しでも優秀な人材がいるならば、我々も勧誘しなければいけません」

お爺様の言葉を踏まえつつも、別方向へとフェネクス卿の言葉が流れていく。

残念なことに、わたし程度ではお気に召さなかったようですね。申し訳ございません、お爺様。セイレでは魅力不足のようです。

お爺様に軽く目礼すると、お爺様も残念そうに苦笑する。サキュラ辺境伯家との関係もあり、それ以上の無理強いはせずに、フェネクス卿の話題に乗ることにしたようだ。

「そのおっしゃりようですと、フェネクス卿ほどご活躍をなさっていても、まだ足りませんか」

「全く足りませんね。いえ、現状では理想以上の状態であるとは感じています」

サキュラ辺境伯領に不満はないと言うのは、勧誘への断り文句だろう。しかし、その前に、全くの不足を感じているとも言う。一体、なにを言いたいのだろうか。

疑問をわたし達に与えておいて、フェネクス卿は言葉を放った。

「ですが、私の夢にはまだまだ、とても足りません」

それは、言葉の形をした、炎だった。

「伝説の夢幻の中にしか存在しない、古代文明の豊かさを今世に創り出すには、とてもとても足りません」

フェネクス卿は語る。

便利な生活、便利な道具。貧しい者にも病める者にも、当たり前に優しさが与えられる社会。富める者や励む者には、当たり前に贅沢が与えられる社会。

それを為すために、より多くの知者が必要だと。より多くの職人が、商人が、そして為政者が必要だと。まるで伝説がその身の内から飛び出したがっているかのように、言葉を燃やす。

「人材が、圧倒的に足りなくなりますよ。石鹸を作りましたね？　どうです、工房や商店が増えたのではありませんか？　税収は？　人の動きは？　治安や財務を管理するための負担はどれほど増えました？」

知らずに、呼吸が細くなった。吸った息が、熱いと感じた。温泉の湯気を吸ったせいではない。

フェネクス卿が、スクナ子爵家の近頃の混乱を言い当てたからだ。サキュラ辺境伯家に、外部に回すほどの密偵はいないはずだ。ならば、フェネクス卿はどこからその情報を得たのか。

答えは、決まっている。情報を得たのではない。こうなることを知っていたのだ。

新しい技術が生まれ、新しい商品が流れこめば、市場は膨れ、人は混沌《こんとん》と動き出すと。

「その負担の増加は、これからもっともっと起きていくのです。麦が増えるように、火が燃え広がるように、変化は次の変化を育み、決して止むことはありません」

あまりに明白に語られる将来の動きに、お爺様の声はかすれて聞こえた。

「それほどのことが……本当に起こると、フェネクス卿はお考えか」

「起こる、とは少し違います」

それに比べて、フェネクス卿の言葉は、夜中に太陽が昇ったように明白だった。

「起こすのです。私が夢を追い続ける限り、それは起こさなければならない変化なのです」

ただ明るく、ただ熱く。どこまでも真っ直ぐ前へ、その言葉が告げられる。

「可能な限り大勢に行き渡る教育の確立、これは今はまだ遠い先の話です。十年や二十年では、そこまでは届かないでしょう。ですが、五十年や六十年をかけるつもりはありません」

実際、もうサキュラ辺境伯領では始まっているのです、とフェネクス卿は笑った。

わたしは、完全に圧倒されてしまった。大きい。この人は、とてつもなく大きいのだ。

フェネクス卿は、まるで遠くに見える火のような人物だった。離れた場所から初めて見えた時、それは確かに小さかった。しかし、その光を目指して進み、そばまで寄ってみれば、なんと大きなかがり火であったことか。

そして、その火は、サキュラの地で燃えている。ここ、スクナ子爵領ではない。

それが、少しだけ……残念に思う。

「サキュラ辺境伯領は、これから大いに人材を必要とします。そして、その時には、有為の人材を待つなどという歩みの遅いことはしません。自ら、有為の人材を作るでしょう。それはもう始めているつもりです。例えば――」

なにか見惚《みと》れるようなものに置いて行かれる気持ちでいたら、フェネクス卿と目が合った。

「セイレさん」

「は、はい！」

接待役にあるまじきことに、心構えが完全に崩れていた。ただの町娘のように、声が弾む。

失態だ。だというのに、フェネクス卿は温かい笑みをくれる。いえ、ちょっと温度が高い、これは熱い笑みと言うべきか。

「もし、貴方がなにか新しい物事を知りたいと願うなら、また新しいなにかを生み出したいと願うなら、サキュラ辺境伯領は貴方を歓迎するでしょう」

これは、ひょっとして、わたしは誘われているのだろうか。どんな立場で？　まさか、そういう意味だろうか。いえ、確かに、わたしはサキュラ辺境伯領へ嫁ぐことも視野に入れていたのだから、そうであるなら頷くべきだ。

しかし、フェネクス卿の大きさに圧倒された今では、恐れ多いことだ。

「い、いいえ、私なんてそんな、まだまだ未熟な身で」

わたしが一歩を退くと、その代わりに、フェネクス卿が踏みこんで来る。

「それでいいのです。今のセイレさんが特別に優秀な人材であることを、我が領地は求めません」

「そ、そうなのですか？　いえ、ですが、フェネクス卿は若き英雄で、そんな方のいらっしゃる場所へ行くとなると……」

「その時の貴方に必要なことは、学ぼうとする意志だけで十分です。貴方が望むのであれば、必要な知識は我々が教えましょう」

遠慮して退いた分だけ、フェネクス卿が押して来る。たじたじになりながらも、どこかで気づく。

これは、さっきお爺様がフェネクス卿に使った手だ。意趣返し、ということだろうか。

そう思うと、ふっと冷静になった。フェネクス卿は、心の底から、そういう意味で誘っているわけではないのだ。

次に、そうですね、と軽く頷いて笑顔で流してしまおう。

そう計画を立て、笑顔の準備をして――

「そして、我々も知らないことを貴方が望むのであれば、その時は我々も共に学びましょう」

そう誘ったフェネクス卿が、笑った。

ただの笑いではない。大人びた話し方に見合わない、理知的な会話の中身に合わない、楽しい夢を見た子供のようなあどけない笑みだ。

顔が、これ以上ないほど熱くなる。用意していた笑みを浮かべようとしても、その端から溶け落ちてしまう。

なんて、ずるい。

嘘だと思った。単なる社交辞令だと、中身のない貴族的なやり取りの一環なのだと。だというのに、だというのに、最後の最後で、この人は本当に誘っているのだと思い知らせて来たのだ。

「今、私達が行おうとしている人材の育成とは、そういうことです。意志がある人、夢を持つ人の願いを叶える。そんな仕組みを作っているのですよ。もし、興味がおありでしたら、セイレさんも一緒にいかがです？」

そうですね、と答えた声は、かすれていた。

「ありがたいことと思うのですが……そ、その、こ、困ってしまいますね」

本当に、困ってしまう。そんなに楽しそうな顔で、楽しそうな誘いをされたら……。

誘惑するのはこちらのはずだったのに、あくまでお仕事優先のはずだったのに。

本気になってしまいそうで、困ってしまう。

実際、この胸の熱さは、もう消えることはないだろう。確信があって、本当に、困ってしまう。

◇◇◇

あくる日、温泉行事を満喫していたら、呼び出しの指示があった。

指示、命令である。サキュラ辺境伯領の騎士である私に指示を出せるのは、このスクナ子爵領では三人だけだ。

領主代行イツキ氏と、騎士先達のジョルジュ卿、それから直属上司のマイカ嬢。

だが、今回の呼び出しはそのいずれでもなかった。

残る可能性は一人。この温泉地で合流予定であった、サキュラ辺境伯閣下その人。ようやく、と言うべきか、騎士となった私の本来の主人と、顔合わせの時が来たようだ。

指示された宿の部屋に入ると、長テーブルが置かれた会談用の一室で、イツキ氏とジョルジュ卿がすでに席についている。そして、上座にいるのは、大柄な中年の男だ。中年といっても、筋肉が維持されており、肉厚な体軀《たいく》は立派なものだ。

この人物が、サキュラ辺境伯のゲントウ・サキュラ・アマノベである。

「アッシュ・ジョルジュ・フェネクス、御前に」

一礼すると、辺境伯閣下は、厳《いか》つい顔一杯に笑みを広げてみせる。

「おう、来たな！　会いたかったぞ、フェネクス卿！」

閣下は、四十代半ばとは思えぬほど軽やかに椅子から立ち上がったかと思えば、のしのしと歩み寄って来て私の両肩に手を乗せる。

乗せるというより、叩きつけるような勢いだったけれど、それは敵意によるものではなく、好意の発露らしい。閣下の表情には満面の笑みしかない。

「先触れもなしに呼びつけて悪かったな！　お前と早く会いたくて、伝令を出すのも惜しんで飛ばして来たのだ」

いきなり好感度が高い。低いより良いけれど、びっくりしちゃいますよ。

というか、この辺境伯閣下、ひょっとして馬車でなく、騎馬で来たのか。すごい四十代だ。

「王都は退屈でな、お前からの報告が届くようになってからは、そればかりを楽しみに暮らしていた。はは、ようやく会えて嬉しいぞ！」

「私もです、閣下。騎士へお取立て頂き、感謝に堪えません」

でも、バシバシ肩を叩いて来るのはちょっと痛いです、閣下。

「なに、お前の活躍を聞けば、それくらい当然のことだ。むしろ、これくらいしか報いておらんと詫《わ》びたいくらいだぞ」

閣下は、そうだろう、と息子であり、領政を任せているイツキ氏へと会話を飛ばす。

「それについては同意するが、父上、もう少し加減してやったらどうだ。アッシュは小柄、ではないが、父上と比べると小さいのだから」

激しいスキンシップをする辺境伯に、息子からの警告である。ナイスアシスト、と私は思ったが、閣下には通用しなかった。

「うむ、一見細身かとも思ったが、体幹がよくできている。肉付きも悪くない」

「ありがとうございます、閣下」

「お前の武勇伝にも納得というものだ。実に頼もしいぞ、フェネクス卿！」

そして、バシバシ叩かれるのである。

イツキ氏が、申し訳なさを視線で訴えて来るので、苦笑いを返しておく。まあ、気難しいよりも、気さくな方が安心できるので、これくらいは甘んじて受け止めよう。

ひとしきり私との初対面の挨拶を済ませたサキュラ辺境伯閣下は、上座の席、ではなく、手近な椅子に腰を下ろしてしまう。

「さて、堅苦しいのはこれくらいとして」

待って。今までのどこに堅苦しさがあったのか問いただしたい。粉砕されつくした気安さしかなかったはずだ。

「なにか軽く飲み食いしながら、楽な気持ちで話し合うとしよう。話の内容は、ちくと面倒なものだからな」

「あ、はい。では、なにか頼み――」

この場で最も下っ端として、女中さんを呼んで手配しようとした私より早く、辺境伯閣下の野太い、よく通る声が響く。

「おうい、誰かおらんか！　なにか軽食と酒を持って来てくれんか！」

部屋の外から、少し慌てた様子で返事がある。

ここの女中さんのスペックならば、声の主が辺境伯本人だとすぐにわかるはずだ。それは慌てるはずである。

「これでよし。それで、まず話し合いたいことなのだが――」

「父上、父上、まだ全員そろっていないのだ。マイカが来るまで待ってくれないか」

「む？　それもそうだな」

「全く、いい年なのだから、少しは落ち着いてくれないか」

イツキ氏が呆《あき》れたように嘆息するが、閣下は気にした風もなく、わかったわかったと笑って流す。

ノリのいいイツキ氏が呆れて突っこむというのは、新鮮な光景だ。しかし、それも納得の豪放磊《ごうほうらい》落《らく》な閣下である。これは周囲がストッパーに回らねばならない面白さだ。

「閣下は実に素早い方ですね」

私は、隣に座った中年の辺境伯を見上げて話しかける。そう、隣なのだ。

閣下は、入室した私にいきなり近接攻撃を仕掛けて来て、そこから手近な椅子に座った。つまり、閣下は下座の方に無造作に座ったのだ。まさか私がそれより上座へ回るわけにもいかず、隣に座ることになった。

この凄《すさ》まじい違和感は、しかし、辺境伯閣下にはなんら感じられないようだ。

「うむ、何事も素早いことが肝要であるぞ。特に、辺境伯領はいつ何時、魔物が現れるかわからん。後回しにしていたら、次はないかもしれんからな。できる者が、できる事からやっていくのだ」

「なるほど、辺境伯領の風土ですか」

その結果、先触れなしで宿入りする辺境伯閣下と、座席の上下に頓着しない辺境伯閣下と、一番下っ端よりも先に大声で注文する辺境伯閣下ができあがると。

一応、辺境伯領の民として言いますが、その素早さは絶対おかしいですからね。

「イツキや部下には、せっかちなどと言われたりもするがな」

言っても治らないということがわかったので、新参者が改めて口にするのはやめておくことにしよう。

「閣下、王都について興味があるのですが、なにか面白い話題はございませんか？」

「さっきも言ったが、相も変わらず退屈よ。嫌味と足の引っ張り合いばかりで——おう、そうだ」

面白くなさそうに椅子にもたれかかった分厚い体が、ぐいんと前のめりに戻って来る。

「アーサーから、よろしく伝えてくれと頼まれていたのだった。特にアッシュのことは、念入りに気にしておったからな、伝えておかねば叱られる」

サキュラ辺境伯の表情は、少し含みがある。

彼の末子という扱いになっているアーサーという少年が、本当は存在しないためだろう。

「それは嬉しいですね。アーサーさん、お元気ですか？　お手紙ではお変わりないとのことでしたが」

「うむ、元気でやっておるよ。まあ、事あるごとに我が辺境伯領が懐かしいとぼやいているがな」

手紙の文面そのままの生活を送れているようだ。

「無理な我慢をされていないのであれば、安心できます」

「はっは、それはどうかな。今回の温泉旅行も、ついて来たがっておったからな。出立の見送りもされたが、恨みがましい目をしていたぞ」

流石に現在のアーサー氏の身分では、そう簡単に王都を離れることはできないだろう。残念だが、会えるとしたら、私が王都へ行った時の話になる。

いくつかアーサー氏が手紙で語っていなかったエピソードを聞いていると、ドアがノックされる。

「お、来たな、マイカだろう」

イツキ氏が呟くと、それまで止まることなく話していた辺境伯閣下が、会話の流れをぶった切って沈黙した。

まるで時間が止まったような分厚い体を訝《いぶか》しく眺めているうちに、マイカ嬢が入って来る。

「遅れて申し訳ございません。マイカ、参りました」

マイカ嬢の髪はしっとり濡れて、肌も上気している。どうやら、温泉に入っていたところに呼び出しが届いたらしい。それはやって来るまで時間もかかろうというものだ。

一礼して入室したマイカ嬢は、ごく自然に上座に視線をやってから、あれ、という表情を見せる。

それから、下座に私と中年男を見つけて、ええ、とさらに表情を変える。

そのマイカ嬢の戸惑いに、イツキ氏とジョルジュ卿が「間違っていない、間違っていない」と必死にアイコンタクトを送る。

マイカ嬢は、どうして下座にいるかはわからないが、挨拶すべき人物が下座の中年男性だと悟ると、恭しく礼儀を示す。

「サキュラ辺境伯閣下、お初にお目にかかります。ノスキュラ村の村長クラインとユイカの娘、マイカ・アマノベと申します」

戸惑いもあっただろうに、マイカ嬢の挨拶は見事だった。柔らかな声は耳に心地よく、所作は優雅であった。

それに対し、辺境伯閣下の反応は、無言。唇をきつく引き結んで、強張《こわば》った表情でマイカ嬢を見つめている。

そのまとう空気が石壁のように固い。さっき、私と初対面の挨拶を交わした時の数万倍堅苦しい。

どうしてここで緊張感が漂うのか、私にはわからない。今挨拶したのは、血の繋がった孫娘のはずなのだが。

マイカ嬢にとっても、相手の反応は予想外だったはずだ。わずかに目が細くなり、どのように対応すべきか、高速で考えを巡らせたのが私にはわかった。

考えられる可能性は、呼び出しから集合までに時間がかかりすぎたことしかない。マイカ嬢はそう結論して、表情を一層生真面目なものにして深く頭を下げる。

「重ねて、お詫び申し上げます。閣下のお呼び出しを受けた身でありながら、この場に遅れましたこと、誠に申し訳ございませんでした」

私でも、多分、マイカ嬢と同じ対応をしたと思う。

だが、辺境伯は、うむ、と頷くだけだ。それ以上なにも言わず、じっとマイカ嬢をしかめた顔で見つめている。

おかしい。

気分を害したにしても、一応謝罪を受けたのなら、話を進めるべきだ。

許す許さないは別として、話があるからマイカ嬢もこの場に呼び出したわけで、沈黙を続ける理由がわからない。

沈黙が、重く部屋の中に積み上げられていく。マイカ嬢は、徐々に不安を表情に滲《にじ》ませながら、今一度、自分から話しかける。

「あの、閣下？　なにか、わたしに無作法がございましたか？　未熟な身ですので、失礼がありましたら、ご教授頂ければありがたく」

が、またしても、閣下は無言。石像かなにかになってしまったのではないかというほど、反応がない。さしものマイカ嬢も、ここまで手応えがなければ、他の対応法がわからず、視線を泳がせて周囲に助けを求める。

マイカ嬢の救難信号に動き出したのは、姪っ子大好きイツキ氏だった。

彼は、溜息も荒々しく、動かない己の父に不満の声をぶつけた。

「父上、マイカが困っているぞ。さっさと認めてはいかがか」

認めるとは、一体なんのことだろう。

マイカ嬢と私は、この異様な空気を作り出しているであろう原因を聞き逃すまいと、息を止めて耳を澄ませる。

「あなたの孫は可愛いのだ」

孫は可愛い。

よく聞く話である。

だが、ちょっと待って欲しい。

それと固まって重々しい空気を振りまく辺境伯と、なんの関係があるのだろう。

「か、可愛い、だと……！」

沈黙を破った辺境伯が、臓腑《ぞうふ》の底からひねり出したかのような声で叫ぶ。

「だが、イツキ！　こ、この孫は！　この孫は、俺から可愛い可愛いユイカを奪っていったあの男の娘なのだぞ……！」

叫ぶ内容は理解しがたい方向性であったが、血反吐《ちへど》をぶちまけるような苦々しさは伝わって来た。娘を溺愛する男親の、魂の叫びである。

「そうだ。そして、父上の可愛い可愛いユイカの娘だ」

父親に対し、息子の声は冷静だ。だが、内に秘めた強さは、息子の方が勝っている。

「ユ、ユイカの、娘……」

辺境伯の頭が、ぐらりと揺れる。まるで脳震盪《のうしんとう》を起こしたかのような反応だ。

そこに、息子が畳みかけるように、声を荒げた。

「そうだ、父上！　目の前の孫は、ユイカの実の娘だ！　とっても賢く、とっても強く、なによりとっても可愛いだろう！」

「うおおおおお!?」

辺境伯――いやもういいや。初孫を前にしたおじいちゃんが、脳をやられたかのように頭を抱えて仰《の》け反《ぞ》る。

「認めるのだ、父上！　いつまでも目をそらしているんじゃない！　ユイカ姉上はクライン卿に嫁ぎ、その子を立派に育て上げたのだ！　さあ、しっかり目と心を開いて、目の前の孫を見るんだ！」

「ぐ、ううぅ……！」

一体なにと戦っているのか、おじいちゃんが肩で激しく息を吐きながら、目の前のマイカ嬢に顔を向ける。当然ながら、マイカ嬢は顔を引きつらせて脅《おび》え気味だ。

辺境伯家の親子はそのことに気づかないようで、さらにボルテージを上げた言葉をぶつける。

「どうだ、父上！　あなたの孫は、マイカは可愛くないと言えるか！　その口から、そんな言葉を吐けるのか父上！」

「かっ、かわっ……無理ィイイイイ！」

おじいちゃんが、机を叩いて立ち上がり、咆《ほ》える。

「うちの孫、すっごい可愛いいいいい！」

「そうだろう！　マイカはすっごい可愛いのだ！　話せばもっと可愛いぞ！」

「本当かイツキ！」

「仕事もできて気遣いもできてすっごい良い子なんだぞ、父上！」

「おまっ、それ、最高じゃないかイツキ！」

「最高なんだぞ、父上！」

もう本当に訳がわからない。

こういう時、どんな顔をすればいいのでしょうね。とりあえず、恥ずかしいという気持ちだけは、表情一杯に浮かんでしまう。

部屋の外で、女中さん達がこの異常事態を受けて、パタパタと走り回る音がする。スクナ子爵をお呼びして、とか聞こえて来る辺り、もう本当に申し訳なくなって来る。

私と同じ、いや、より混乱している様子のマイカ嬢が、私のそば――というより、私の背に隠れるように寄り添う。

「ね、ねえ、アッシュ君……あの、えっと……」

可愛い可愛いと連呼する辺境伯家の親子を、マイカ嬢はどう表現すべきか、ひどく迷った様子で口ごもる。

結果、彼女は、震える指で指し示すことで、それを表現することにした。

「……なに？」

「わかりませんし、わかりたくもないのですが……」

まあ、力強く叫んでいる内容からして、考えられる理由は一つだ。

「おじいちゃんとおじさんが、マイカさんの可愛さにやられて頭おかしくなったのでしょう」

これ以上具体的な推測は、したくもないです。

私とマイカ嬢が、根こそぎやる気を奪われているところに、スクナ子爵が顔を覗かせる。

「失礼いたしますよ。なにやら大変なことになっていると聞いたのですが」

忙しいであろう老子爵の手をわずらわせたことに、私は猛烈な恥ずかしさを覚えて、真摯に頭を下げる。

「スクナ子爵閣下、お騒がせして申し訳ございません」

上司のしでかした問題を、部下としてお詫びする。

おい、辺境伯領のトップ二人、普通は逆だろう。

「大変なことにはなっていますが、大したことではありませんので、そっとしておいて頂ければありがたいのですが」

老子爵は、姪っ子大好きおじさんと、娘・孫大好きおじいちゃんの話す内容を拾って、状況を察したようだ。

ものすごく優しい笑顔で私に頷いてくれた。

「ほっほ、確かに、大したことはないようですな。軽食と飲み物を注文されたとのことで、ただいまそちらは準備しております」

「いえ、もうお構いなくと言いますか、はい、ありがとうございます」

ぺこぺこ頭を下げる私が不憫《ふびん》だったのか、老子爵は、いいのですよ、と労《いた》わってくれる。

「男親にとって、可愛い娘の子供というのは、複雑な感情を覚えることがあると、私もわかるつもりですからな」

これには、マイカ嬢が首をひねる。

「そういうものですか……」

「ええ。もちろん孫は可愛いのですが、娘を奪っていった男の顔がちらつくと、どういう顔をして良いかわからなくなるのですよ」

ああ、それでおじいちゃん、石像みたいに固まっていたのか。

で、それを一度乗り越えて決壊すると、孫可愛いフィーバー状態になると。恐ろしい状態異常だ。

「それに、クライン卿がユイカ殿を娶《めと》った経緯は、ゲントウ殿にはいささか苦い記憶でしょうからな」

わかるでしょ、みたいな感じでスクナ子爵が見て来るが、残念ながらわからない。

「おや？　ご存じでいらっしゃらない？」

私は老子爵の疑問を肯定する代わりに、隣のマイカ嬢へと視線を移す。

「その、なんとなく、知るのが恥ずかしくて……」

この五年間、ユイカ女神とクライン村長の馴《な》れ初《そ》めを聞く機会は幾度となくあった。だが、それを聞かなかったのは、マイカ嬢の精神衛生上の都合だ。

そりゃあご両親の恋バナとか、年頃に聞いてもどうして良いかわかんないですよね。それも、なんかど派手なことしたことだけは間違いないのだ。

なぜか私も巻きこまれたのはいささか解せないのだが、お世話になっているマイカ嬢に頼まれると、大人しく従う私だ。

「ふうむ。まあ、そういうこともあるでしょうな」

人生経験豊富なスクナ子爵は、深くは問わずに笑って済ませる。

「でも、マイカさん、流石にそろそろ知っておいた方が良いのではないですか？」

「う、そう思う？」

マイカ嬢自身も感じていたのか、うかがうような視線には、同意を求める色がある。

「ええ、だって……」

私が、マイカ嬢の可愛いエピソードを話し始めたイツキ氏と、それを熱心に聞いているゲントウ氏を見やる。

「なにかあった時が怖いですよ。今回は、まあ、あんな感じで済んだのでよかったですけど」

「……おっしゃる通りです」

マイカ嬢は、がっくりと肩を落として、来たるべき時が来たことを認めたのだった。

「というわけで、スクナ子爵。事情をご存じでしたら、お教え頂けませんでしょうか」

「ええ、構いませんよ。なるべく簡単な説明の方が、よろしいでしょうな」

老子爵の気のいき届いた提案に、それでお願いします、とマイカ嬢は恥ずかしそうに頭を下げる。

「そうですな。王都で行われる武芸王杯大会はご存じですかな？」

有名な話なので、私とマイカ嬢はそろって頷く。

それは、おおよそ五年に一度の間隔で開かれる、武芸大会の全国版だ。

いつも王都で開かれる武芸大会は、通常通り、王都周辺の兵や騎士が参加するのみだが、王杯大会の時は、王国中から腕自慢が集まって戦う。

「今年は行われると聞きました」

「ええ。特に魔物被害などもなかったため、無事に開かれるようですな」

おおよそ五年に一度というのは、どこかで大きな魔物被害があると、その年の大会は延期になるためだという。

被災地やその周辺の領地が、魔物を目の前にしながらも腕利きの戦士を送り出してしまうと、魔物被害が拡大するためらしい。

つまり、自領で被害が発生している最中でも、領一番の戦士を派遣しかねない栄誉ある大会ということだ。

「優勝者は金功勲章を得られるそうですね」

「その通りです。金功が特別であることもご存じ……のようですな」

この王国の勲章の中で、最上位は金である。そして、私も持っている銀と、最上位たる金の間には、比較にならない差がある。

サキュラ辺境伯のような、各地の領主が独自の裁量で与えられる勲章は、銀までと王国法で決められている。それより上の金は、王家のみが与えることができるという、特別な意味を持つ。

金功を受勲するということは、受け取る個人にとってはもちろん、その受勲者を抱える領主にとっても、大いに自慢になるほどの栄誉をもたらす。

そのため王家から金功を得た者には、勲章とは別に、なにか一つ願いを聞き届けられることが慣例となっている。

「そこまでご存じならば話は早い。今からもう十五年以上前ですな。この王杯大会に、サキュラ辺境伯領から、若い兵が一人参加しました」

その兵は強かった、と老子爵は思い出すように瞼《まぶた》を伏せる。

「他の参加者が弱かったわけではありませんぞ。その若い兵より大柄なもの、経験豊富なもの、たくさんいました。むしろ、見た目だけで言えば、その若い兵は一番弱く見えたかもしれません」

ところが、その若い兵がバッタバッタと対戦相手を斬り伏せて、瞬く間に優勝してしまった。

「王杯大会の優勝者は、会場で優勝の証として金功勲章を受け取ると同時に、なにか願いはあるかとたずねられるのですな。その時もそうでした」

話の流れを察して、マイカ嬢が大きな目を輝かせる。五年間も聞くのを嫌がっていた割に、聞いてみたら大好物の話だったようだ。

「マイカ殿の期待通りでしょう。その若い兵は、自分が恋焦がれるとあるご令嬢を、己の妻へと望んだのです。若い兵が誰で、ご令嬢が誰かは、言わずともおわかりですな」

もちろん、わかります。

そうか。あの万事控え目で、奥さんの尻に敷かれるのが大好きというクライン村長は、そんな大立ち回りの末に、女神と結婚したのか。

精々、辺境伯領の中での一悶着《ひともんちゃく》くらいかと思ったら、まさかの王国規模だった。

道理で、ジョルジュ卿を始めとした騎士連中の中で、クライン村長の名声が高いわけである。文字通り、剣の腕一本で、美しい花嫁をその手にしたのだ。

感心する若者二人に、老子爵は気分よさそうに、補足の説明を行う。

「ちなみにですが、当時からユイカ殿とクライン卿は相思相愛だったそうです。軍子会でお二人は出会い、たちまち恋に落ちたそうです」

マイカ嬢が、すっかり興奮した様子で頷く。

「じゃあ、結婚の条件が、王杯大会の優勝だったんですね！」

「ああ、それも間違いではないのですが……。結婚の条件と言うより、反対するご令嬢の父君を黙らせるためと言いますか……」

老子爵は、ちらりと視線をゲントウ氏に送る。

「そのご令嬢は、領主である父君から特に可愛がられておりましてな。また、大変に美しく、機知に富んで聡明《そうめい》……ご領主は、方々に我が領の宝石とうそぶいて回っていたほどでして」

先程見た状態異常っぷりから、なんとなく想像がつく。

相当な親馬鹿だったのだろう。相手が女神だから仕方ないと、私は共感できますよ。

「一方、若い兵の方は、寒村の村長の息子でしてな。そんな男に娘はやるものかと、一人で大騒ぎされまして」

「あ、一人だったんですね」

マイカ嬢が確認すると、おおよそ、と老子爵は笑って頷いた。

「その若い兵も中々の人物だというのが、周囲の認識だったようですな。実際、王杯大会で優勝した姿を見れば、中々の人物どころか逸材だったのですから、文句のつけようがないでしょう」

説得力十分の実績だ。これはゲントウ氏の頭が固かったと言うより他ない。

「まあ、ご領主にも、自慢の娘の将来に色々な考えがあったのでしょう。男親としての心理がそれに重なって、兵の訴えにも、ご令嬢の訴えにも耳を貸さない様子だったそうで。そこで、若い二人がとった手段が、王杯大会の優勝というわけですな」

金功の褒賞として、二人の結婚を、というわけだ。

ご令嬢が嫌がる結婚ならともかく、相思相愛の二人の仲を認めろというのだ。これを拒絶するのは、さしもの親馬鹿辺境伯もできなかったようだ。

娘を愛する父親として、また立場ある貴族として、誇りと意地をもって、歯ぎしりしながらゲントウ氏は二人の結婚を認めたという。

なるほど、と私は頷く。

「つまり、辺境伯閣下からしてみれば、クライン村長は愛娘《まなむすめ》を力づくで奪い去った花嫁泥棒みたいなものなのですね」

「男親からしてみれば、どんな婿殿でもそのようなものですが……まあ、特にそう感じられたでしょうな」

同じ男親として、老子爵は気の毒そうに私の表現の正確さを認めた。

一方、男親になりえないマイカ嬢は、今しがた聞いた実の両親の結婚逸話に、頬を上気させてうっとりと溜息を漏らす。

「素敵……。いいなぁ、私も、そんな風に奪われてみたいかも……」

熱っぽい視線が私の横顔に突き刺さって来るが、私は苦笑するばかりだ。

私がマイカ嬢を奪うには、色々と無理な条件が重なりすぎている。一番致命的なのは、こう言ってはうぬぼれがすぎるかもしれないが、マイカ嬢のご親族で、反対する人がいないことだと思う。

皆がどうぞと祝福してくれる状況では、奪うとは言えまい。

ところで、イツキ氏とゲントウ氏は、まだ話の本筋に戻って来ないのか。彼等にとっては、姪・孫の可愛さ賛美が本筋かもしれないけれど。

そういえば初めてイツキ氏と会った時も、イツキ氏はマイカ嬢に夢中になっていたっけな。

私の視線に気づいたマイカ嬢は、一瞬、自分の熱視線を無視されてご不満な様子だったが、溜息一つで私の思考に合わせてくれた。

猟師式のハンドサインで、「やっちゃう？」と聞いて来る。私の応えは、もちろん「やっちゃう！」である。

猟師式であるため、サインの本来の意味が殺傷を示すことは、偶然である。なにも謀反の打ち合せをしているわけではない。

マイカ嬢が、妙ちきりんな気勢をあげている叔父と祖父に、とことこと歩み寄っていく。

その途中で、困った人達だなぁ、という呆れ顔が、拭い去られるように愛らしい笑顔に置き換わる。

「叔父上、お爺様」

普段のトーンより二段ほど高い、マイカ嬢必殺の甘え声である。

「いつまでもお二人で話してないで、わたし達も交ぜてくださいな。マイカ、寂しいです」

おじさんとおじいちゃんは、デレデレ顔でマイカ嬢の指示に従った。

この場で最強権力者が誰か、決定した瞬間である。

「さて、今回こうして集まってもらったのは他でもない」

気を取り直して、ゲントウ氏が辺境伯として仕切り直す。

ただし、遥か彼方に第一宇宙速度で飛んでいった威厳は、そう簡単には帰って来ない。あの威厳彗星《すいせい》、次に来るのは何百年後でしょうね。大体、マイカ嬢を隣に座らせた辺りからもう台無しである。

これで話の内容は非常に真面目なのだから、性質《たち》が悪いと思う。

「近年の我が領で起こった、いくつもの技術的な発展についてだ」

一同、なんとか気合を入れ直して真面目な顔で頷く。

「まずは、この一連の成果について、計画を担当した領地改革推進室の皆と、領主代行として推進室の設立を訴えたイツキに、サキュラ辺境伯として礼を述べる。見事な活躍であった」

「推進室一同、閣下のお言葉に喜ぶことでしょう。室長として部下一同を代表し、お礼を申し上げます」

お仕事モードのマイカ嬢は、凛《りん》としながらも穏やかな微笑みを浮かべて、上司の労いに応える。

孫の立派な姿に、せっかく引き締めたゲントウ氏の表情が、ただのおじいちゃんになってしまう。

孫を見習って欲しい。そこのおじさんもです。

「う、うむ。それで、だな。領地の発展に繋がる数々の成果は喜ばしいが、いささか駆け足で物事が進んだことは否めん。王都で手紙を読むだけでは理解が追いつかないこともあり、この席を設けたのだ」

そう言いながら、ゲントウ氏は用意された酒杯を手に取って掲げて見せる。

「まあ、叱ろうだとかなんだとか、そういったつもりは全くない。さっきも言ったが、美味《うま》い物を食べながら、今後の辺境伯領のために話し合おうではないか」

気さくすぎる我等が主人に合わせ、私もお酒を手に取る。

「では、サキュラ辺境伯領の前途を祝して、乾杯！」

サキュラ辺境伯家重鎮会議は、こうして軽やかに始まった。

「まあ、一番の問題になるのは、これだけの技術をどのようにさばいていくかだ。石鹸の時は、実に上手くさばいた。今後もこのようにいきたい。その打ち合わせだな」

まずは盃《さかずき》を一つ干したゲントウ氏が、議題を場に提示する。

前もって知らされていた検討事項であるため、鳥つくねを頬張ったマイカ嬢が、もぐもぐとよく噛みながら頷く。

「開発元の領地改革推進室としましては、現在開発してある工業系、農業系、建築系の全技術を放出しても良いと考えています」

この祖父にしてこの孫ありだ。

マイカ嬢の言葉遣いは真面目だけど、美味しい物を食べながら、という辺境伯閣下の指定を遵守する所存らしい。

再度確認するけれど、今この場は、辺境伯領の最重鎮会議の席です。

「ほう。それはまた、剛毅な話だな」

ゲントウ氏が、顎鬚《あごひげ》を撫でながら面白そうに呟く。単純に、孫娘にデレているだけの可能性も否定できない。

「だが、それはいささか大盤振る舞いがすぎるのではないか？」

マイカ嬢は、軍事技術以外全部あげちゃおう、と言ったのである。

為政者としてはそう言いたくもなろう。実際、領都で話し合った時も、イツキ氏は渋い顔をした。ゲントウ氏も、息子である領主代行と同じ懸念を示した。

「領地改革推進室の成果は、どれか一つを取っても実に大したものだ。いずれも、領の発展に大きく寄与するだろう。だからこそ、他領に手に入れられると困る、とまでは言わんが、もったいないと考えてしまうな。そこはどう考えている？」

「はい。これは、我が計画主任の言葉ですが」

そう言って、マイカ嬢は隣に座る私に、自慢げな笑みを見せる。その可愛らしい唇から紡がれたのは、かつて、私が語った言葉だ。

「今ある技術は、ほんの土台に過ぎません。これから先が本番なのですから、この程度で惜しむ必要はなにもありません。土台をもっと拡げて、そこに乗せられていくさらなる未来を、より高く、より早く積み上げられるようにしましょう」

マイカ嬢は、自身の発言の結果を見て、花がほころぶように笑う。

ゲントウ氏は、孫娘の言葉を受けて、瞠目《どうもく》して後ろに倒れこむように仰け反ったのだ。それは、満天の流星雨を見つけた子供の仕草に見えた。

「これはたまらん」

やがて、そう呟いた中年の男性の頬が、にんまりと緩む。

「王都では、推進室からの報告が一番の楽しみであった。書面でさえそれほどの力があったということを、俺はもっと真面目に考えるべきであった」

つまり、と男は悪ガキのような笑みをむき出しに、話し合いのテーブルに戻って来た。

「俺の人生で一番の楽しみは、まだまだ続くし、もっともっと面白くなるのだな」

「もちろん！」

マイカ嬢が、祖父とよく似た笑みで応えた。

「アッシュ君がいる限り、あたし達に退屈している暇なんてないんだよ！」

「ううむ、素晴らしい！　生きていてよかったと心の底から思うぞ！」

ノスキュラ村発、領都が誇るびっくり特産品扱いが、とうとう領主公認になった瞬間だった。

「で？　具体的には、どんなものを今後開発していく気なのだ？」

目をキラキラと輝かせたゲントウ氏が、前のめりになってたずねて来る。それに渋い顔をしたのは、イツキ氏だ。

「父上、あまり詳細は困るぞ」

そう囁きながら、イツキ氏は視線をドアの方へ送る。

それの意味するところは、部屋の外で用命を待っている女中達こそが、スクナ子爵の誇る情報網ということだろう。

まあ、それも当然の話で、こんな都合の良いリゾート地を持ちながら、諜報活動に力を入れていないわけがない。

重鎮会議を始める時には自分から退出していったが、ここで行われる会話は全て、あの老子爵の耳に届くと考えた方が良い。

「だがな、イツキ。お前達は領地に帰ればいくらでも聞けるかもしれないが、俺はそうもいかんのだぞ。なんとかならんか」

「なんとかって……。スクナ老がそんな甘い相手ではないことは、父上の方が知っているだろう」

「むう……」

息子の返しに、ゲントウ氏が渋い顔で黙りこむ。

ちょっと話した感じでも、スクナ子爵は有能なやり手ですからね。でも、それならそれで、やりようはある。

「では、子爵閣下をお味方にしてしまえば良いと思いますよ」

「味方？」

イツキ氏とゲントウ氏が、親子らしくそろって首を傾げる。

「スクナ子爵閣下を部外者と思えばこそ、内緒話をする必要もありますが、味方と思えば一緒にお話を聞いて頂いたって良いわけですよね」

私の発言に、イツキ氏が呻《うめ》く。

「それはまあ、そうだが……しかし、他領の人間だぞ」

「同じ人間ではないですか」

話の通じない魔物ではない。

それだけで、まずは話し合って、味方に引きこめないか試してみるだけの価値がある。なにも、初手から敵視する必要はあるまい。

私はそう思ったのだが、為政者二人にとっては、あまりに大雑把な区分けだったようだ。大口を開けて驚かれてしまった。

マイカ嬢だけは、からころと楽しそうに笑っている。

確かに、領地の進退に関わる機密事項という前提からすると、少々大雑把すぎたかもしれない。

「私は、スクナ子爵閣下なら問題ないと考えています。機密情報が多数手に入るこの地で、これだけ領政を安定させているということは、入手した情報の扱いも確かということですよね」

情報の扱いが下手なら、とっくの昔に周辺諸侯の恨みを買って攻め滅ぼされているはずだ。情報を使って利益を得つつも、損害は回避するという堅実な使い方だ。

力を持ち、なおかつ、その振るい方を心得ていることがわかる。

その点でも、取引相手として非常に信頼のおける相手だと思う。駆け引きはして来るだろうが、一線は守ってくれるはずだ。

「先程のマイカ室長のお言葉の通り、推進室としては現在手持ちの技術はどんどん公開していきたいと考えています。理由の一つとして、石鹸技術を独占していた豪商をお考えください」

現在、各地から一斉に石鹸生産の報せを受けた豪商は、ずいぶんと右往左往している。恨みを持つ誰かが背後に忍び寄り、復讐《ふくしゅう》を誓っていた誰かが前に立ちはだかっているらしい。

これまでは、持ち前の財力を盾、権威を武器として振り回して追い散らして来たが、今はその権威に陰りが見えている。権威の源である石鹸が、他の商人からでも手に入るようになったのだから当然だ。

他の商人が持ちこむ石鹼は、それぞれに個性があり、しかも豪商のそれよりかなり安い。独占状態にあぐらをかいた価格設定をしていたからだ。財力の方にも不穏な影が差し始めている。ご愁傷様である。

かように、独占という状態には、大きなデメリットがつきまとう。特に人の恨みが恐ろしい。

「そのデメリットを考えた場合、技術の独占は、消費される労力と予算に対して、釣り合いが取れていると言えるでしょうか。私は、そうは思いません。そんなことに割く労力と予算があるなら、気前よく差し上げて、代わりに協力を頂戴しましょう」

私はどこぞの石鹼豪商とは違う。いずれ漏れるであろう技術を後生大事に抱えこみ、文明の発展を停滞させつつ、恨みを買って敵を増やすような真似をするつもりはない。

むしろ、恩を売って、協力者を増やしていく所存だ。

脅迫よりも利益供与の方が、最終的に手間がかからず、メリットも大きい。これは、レイナ嬢の時に証明済みである。

「そして、有力な相手には、その分だけ早く多く技術情報を渡して、有力な味方になって頂くべきではありませんか」

協賛会員になられた方限定の、先行プレミアム特典みたいなものである。

お金さえ払えば他者より先んじられる。この誘惑に弱い方は、特に貴族に多いのではなかろうか。

払えるならお金以外でも受け付け可、資源とか人材とか大歓迎だ。

どうでしょう。領外にも広めよう好意の輪（利益供与こみ）作戦の基本骨子です。

ゲントウ氏は、最初は驚いた顔をしていたが、私の説明が進むうちに真剣な為政者の顔になって頷く。

「大したものだ。アッシュの話を聞いていると、それが一番良いように思えて来る。実際、敵が一人増えるより、味方を一人増やせるならば、多少の損はむしろ利になったと考えて良いだろう」

それに、と顎鬚を撫でた辺境伯は、大人への悪戯を相談する悪ガキの表情を見せる。この人、いい年してそんな表情が似合いすぎる。髭の生えた不良少年だ。

「気前の良い大盤振る舞いの裏で、中々に悪党だ。うちに多く協力するところほど、最新技術がもらえるとなれば、味方の間で競争が起きるな」

「おや、考えてみれば、そうかもしれませんね。私としてはただ単に、好意には好意をお返しすべきであるという考えに基づいているだけですよ」

大きな好意には、当然大きな好意をお返しするだけだ。等価交換である。

その結果として、課金合戦みたいなものが起きたとしても、私が意図したものではない。遺憾の意くらいは表明しても良い。

別に、頬が緩んでニヤニヤしているのは、悪だくみを共有しているからではありません。

「よかろう、気に入った。この場で話が出たということは、イツキも技術の公開に賛成したのだろう?」

「ええ、まあ……アッシュの説明を聞くと、どうも納得するしかできなくて……」

「ふははっ、無理もない！　そういえば、お前からの手紙の中身も、推進室からの提案の打診が多かったな！」

「頼もしい部下ができたと思うことにしているよ。とはいえ、その相手を誰にするかまでは、全く話し合っていませんでしたが」

イツキ氏が、心臓に悪いだろう、と私に軽口を叩く。

「流石に、人となりを知らない他領の為政者ですから、具体的に誰にしましょうとは私には言えませんよ」

「で、人となりを確認したから、早速勧めて来たのか」

「ええ、大変素晴らしい方でした」

あの情報能力は魅力であるし、技術だけでなく、開発者を引き抜こうとする視野も持っている。物の価値がわかる相手は大好きだ。

あと、温泉地を休暇先として常時確保できる。

「できれば、後継者や重鎮の方ともお会いしておきたいですね」

口にするのははばかられるが、スクナ子爵はかなりのご高齢だ。

なにかあった時、後を引き継ぐ周囲の人間が、老子爵と同様に信頼できるかを確かめなければ、好意の大サービスはできない。

この宿につめるセイレ嬢のような女中を見る限り、周囲の教育にも熱心な人物だとは思うのだが。

そんな私の懸念に、ゲントウ氏は満足そうだ。

「一見、無造作なほど大胆なようでいて、要所はしっかり押さえているのだな」

「私は猟師の修行もしていましたから。猟師は臆病な気持ちを、慎重と言い換えて大事に持って歩くものです」

「人狼と一騎打ちをして、トレント八体を討伐した勇者が臆病とな？」

「ええ、臆病ですよ。死んでしまったら、ここまで進めた夢の計画が大崩壊ですからね」

私は古代文明の復旧という夢のためなら命なんて惜しくないが、夢は惜しい。

夢とは生きて追いかけるものだ。つまり命は惜しくないが、とても大事だ。うっかりミスで大事な命を落とすなんて冗談じゃない。

私のこの理路整然とした結論に、ゲントウ氏はなぜか宿中に響くような大笑で応える。

「なんとまあ、愉快な男だ！　命を惜しまぬ蛮勇の持ち主は何人も見て来たが、命を大事にする勇者とは！」

そんなに笑えるほど変ですかね。

「なるほど。この者が見えているものと、我等が見えているものとでは、全く違うのだろうな。であればこそ、人間不信になりかかっていたあの者、アーサーも、ここまで懐いたのであろう」

ゲントウ氏は、腕を組んで感心した後、マイカ嬢を見て頷き、私を見てもう一度頷く。

「うむ。このままアッシュの話を聞きたいところだが、その前にスクナ子爵と話をつけるのが良いだろうな。楽しみは後に取っておくことも一興だ」

今日はここまでにしよう、とゲントウ氏は場を締める。といって、解散の命令は出さない。

その意図するところを考えて、私一人が席を立った。

「では、ご家族でつもる話もあるでしょうから、私はこれで失礼いたします」

後は家族水入らずでどうぞ。

一礼する私に、ゲントウ氏は意味ありげに唇を吊り上げる。

「気を遣わせてすまんな。次は、アッシュも一緒に楽しむことにしよう」

フレンドリーな言葉遣いに似合わぬ、肉食獣みたいなその笑みはなんでしょうね。

光栄です、と応えておいて、私はドアをくぐる。

すぐに控えていたセイレ嬢が付き添ってくれて、私の部屋までの道を案内してくれる。

そのルートが少し遠回りであった理由は、脇道から自然と合流して来たスクナ子爵の指示だったのだろう。

「フェネクス卿、しばらくご一緒してもよろしいですかな」

「ええ、構いませんよ。私はお暇を頂きましたから、お望みのままに」

なんなら、どこかの個室で打ち合わせしても良いですよ。そう意味を含ませて水を向けると、老子爵は髭を撫でて首を振る。

「いえいえ、それにはおよびませんよ。サキュラ辺境伯家の重鎮を相手に、二人きりで密談をしてはいらぬ誤解を招きそうですからな」

怒らせると恐い一族なのだと、老子爵は笑う。

「なるほど、お心遣いに感謝いたします。それで、ご用件は？」

「ええ、これは後程、正式にサキュラ辺境伯殿に打診する予定なのですが、せっかくお会いしたのでフェネクス卿にも先にお知らせしようと思いましてな」

「ほう？　なんでしょうか」

「フェネクス卿を含めたサキュラ辺境伯家の方々と、スクナ子爵家の面々で、一席を設けさせて頂けないかと考えたのですよ」

「ほほう」

私の「スクナ子爵の後継者や重鎮の人となりを確認したい」という発言を受けて、その機会を作ろうというらしい。

対応が素早い。

先程の会談が聞かれていたことは、あの場の全員が承知の上だが、それを子爵家が公に認めることはまずない。それを内々にだが認める形で、スクナ子爵家として、辺境伯家の提案内容に大いに前向きな姿勢を見せて来たことになる。

結構な好感触だと思う。

「それは楽しみですね。サキュラ辺境伯領で最近作られたお酒を持って来たのですが、ぜひその席でご感想をうかがいたいと思います」

私個人としては大歓迎の提案であることを伝えると、スクナ子爵は手を叩いて破顔することで、私の返事への感謝を返す。

「おお、それは楽しみですな。こちらとしましても、精一杯のご馳走《ちそう》を用意しましょう」

早速段取りを組もうと意気込みながら、老子爵は足取り軽く廊下の向こうへと去っていく。

その様子に、私は孫であるセイレ嬢に感想を述べる。

「なんとも精力的な御仁ですね」

「いえ、あんなに楽しそうな子爵様、私も初めて見ます。フェネクス卿のおかげですね」

祖父のことを敬愛していることがよくわかる笑顔で、孫は頭を下げた。

◇◇◇

【横顔　マイカの角度】

「さて、では家の話をしようか」

アッシュ君を見送った後、お爺様が楽しそうな顔で仕切り直す。

「我が家はこれでも貴族家だ。至らぬところもあろうが、それでもサキュラ辺境伯領の安寧に尽力していると言ってよかろう。であるならば、当家の存続についても真剣であらねばな」

お爺様が視線を向けた先、叔父上はなにを言われるか瞬時に悟って、嫌そうに唇を曲げた。

「イツキはいい年だというのに、嫁をもらって子を為すという話をさっぱり聞かん」

「スクナ老にからかわれ、アッシュに小言をもらって、さらに父上までもか。とんだ温泉旅行だ」

「言われたくなければ方法は一つだ」

「それを言ったら、父上だって母上が亡くなってから後妻を取らなかっただろう」

「正式な後妻は娶っていないが、愛人くらいはいたぞ」

お爺様の台詞に、叔父上がつまらなそうに口をつけたお酒を吹いた。人間の顔色ってこんな速さで変わるんだ。

「ほ、本当か、父上！　子は、子はいるのか!?　マイカが名を継ぐ時に継承権に絡みそうな問題がないか確認しただろうに！」

「子供も息子が一人いるぞ」

「んがっ!?」

平然と子まで認知するお爺様に、叔父上は顎が外れたような顔をする。正直、バカっぽい顔になっちゃった。そんな息子に、お爺様はにやりとした顔で酒を掲げる。

「息子はアーサーと名付けた。お前も知っているだろう。うちでは兄弟で仲良くやっていたと聞いたぞ？」

ああ、なるほど。アーサー君のことか。そういえば、お爺様が王都で娶った後妻の子――扱いは訳あり愛人の子としてやって来たんだっけ。

ネタばらしを受けて、ただからかわれただけだとわかった叔父上が、椅子に崩れ落ちた。冷や汗の浮いた顔を手で押さえて、安堵感の中から怒りを絞り出す。

「こ、このクソ親父《おやじ》……」

「お、今さら反抗期か？」

わはは、とお爺様が豪快に笑うのを、叔父上は恨めしそうに睨んでいる。

う〜ん、なんていうかこのやり取り、「我が家！」って感じがするね。叔父上はお爺様に対して怒っているけど、叔父上も普段はジョルジュさんとかに同じような態度だもん。

「ま、イッキにも嫁を取って欲しいのは親心として本当だが……」

そう言われると、叔父上の眼光もちょっと緩む。一応、望まれているのに孫を見せていない、という親不孝の意識は叔父上にもあるみたい。

「貴族家として考えれば、やはり後継者不足だ。神殿に出たヤエまで候補に入るくらいだから、いささか不安と言える。幸い、可愛い孫が優秀なようで、当主としては嬉しいぞ」

それ以上に祖父として嬉しそうな顔で、お爺様があたしに笑いかけて来る。ありがとうございます。可愛い孫としてがんばって甘えます。

「イッキとユイカからの推薦は見た。基本的に、マイカが継承する時は、イッキが当家を継いでいるだろう。ならば、イッキが認めたことに殊更に口を挟むつもりはない」

あたしがサキュラ辺境伯家を継ぐことを容認する、という判断に、お礼を述べて頭を下げる。

「そこで、次の問題だ。次々期当主候補として、マイカの婚姻を決めるのは今だ。これについては、現当主の俺に責任が生じる以上、しっかりと口を挟まねばなるまい」

ぴりっと背筋が痺れるような感覚。話題が、あたしとアッシュ君の関係に踏みこんだ。

「で、わざわざここまで温泉に入りに来て、イッキやユイカ一押しの婿候補を見定めたわけだが」

そのために、お母さんや叔父上に色々と工作してもらったからね。ここまで長かった。

アッシュ君のため、サキュラ辺境伯領を差配する力を手に入れようと、勉強して、実際に働いて、叔父上に認めさせた。あたし自身だけじゃなく、アッシュ君の功績もわかりやすく見えるように示した。

後は、これらの実績を突きつけて、現辺境伯であるお爺様に認めさせなくちゃいけない。というのが、今日のこの場だ。

「まずなにより、マイカ、お前の気持ちを聞いておきたい。イツキやユイカから手紙で報告は受けているが、こういうのは本人の言葉をちゃんと聞かないといかん」

姉上で勉強したな、と叔父上がお爺様をからかって睨まれた。ちょっと、あたしの大事な話なんだからちゃんとこっち向いてよ。唇を尖《とが》らせて不機嫌を示したら、二人とも慌てて背筋を伸ばした。

この二人、扱いやすくて良いかも。

「あたしは、もちろんアッシュ君が良い。アッシュ君じゃなきゃ嫌だ」

真っ直ぐ、突き刺すように答える。お爺様は、少しだけ顎を揉んでから、にやりと笑う。

「だが、世の中にはもっと良い男もいるのではないか？　王都では、あれより見目の良い男もよく見かける」

「は？」

お爺様からのちょっとした試しなんだろうけど、あたし、ひょっとしてバカにされてる？

「あたし、見た目がちょっと良いだけの男に、人生全部かけて惚れこむほど軽い女に見えるんだ」

それは我慢ならない。あたしの恋心は、生まれてこの方そんな安売りしてないんだよ。

特にこの恋は、このマイカの初恋なんだから、とびっきりの高値がついているんだ。

「その見てくれの良い男は、飛行機を飛ばせるの？　村に新しい産業を作って、石鹼の製法を再現して、禁止されていた堆肥を普及させて、潰れかけた村を救おうと立ち回れる？」

しかも、その全てを笑いながら。周囲の皆を笑わせながら。

あたしが好きになって、好きでい続けていて、今でもまだ好きになり続けている人は、そういう人なんだ。

「あたしは、アッシュ君の見た目が好きなわけじゃない」

いや、アッシュ君の顔もすっごい好きだけどね。細身に見えて意外と筋肉ついてるところとか、大好きだけどね！　姿勢が良い立ち姿とか、座って本を読んでいる時にちょっと足組んだりしてるところとかさ、もう、見るだけで幸せ！

でも、それだけじゃない。アッシュ君が顔だけなら、あたしはあの夕暮れに初恋を奪われたりなんかするもんか。

「あの人は、夢を追いかけている。その夢を叶えるため、全身全霊をかけている。誰もができないとあきらめるようなその夢に、本当に手を伸ばして、傷つくのも傷つけるのも覚悟のうちで、今ここまで来たんだよ。そんな人が、アッシュ君の他にいる？」

いるものか。そんな人が他にもたくさんいるのなら、農民の生まれがバカにされたりしない。ヘルメス君があんなに夢に苦しむこともない。あんなに、アッシュ君が眩しく見えたりするものか。

そんなことできる人、アッシュ君の他に誰もいない。

「お爺様、この期に及んでアッシュ君をちょっと見目が良いだけの男だなんて侮るなら、人を見る目が衰えたのではありませんか？」

そういう人が当主をしているとしたら、隙が多いと思うな。穏便に、隠居してもらった方が良いと思う。

睨み返すと、お爺様の表情が、少しだけ弱る。

「これ、下手に反対をしたら、ユイカの二の舞になりそうだな。ちょっとからかおうとしただけなのに、想像を絶するほど怒らせたようだ」

「マイカはそのユイカの娘だからな。実際、アッシュのためにサキュラ辺境伯を目指していると常々言われている。マイカの婿取りを邪魔しようとするなら、こっちが斬り捨てられるぞ」

叔父上の台詞を確かめる視線が、お爺様からあたしに向けられたので、頷いておく。

「当たり前でしょ？　アッシュ君がつかない辺境伯なんて価値ないもん」

あたしの断言に、現辺境伯閣下は笑いをぎりぎりで堪えた顔になった。

「これは第三者として聞きたい台詞だなぁ。王都の歌劇よりよほど楽しめそうだ」

サキュラ辺境伯としては、無価値と言われては素直に笑うこともできない、とお爺様はぼやくと、叔父上はそれよりはいくらか気楽に苦笑いする。

「マイカの惚れっぷりは大したものだろう？　俺はアッシュの贅沢さに歯噛《はが》みする日々だ。父上も、ぜひこの気持ちを共有してくれ」

「全くだな。これだけの美女に惚れ抜かれるとは、男冥利に尽きるというものだろう。アッシュは王国一の贅沢者だな」

少しだけ、場の空気が和む。元々、この場は最終確認なのだ。九割九分決まっていた方針に対する、最後の一手。それを、叔父上が言葉にして詰めてくれた。

「父上の目から見て、アッシュはどうだった――と聞くまでもない気がするが、一応」

叔父上の口調には、確信があった。あたしもある。

だって、アッシュ君を見送る時、お爺様はこう言ったのだ。次は一緒に楽しもう、と。それは、家族水入らずを一緒にということで、つまり――

「まあ、ちょいと試すようなことを言ったが、我が家の勲章をあれほど与えたのだ。俺とて侮ったつもりはない。マイカの男を見る目は確かだな。あれを取りこむのはお家の利益だ。サキュラ辺境伯として捕まえるのに協力しよう」

「流石、父上。話しが早くて助かる」

「あれほど面白い男はそうそういないだろう。仕事ができて、言うことは大きく、やることはもっと大きい。おまけに能力はとびきりだぞ。ああいう物語になる男は一番近くで見たい」

お爺様が、厳つさのある顔でにんまりと笑う。流石はアッシュ君、あっという間に気に入られたみたいだ。

「そういうわけだ、マイカ。どうやらスクナ老もアッシュに目をつけたらしい。うかうかしておれん。未来の辺境伯として、アッシュを掻《か》っ攫《さら》って来い！」

「父上、それではまるで花嫁泥棒をけしかけるような言い草ではないか……」

「そういう相手だろう？」

「まあ、そういう相手か……」

そういう相手なんだよ、アッシュ君だからね！

これで、準備はできた。

アッシュ君、これでどう？　今のあたしが用意できる、最高の花束を用意したよ。サキュラ辺境伯領を差配する権利なんだけど、これならアッシュ君も喜んでくれる？

背筋が震える。興奮と、恐怖とが、お腹の奥から上って来る。

わからない。わからないけれど——あたしは、これと引き換えに、あなたが欲しい。


その横顔を、いつも見つめていた。

いつも前を向いて、遥か遠くを見つめるその姿を、ずっとすぐそばで見つめていた。

本を夢中で読む横顔。計画を練る横顔。御飯を食べている横顔。誰かと話している横顔。真剣だったり、可愛かったり、格好よかったり、ちょい悪だったり。たくさんの横顔を、色々な角度から見つめて来た。

だから、アッシュ君がいつもなにを見つめているか、なにを目指しているか、誰より知っている。

おかげで、アッシュ君が怪我を押して走ろうとするのを止められる。アッシュ君の行く先についていくことができる。最近はようやく、次にすることを先んじて動けるようにもなった。

これだけは断言できる。あたしが、誰よりもアッシュ君を理解している。

そんなあたしでも、これでアッシュ君が満足してくれるかどうかは、わからない。

次々期サキュラ辺境伯——立派な肩書きだ。でも、これでもなお、足りてはいない。アッシュ君の大きすぎる夢には、全くの不足だ。

多分、王族のお姫様でも不足していると思うから、これは仕方ない。この不足分は、アッシュ君の幼馴染として、ずっとその横顔を見つめて来た者として、あたしの魅力で補うしかない。

補える、よね？　補えると、思いたい。

ぞくぞくと背筋が震える。心臓が、大きな手で鷲掴《わしづか》みにされたように委縮する。

恐い。手足の先が凍りつくような感情が湧き上がる。

まさか、アッシュ君のことを考えて、こんな気持ちを抱く日が来るなんて――。

あたしの好きな人は、そういう気持ちにさせない、温かくて、明るい人のはずだった。

でも、今は少し違う。思えば、あれは幼い憧れだったんだと思う。騎士に守られる物語のお姫様に憧れる、幼い女の子の夢だ。

今でもそういう可憐《かれん》なお姫様に憧れはあるけれど、今のあたしは、アッシュ君と肩を並べて戦う覚悟を決めた身だ。あの王国規模でも包みきれない、途方もない夢を追う赤髪の男の子を、すぐそばで支える。

いわば騎士の隣に立つ騎士、戦友ポジション。暗闇に脅えているだけの女の子ではなくなったのだ。

おかしいな？　どうしてこうなった。

でも、好きな相手と同じような自分になったと思えば、悪い気はしない。似たもの夫婦って言うからね。夫婦だよ、夫婦！

時刻は夜。春の月が、今宵《こよい》も下界でなにが起こっているかを眺めに、空へとその身を覗《のぞ》かせている。春の香りを運ぶ風は静かで、露天風呂に浸かる孤独な人影を湯気の中に隠し、一幅の絵画のようにあつらえている。

私は、月を見上げている背中に声をかけた。

「お待たせしました。お隣、よろしいですか、マイカさん」

髪を束ねて覗かせたうなじが、小さく頷《うなず》いて許可をくれる。

「では、失礼しますね」

隣に体を滑りこませるうちに、マイカ嬢の後ろ姿から、横顔が見えて来る。

緊張しているのか、俯《うつむ》きがちな彼女の顔は、感情を抑えこんだように物静かだ。それが人形のように整った容貌を知らしめ、一方でお湯に紅潮した肌は生き生きとした艶《なま》めかしさを漂わせている。

つい、視線がお湯の中へと流れてしまうと、彼女の腕は、恥ずかしげに湯着を押さえた。

「すみません。マイカさんが綺麗《きれい》なもので、つい」

紳士にあるまじき行いを素直に詫《わ》びると、マイカ嬢は頬の赤みを増しながら、ちらりと視線で撫《な》でて来る。

「ちょっと、悔しい。あたしは、上手《うま》く声がでないくらい、ドキドキしてるのに」

それはお互い様である。私だってすっかり意識してしまった異性の、普段は見ることのない艶《あで》やかな姿に、心臓が弾《はじ》けてしまいそうだ。

頬、というより、顔全体が熱い。

きっと、マイカ嬢が私の顔をしっかり見れば、お互い真っ赤な顔で見つめ合うことになるだろう。

「私だって、すごく緊張していますよ。がんばって、冷静さを保っているだけです」

それくらいマイカ嬢は綺麗だし、女性として意識している。

先程から、自分がどれだけマイカ嬢を好きかという自覚が、毎秒単位で上方修正されている。

「そ、そう？」

マイカ嬢の視線が、再び私をうかがう。

先程より、少しだけ長く見つめられた。それでも、一秒よりは短かったと思う。私の心音一回分、あったかないかだ。

続かぬ会話が、もどかしい沈黙を招く。この幼馴染《おさななじみ》とこんなに話が合わないのは、生まれて初めてかもしれない。

「それで、その……」

こくりと喉を鳴らして、マイカ嬢が切り出した。

「ここに来てもらった、理由なんだけど……」

今宵、この場所に呼び出したのはマイカ嬢である。

恐らく、夕方まで続いたサキュラ辺境伯家の親族会議で、いよいよ決まったのだろう。マイカ嬢の伴侶に、私が候補として相応《ふさわ》しいかどうか。

この場に誘われたということは、光栄な結果が出たようだ。そして、心苦しい結果でもある。

その罪悪感が、マイカ嬢の言葉を待つはずだった私を動かした。

「マイカさん」

彼女の頬に手を触れ、恥じらって逃げる視線を手繰り寄せる。

「ア、アッシュ、くん……？」

マイカ嬢は、私から動いたことに、身を強張《こわば》らせて驚いた。

今の今まで、彼女の気持ちに応えて来なかった幼馴染のことを、彼女はよくわかっていた。彼女の方から、逃げようがないほど真《ま》っ直《す》ぐに気持ちをぶつけねば、この男は応えないと確信があったのだろう。

私も、そう考えていた。ついさっきまでだ。

しかし、意地悪な女神様が打ちこんだ言葉の棘《とげ》が、ひどく疼《うず》いている。

『だったら、もしもマイカがいなくなったら――』

胸に刺さった棘が、いつの間にか根を張って、それは嫌だと気持ちを芽吹かせている。

いつも隣にいるあの笑顔がなくなってしまうのは、嫌だ。いなくなろうとした時に、その手を摑《つか》んででも、私の隣に引き留めておきたい。

「マイカさん、私は、あなたのことが好きです」

「あっ――、っ……！」

芽吹いた気持ちを、胸に突き刺すように差し出す。少女を逃がさぬよう、いつの間にか腰に腕まで回している。

胸が熱い。腹の奥が熱い。

突然の私の言葉に、身をすくめ、声にも表せない感情に悶《もだ》えている目の前の少女が、愛《いと》しい。

その少女が、今すぐ欲しい。

間違いなく、疑いようもなく、私は、マイカ嬢のことを愛していた。

「でも、私は、マイカさん以上に好きなものがあるんです」

告白に続いた言葉に、幼馴染の少女は、私を誰より知る女性は、即座になにもかもを承知したようだった。

私がマイカ嬢以上に好きなものが、人ではないことも。私がそれを、どれほど追い求めてやまないかも。

「アッシュ、くん……」

ようやく搾り出されたマイカ嬢の言葉は、それ以上言わないでと、ねだるようだった。

「ごめんなさい。私はあなたを好きですが、あなたより先に、あなたより強く、あなた以外に心を奪われているのです」

我知らず、抱き寄せようとしていた腕を、少女の体から引き剥がす。

若い体でそれができるほどに、私の心は奪われ、縛りつけられていた。

「そんな私では、絶対に、あなたを幸せにできません。あなたのことを放り出して、私は夢を追いかけてしまうでしょう」

夢に心奪われた私は、必ずそうなる。

でも、好きになった人にそんなことはしたくないし、そんなことになって欲しくもない。

「マイカさんには、絶対に幸せになって欲しいのです。それは、こんなどうしようもない壊れた私ではできないことです」

もっと力があればと願いつつ、私は一つ、気持ちを手放す。

「だから私は、大好きなあなたの気持ちを、受け入れることができません」

私の宣言に、マイカ嬢の喉は、その機能を失ったように見えた。

唇が開くも声はなく、苦しげに湯着の胸元を押さえて、少女は身悶える。

「そん、な……」

涙を堪えるように目を細めた少女から、かすれた声が搾り出される。

「そんな、こと……っ」

湿った息が吐かれ、切ない息が吸われる。

その呼吸をもって行われたのは、ガラスの像が叩《たた》きつけられたような、高く澄んだ叫び声だ。

「そんなこと言われたら……っ、もっと、もっと――好きになっちゃうでしょ！」

真っ赤な顔で、少女は感動の笑みを浮かべながら、自分を手放した私の手を掴みとる。

鷲掴《わしづか》みだ。

「もうダメだからね！　こんな、こんなあたしの胸をときめかせておいて！　これ以上ないくらいあたしを夢中にさせておいて！　絶対、絶対、アッシュ君のことあきらめてあげないんだから！」

ご覧ください。そうです、これが私が惚《ほ》れた女の子です。

目を爛々《らんらん》と輝かせ、口元には獲物を見つけた肉食獣の笑み。武張った辺境伯家の血筋がこれ以上なくうかがえる。

摑まれた私の手なんかぎりぎり軋《きし》むくらいですよ。一応、マイカ嬢の胸元に引き寄せられて柔らかいものが当たっているはずなんですけど、全然楽しめないくらい痛い。

「つまり、アッシュ君の初恋相手である夢から、アッシュ君を奪っちゃえば良いんだよね！　この際、相手が人じゃないとかもうどうでもいいよ！　アッシュ君を好きになって六年、それくらいじゃないとアッシュ君の奥さんは務まらないんだって悟ってるよ！　大丈夫！」

なにが、大丈夫なんだろうか。

さらりと判明したけれど、マイカ嬢の中の私・アッシュのイメージが、予想よりひどいことになっている。

「元々アッシュ君を手に入れるためなら、相手がどこのなんだろうと一切退《ひ》く気はなかったんだもん！　アッシュ君が夢中になってる相手が、人だろうと神様だろうと概念だろうと受けて立つよ！」

咆《ほ》えるように私に言い放ち、マイカ嬢はお湯を蹴立てるように立ち上がる。

月下、女神の血が育んだ肢体に湯着を張りつかせながら、雄々しさ十分に少女は私を見据える。

「宣言するよ、アッシュ君！　あたしは絶対にあきらめない！　アッシュ君をその夢から奪って、あたしの旦那さんにするんだから！　絶対に、どんな手を使っても！」

正々堂々の略奪愛宣言（ルール無用）である。

相手が抽象概念だというのに、一点の曇りもない迫力。背筋が震える。

「待ってて、アッシュ君！　あたしの想《おも》いを絶対に受け止めてもらうんだから！」

その想い、受け止めたら私の防御を貫通してオーバーキルになりそうですね。

私の懸念をよそに、マイカ嬢は「作戦会議～、全員集合～」と叫びながら、お風呂場から消えていく。

その去り際、目元に光るものがあったことを、私は見つけた。

本当に、素敵な女性だと思う。

告白を拒絶されたにもかかわらず、私が気にしないようにと、あんな空元気を振りまいて立ち去った――などということは、ない。ありえない。

想いを振り払われて、悲しかっただろう。

長年の段取りを無にされ、悔しかっただろう。

あの涙は、熱い想いに溶け出した本物の気持ちだ。

その上で――その上で、あの少女は即座に奮い立ち、戦意をたぎらせて、勝ち逃げしようとする私を捕まえたのだ。

泣くほど悲しい。でも、あきらめない。

泣くほど悔しい。だから、立ち上がる。

絶対に逃がすものかと。お前は私の獲物だと。お前の事情がどうであれ、その一切合財から奪い取り、自分のものにしてやると。

もう一度言わせて頂く。

あれが、私が惚れた女の子です。

素敵でしょう?

――胸に刺さった棘は、未《いま》だに朽ちず。次に彼女と相対する時まで、どれほどこの身の深くまで根づいていることか。

想像するのも恐ろしく、つい、笑ってしまった。

◇◇◇

【横顔　マイカの角度】

涙が止まらない。次から次へと溢《あふ》れて来て、頬を濡《ぬ》らしていく。

ああ、くそぅ、視界が悪い。まごついている暇なんてないって言うのに!

脱衣所で湯着を脱ぎ捨て、手早く体の水気を拭って駆け出す。目指す先は、叔父上とお爺様《じいさま》が待機している庵《いおり》だ。

ドアを弾き飛ばす勢いで引き開け、気合一発、声を張り上げる。

「作戦会議~!　全員集合~!」

「お、おう！　俺も父も集合しているぞっ！」

まあ、もう全員集合しているんだけどさ。気持ちの問題だよ。

あたしはぐしぐしと涙を拭ってから、俺の床に敷かれたクッションの一つに腰を落とす。

お待たせしました。良い報せ《しら》と悪い報せがあります。まずは良い報せから。

「好きって言われちゃった！」

「えっ！」

叔父上とお爺様が喜色を浮かべて、ハイタッチしようと手を上げた。待った、それはまだ早い。

この頬を流れ落ちる涙が見えないか。次が悪い報せです。

「でもフラれちゃった！」

「ええっ!?」

二人がハイタッチを空《す》かして体を泳がせる。大道芸人のパフォーマンスみたいなサキュラ辺境伯と次期辺境伯だよね。

「あぁ、それでマイカが泣いているのか」

「マイカを泣かせるとかうちのシマじゃ重罪だぞ」

そうだよ。お爺様の言う通り、アッシュ君はとっても重い罪を犯しました。

でも、それはあたしを泣かせたことじゃない。

「アッシュ君は、あたしの告白を聞いてくれませんでした」

一方的に好きだと言って、好きだと言わせてくれなかった。

これだけ準備したのに、立派な花束を用意したのに、なに一つ触れないまま、あたしをフッた。

それが嬉《うれ》しい。アッシュ君は、きちんとあたしのことを見てくれていた。今までどう思ってその横顔を見つめていたのか。きちんと知ってくれていた。

それが悲しい。だというのに、あたしのことを見てくれなかった。あたしの幸せを考えて、あたしの気持ちを知ろうとしてはくれなかった。

「甘かった。あたしは、とっても甘かったんだよ」

アッシュ君は、とても優しい。それを知っていたつもりで、まだ見誤っていた。

好きなのに、好きだから、あたしを抱きしめてくれないなんて、そんなことされてしまった。

あのアッシュ君が、あたしのこと、そこまで考えてくれた。夢に向かって、自分の命すら度外視するような男の子が、あたしの幸せなんかに心を砕いてくれたのだ。

横顔ではない。正面からあたしを見つめて、あたしだけを見つめて、夢とあたしとを天秤《てんびん》にかけて。

体が熱くなる。頬が緩み、唇が吊《つ》り上がる。

ああ、もうダメ。やっぱり好き。好きで好きで、しょうがない。そんな君から、好きだなんて言われて、あたしがあきらめると思う？

アッシュ君は、わかってない。あたしがどれだけ君に焦がれているのか。

アッシュ君に、思い知らせる。あたしがどれだけ君を欲しがっているか。

徹底的にやってやる。

もう後には退けないくらいの舞台で、だから後には退かせない舞台で。

逃げようもなく、だから逃しようもなく。

この胸に剣を突き立てられることになろうとも、その胸に剣を突き立てるように告白をしよう。

あたしにはその資格がある。アッシュ君が好きだと言ってくれたということは、今のあたしは、君が欲しがるほどの女の子になれたんだよね。

幼馴染だから？　部署の上司だから？　辺境伯家の人間だから？　それとも、ただ見た目が好みの女の子だから？

どれでも良い。なんだって良い。そのどれもこれもが、君を手に入れるために磨き上げた、自慢の剣ばかりだ。

あと一つ必要なのは、この人生だけ。

命をかけて夢を追う人だから、その覚悟が必要だったんだ。逆に言えば、命をかけるだけの覚悟でよかったんだ。

なんて困難で、なんて簡単なこと。命なんて大事なもの、簡単に差し出せるわけがない。

でもよかった。あたしはもうとっくに、あなたなしで生きていけるなんて思っていない。

あなたが底抜けに明るい太陽なら、あたしはその下でしか生きられない花。だからこそこの花は、もっとあなたが欲しいと生涯をただ天に伸びることに費やす花だ。

この花の咲き方を、あたしの生き方を、奪うように、仕留めるように伝えてあげる。あたしは、命をかけてあなたを愛し抜きたいんだってこと、しっかり伝えてあげる。

「お爺様、あたしを王都に連れていって。もちろん、アッシュ君もつけて」

「む？　それは……まあ、お前やイツキが良いなら、できなくはないが？」

なにをする気だ、という顔でお爺様が見て来る。叔父上は、なにかを悟ったように口の端を持ち上げた。

「武芸王杯大会で優勝した人は、願い事を叶《かな》えてもらえるんでしょ」

それで好きな相手と結ばれた人が、すごく身近にいるからあたし知ってる。知ったのは今日だけど。

同じく、すごく身近に優勝して結婚した人がいるお爺様も、すぐにわかったようだ。

「いや待てマイカ、それは流石《さすが》に危ない。お前は剣も達者だと聞いてはいるが、あの大会は怪我人《けがにん》どころか死人も珍しくないんだぞ」

「だから、良いんだよ」

この恋に命をかけているんだと、アッシュ君もすぐにわかってくれるだろう。

「待て待てマイカ、俺は許可しない、お爺様は絶対に許可しないぞ！」

「ふぅん？　邪魔するの？」

「するとも！　可愛《かわい》い孫が傷つくのを見過ごす祖父はおらん！　どうしても出たいと言うなら、この俺を倒していくが良い！」

「じゃあ、お爺様――表、出よう？」

そんな簡単なことで良いなら、いくらでもしばき倒すよ。

◇◇◇

それから、二日後のことである。

私は、ゲントウ氏からの呼び出しを受けて、御前に参上していた。

「おう、王都に行くぞ。王都に」

「はい？」

結論から入るのは大事だが、前置きがなさすぎてもわかりにくい。

話が早いとイツキ氏からよく褒められる私だが、流石にこれでは頷けない。話が早いことと、迂《う》闊《かつ》なことは違うのだ。

「王都に行きたくないか？」

「いえ、すごく行きたいです！」

王都の神殿の蔵書は、フォルケ神官やアーサー氏の協力でいくらか確認できているが、やはり自分の目でも見たい。

二人のその後も気になるし、二人が作った研究者仲間とお話しするのも有意義そうだ。

「じゃあ、問題ないな。行くぞ」

「はい、行きます！」

でも、なんで急に王都行きが決まったんですか？　それと、なんで額にたんこぶができているんです？　それより、王都への出発はいつ頃になります？

なるほど、一週間後。とりあえず、休暇の日程は消化するわけですね。

滞在期間はどれほど……あ、二週間ほどの予定。クイド商会と連絡を取って、もっと物資を持って来てもらって良いですか。王都で役に立つと思うんですよ。

わー、すごく楽しみです。

こうして、私は唐突に、王都への切符を手に入れたのだった。


立派な防壁に囲まれた王都の街並みは、石造りの豪邸が多かった。

王都の中心部、貴族街と呼ばれる部分の話だ。その外側に広がる建築物は、やはり木造が多く、そもそも市壁に守られてもいない。

市壁の制限がなく悠々と広がる壁外都市は、王都がどれほど安全かを知らしめる光景だ。王国が、王都を始まりとして外側に向けて拡張を続け、その度に魔物の勢力圏を外へ、外へと押し出した歴史を物語る。

現在となっては、王都が魔物に襲われる可能性はほとんどない。

魔物を受け止める最前線であるサキュラ辺境伯領の住人として、巨大な王都に対して抱いた考えは、強烈だった。

「この石、王都には必要ないですよね」

辺境伯領に欲しい。

百歩譲って、王都にも市壁は必要だとしよう。人間同士の戦争がありえないとは言えないし、盗賊団が発生することもあるだろう。その備えとして、最低限の市壁は必要だと私も思う。

だが、貴族街の豪邸。これは許しがたい。

ただの奢侈品《しゃしひん》じゃないか、人体でいえば脂肪だ。ここに石を使うくらいなら、魔物と戦う最前線の領地に回すべきだ。最前線に回された石材は、人体でいえば肉と骨になるのだぞ。せめて工房の窯や炉に使え。

馬車から見える貴族街の家々を、私は満腔《まんこう》の忌々しさをこめて睨《にら》みつける。

そんな私の様子に、ゲントウ氏とイツキ氏の親子は、満足げに感想を漏らす。

「流石だな。期待通り、予想の斜め上を行く反応を見せてくれる。見ていて飽きん」

「全くだ。普通、王都の中央区を見れば、地方にはありえない高さの建造物に圧倒されるものなのだがなぁ」

この程度、前世らしき記憶にある摩天楼と比べれば、鼻で笑えるような代物ですよ。

軌道衛星エレベーターとか建設途中でさえ天をぶち抜く高さだったし。整備用ナノボットの動作不良でとん挫した、前世三大残念遺構の一つだ。

あれは、自己増殖機能をつけようとして、「でも増えすぎたら世界が終わるから」と制限を厳重にかけたら、どこかで条件を間違えたのか全然増えなかったというオチだったと記憶している。世界中の天才を集めた一大プロジェクトだったんですけどね。あの後、世界が荒れた荒れた。

ともあれ、サキュラ辺境伯家の王都屋敷は、中央区でも比較的内側に存在した。元々は王家の血筋ということで、家格が非常に高い証《あかし》だ。

その割に、到着した屋敷が木造だったことについて、ゲントウ氏は胸を張って説明する。

「当家が辺境伯の任を拝命した際、辺境伯領へと全て持っていった。先祖伝来の屋敷は、今でも領都の市壁として、我が民を守護しているぞ」

「素晴らしいですね、閣下！」

「はっはっは、アッシュの言い分ではないが、王都に石の守りは必要なかろうよ」

辺境伯領が安定するにつれ、「王都の屋敷に使え」と王家から石材を下賜されたことも何度かあったそうだが、それらも全て領地に送っているそうだ。

まっこと、我が主家は一族代々、誠実な為政者であられる。

その血を引く少女、マイカ嬢は、道中瞑想《めいそう》するかのように静かだったが、馬車を降りてすぐ入念に体を解《ほぐ》している。

「お爺様、中庭はどっち？」

「ああ、右手を回っていくといい。野外稽古場になっているぞ」

「ありがと。じゃ、あたしはそっちで体を動かして来るね」

言葉を惜しむように自分の予定を伝えると、マイカ嬢は駆け足で飛び出していく。

馬車移動で体が鈍るのが嫌だったのだろうか。それを見て、新婚早々に出張となったジョルジュ卿《きょう》も運動を申し出る。

「イツキ様、自分も」

「ああ、マイカに付き合ってやってくれ」

駆け出した武闘派二人を見送って、私もせっかくの王都を楽しむべく口を開く。

「閣下、早速お会いしたい方がいるのですが、よろしいでしょうか？」

「よろしいとも。このまま馬車に送らせよう」

全てわかっていると、ゲントウ氏は私の希望を即決で了承してくれる。

「向こうも、お前のことを待ちわびているぞ」

それは実に楽しみだ。私は、軽やかに馬車の中へと舞い戻った。


馬車が私を送り届けたのは、壁外区にある孤児院だった。

社会福祉に回せる余裕が少ない今世では珍しいことに、中々立派な建物が使われている。

ここに一体どんな用があって来たのかは、孤児院が堂々と掲げた看板で察して欲しい。

〝フェネクス教育院〟――この嫌がらせを含めたであろう名称だけで、誰の差し金かわかろうというものだ。

私は、久方ぶりの再会を喜ぶ表情に、渾身《こんしん》の怒りをこめて、門前で待ち構えていた中年神官を睨みつける。

「お久しぶりです。相変わらず、死ななければ治らない研究バカをしていますか、不良中年のフォルケ神官」

「お前こそ、なに一つ変わってなさそうでなによりだ。ダビドのところのクソガキめ」

二人して、歯をむき出しにして、威嚇するように笑い合う。

その視線で、久しぶりの敵の戦力を探るように、お互いの全身を眺める。

「相変わらずクソ生意気なガキだが、背だけはずいぶんと伸びたな、アッシュ」

「そちらは老けこんだ割に、ずいぶんと健康的ではないですか。寝不足のクマやら不衛生な服装やらはどうしたのですか」

村にいた頃よりずっと身綺麗《みぎれい》で元気そうなフォルケ神官は、見ていて違和感がすごい。くたびれた神官ローブでなく、パリッとしたスリーピースとか気味が悪いくらいだ。

「さては偽物ですか？」

「おい、そのネタは前にやっただろ」

「それを知っているということは本物のようですね。とすると、フォルケ神官らしからぬその姿は」

私は確認できた事実に満足しながら、フォルケ神官の背後の建物に視線を送る。

「研究以外の芸を覚えたせいですか？」

「まあな。つい勢いで孤児院なんか立ち上げちまったが、ガキの面倒を見るうちに生活習慣の優等生になっちまったよ」

「それはそれは、ご愁傷様です」

フォルケ神官の忌々しげな台詞《せりふ》は、実に楽しそうだったので、私からも祝福を送っておく。

「ですが、子供達《たち》の面倒を見ているのですか？　面倒を見られているのではなく？」

「そんなわけねえだろ！　俺の面倒見るガキなんざ、お前が最初で最後だ。ここのガキどもは、お前と違って悪魔じゃねえからな」

「悪魔になりそうな子もいないのですか？」

「あぁ……いや、まあ……」

途端に、フォルケ神官の勢いがしぼむ。

私達の会話において、悪魔とは頭がよくて勉強ができるしっかり者くらいの意味である。どうやら「教育院」の名の通り、ここで面倒を見ている孤児達は、順調に悪魔らしく育っているらしい。今後が楽しみだ。

「ところで、この孤児院の名前、変えません？」

「絶対に、嫌だね」

これくらいの気晴らしがないとやってられねえ、とフォルケ神官はチンピラチックに吐き捨てる。この通り、孤児院の設立などという善行は、フォルケ神官から最も遠い所業の一つに数えてよい。マイカ嬢なんかは純真なので、手紙でこの件を知って「あの人らしい」と笑っていたけど、「あの人」の本性を知る私は騙《だま》されない。

世界崩壊の危機感すら抱いた私は、返事の手紙の最初の一行で、なにがあったのかを問いただした。

結果、フォルケ神官の自己申告によると、孤児院を立ち上げたのは、王都に戻ってからの研究が踊り出すほど上手くいったせいとのことだ。

「あんまり順調なもんで、暇な時間ができちまったのが悪い」

らしい。

空いた時間に、同じ古代語研究者ばかりか、ジャンル違いの研究者と交流を持ったりして暇を潰していたのだが、それでもまだ物足りない。

そんな時、孤児院の手伝いを探して涙目の神官が目の前に飛び出して来た。

「暇潰しに、ちょっと顔出すくらいならいいぞ」

この時、手を挙げたフォルケ神官のことを、後の時間軸のフォルケ神官が、バカの中のバカ、アホの中のアホ、人類最低脳がひねり出した愚行と評している。もっと言ってやれ。

孤児院は戦場だった。それも蛮族チックな戦場だ。

配給食が不味《まず》く量が少ないせいで、孤児達は食べ物を口にしようとあちこちで悪さをして回る。そのついでとばかりに、食べ物が絡まない悪事も平気で行う。

日々熟練していく悪童達に、王都の神官達は、全く対抗できていなかった。

知識階級である神官は、上流階級の出身者が多い。彼等《かれら》は、自分の子供の育児さえ使用人に任せることが多いので、特有の行動原理で動く子供の扱いが非常に下手なのだ。

一方、我等が不良中年ことフォルケ神官は、村で多くの悪童を相手取って来たベテランである。

彼は、素早く群れのボスを見極めると、即座に捕まえて叩き潰した。説教など通じる相手ではないと判断すると、本気の拳骨《げんこつ》によって大泣きさせたのである。

当然、悪童達はフォルケ神官を危険な外敵と判断し、何度か嫌がらせによる襲撃を敢行した。それに対し、不良中年は、大人げなく本気でやり返した。しかも倍返しが標準仕様である。

神官にあるまじき所業だが、野生に近い生態を構築していた悪童達には効果的だった。

数度の激突の末、悪童達は、大人げない不良中年の前に屈服した。フォルケ神官に、群れのボスの立場を禅譲したのである。

新しいボスは、傘下となった孤児達に、ボスらしく生活の心配を示した。

「やっぱ、もうちょっと飯は必要だよな」

腹を空かせた相手に、品行方正を守れというのは酷であることを、農村暮らしを経た神官は知っていた。

そこでフォルケ神官は村での経験を活《い》かし、年かさの孤児のうち、特に従順な数名を選んでフォルケ式教育——フォルケ神官はアッシュ式教育と言った——を施すことにした。

その間、他の孤児には、それまで悪さを働いた相手に詫びを入れに行かせる。

悪さをされた方は、簡単に許してはくれないが、そういった相手には何度でも詫びを入れに行かせた。

孤児達は当初嫌がっていたが、ボスの重々しい命令に顔色を変えた。

「別に、心の底から謝れとは言わん。だが、心の底から謝っているように見せかけろ。相手から許しを得たら、お前等の勝ちだ」

勝ち。これほど幼い心を摑む言葉があるだろうか。

大人達を相手に、自分達が勝てるのだ。やってやるぜ。孤児達は奮闘した。

元々、悪事を通じて賢《さか》しさの経験値を稼いでいた猛者達である。最初はぎこちないながらも、すぐに大人達の弱みを突くことを覚える。

人通りの多いところ、なるべく衆人環視の中で、しおらしい態度で謝るのだ。必要なら涙を流したっていい。そうすれば、子供の自分達に、周囲の大人が味方になってくれることがある。

孤児達はこれを徹底的に利用した。

そして、孤児院に向けられる（間違っているとは言い切れない）偏見の目をなくした頃、読み書き計算がある程度できる孤児が出て来る。

サキュラ辺境伯領都にいると忘れそうになるが、今世では村長クラスでないと読み書き計算ができない。ある程度でも十分な能力だ。

機は熟したと、ボスは新たな命令を出す。

「お前達の頭で、飯代を奪って来い。相手は以前に謝った連中だ。連中は油断している、思い切りやって来い」

要は、お詫び行脚を経て顔見知りになった相手なら話が通りやすいから、雇ってもらえと言っているのだ。奪って来いと言いつつ、その稼ぎは至極真っ当で綺麗なお金である。

いちいちチンピラチックな言い回しをする神官である。前世はギャングとかその辺の職業だったに違いない。

ともあれ、こうしてその孤児院は、一躍王都一の孤児院として知られるようになった。

立役者である不良神官が、神殿の上層部から孤児院の統括をしないかと熱烈な勧誘を受けたのも当然だ。

「俺は古代語研究が本職だから嫌だぜ。暇潰しくらいなら良いけど」

本人があっさり拒否するのも、当然だ。

愛すべき研究バカにとって、研究以外の生命活動など気晴らし以上の価値がない。

ところが、その手腕を聞きつけたとある王族が、むやみやたらと友好的にお願いをした。

「フォルケ神官の孤児院を作ろう。それは、必ずアッシュの手助けになるはずだよ」

王族が相手では、フォルケ神官もいつもの傍若無人な不良っぷりを発揮できなかったらしい。

こうしてできたのが、フェネクス教育院である。

経緯をどれだけ掘り下げても、人の名前を気晴らし代わりに槍玉《やりだま》に挙げるのは納得できない。

この名前をくれたサキュラ辺境伯閣下に、告げ口してしまおうかな。

「ま、立ち話もなんだ。上がれよ」

フォルケ神官は、溜息《ためいき》を一つ吐《つ》いて、柔らかい微笑《ほほえ》みを見せる。

「お前を待っているのは、俺だけじゃないんだ。早く顔を見せてやりな」

不良中年には全く似合わない種類の表情だと、私は素直に思った。

フェネクス教育院には、円卓が据えられた談話室があった。

ここは孤児達に教育を行う教室であり、またフォルケ神官の研究仲間が集うサロンでもあるという。

談話室に通された私を待っていたのは、フォルケ神官と同様に懐かしい、仲間の笑顔だった。

「やあ、アッシュ、久しぶり」

「お久しぶりです、アーサーさん」

なんて事のない挨拶に、アーサー氏は、うん、と頷いた。

それからもう一度、久しぶり、と伝えて来る。

彼女が感情を制御できたのは、そこまでだった。

「会いたかったよ、アッシュ！」

わずかに体を震わせたかと思ったら、アーサー氏の体が私に飛びこんで来た。

「本当に、本当に……！　久しぶりだね、アッシュ！」

「ええ、お変わりなく……と言うには、少し長すぎましたね」

抱きとめた少女の体は、領都で別れた頃と同じく男装を身にまとっている。だが、経過した時間が、服装では隠しきれない成長をその身にもたらしていた。

背はそれほど伸びていないが、顔立ちに女性的な柔らかさが増している。肩パットや芯地の入れ方で隠しているが、肩や腰回りも同じだろう。抱き合う形では、隠された女性らしさがよくわかる。

首にはスカーフを巻いて、喉仏を見せないようにしている。

「綺麗になりましたね、アーサーさん」

五感を刺激する隠された女性らしさに困りながら微笑むと、アーサー氏も慌てて後ろに跳ねる。

「ご、ごめん、嬉しくって、つい」

頬を赤らめた表情が余計に可愛らしく感じて、マイカ嬢への後ろめたさを疼かせる。

「私もお会いできて嬉しいですよ。ただ、お気をつけくださいね。お互いもう、子供と言うには大きくなりましたから」

多分もう、相部屋で二人きりは危ないと思います。

「それは残念な気もするけど……でも、そっか。こんな格好してても、アッシュにそう思われるくらい、大人になった？」

照れ臭そうに横髪をかきあげる仕草は、色気さえ漂っている。

「ええ、正装した姿を見るのが恐《こわ》いくらいです」

「恐いは、ちょっとひどい言い方だね」

途端に頬をふくらませて、アーサー氏は不満を表明し、また笑う。

「ああ、すごい。本当にアッシュとこうして話せているんだね。聞きたいことも、言いたいことも、いくらでもあるよ」

「私もですよ。マイカさんも、お会いするのを楽しみにしていたはずなんですが……」

王都からの手紙が届く度、マイカ嬢もアーサー氏の思い出話を繰り返していた。

今回、突然の王都行きでアーサー氏と会える機会ができて、彼女も喜ぶと思ったのだが、その辺りは全て私に任されてしまった。

「ああ、聞いているよ。アッシュは気にしないで。マイカとは、後で話す機会もあるから」

「そうですか？　なら、私は構わないのですが……」

二人の仲を案じていると、アーサー氏は寂しそうな顔で私の肩を叩く。

「マイカには悪いけど、ボクは、アッシュと二人きりの方が嬉しいんだ。ちょっとの間だけ、アッシュのこと、独り占めさせてもらうよ」

そう言って、アーサー氏は私を椅子に座らせ、後ろから私の顔を覗きこむ。

「ふふ、この角度からアッシュを見るのは久しぶりだ。うん、落ち着く。すごく落ち着くよ」

「懐かしい、軍子会の寮を思い出します」

「あの頃みたいに、今日も色々と教えてもらうからね。まずは、領地改革推進室！　マイカとアッシュが責任者なんだって？」

「ええ、そうです。附属の研究所にはヘルメスさんとレイナさんもいますよ」

知っている名前が一つ出る度、彼女は懐かしさに顔をほころばせる。

知らない名前が一つ出る度、彼女は好奇心に顔を輝かせる。

知っている人の、知らない姿に、彼女は嬉しそうだった。

知らない人が、どんな人物か理解すると、彼女は楽しそうだった。

「ああ、良いなぁ……。ボクも、一緒に……」

そして、その話の中に自分がいないことが、ひどく、悔しそうだった。


フェネクス教育院の庭で、大歓声が上がる。

ご近所迷惑この上ないが、ご近所の皆さんも大歓声に参加しているので問題は起きそうにない。

盛り上がる声の中身は、「おー」とか「わー」とか「すごい」、「やばい」が九割八分を占めている。全員の語彙が枯渇している。

彼等が熱い視線を送っているのは、腱動力《けんどうりょく》飛行機だ。

王都行きが決まった際、色々と役に立つだろうとクイド商会に輸送を頼んだ物資の一つである。

忙しい身であるアーサー氏が教育院を後にする際、ぜひ孤児の皆に見せて欲しいとお願いされたので、一機を使い潰す覚悟で展覧飛行を催した。

どうして使い潰す前提かというと、興奮した子供達がもみくちゃにするのがわかりきっているからだ。

一応、今のところは教えた通り、慎重に飛行機を飛ばしている。順番待ちも守られている。さて、あと何分持つでしょうか。

苦笑しながら眺める私の横には、二十代前半の男女が二人、並んで立っている。

より詳しく表現すると、立っているのは男性だけで、もう一人の女性は興奮の極地で騒いでいる。

「うおおおお！　すごい！　やばい！　うわあああああ！」

このように、九割八分の中の一人である。

彼女が年齢よりずっと幼く見えるのは、童顔によるものばかりではあるまい。大きく目を見開いてはしゃぐさまは、孤児達をそっくり拡大コピーしたようだ。

なお彼女については、孤児達に先駆けて飛行機を飛ばした、大人げない人物であることも記しておく。

オーバーラップ文庫&ノベルス NEWS
文庫注目作
「カースト」に反旗を翻した、超絶リア充による青春ラブコメ！
カーストクラッシャー月村くん1
著：高野小鹿　イラスト：magako
武芸王杯大会で、伝説の再演を――。
ノベルス注目作
フシノカミ5
～辺境から始める文明再生記～
著：雨川水海　イラスト：大熊まい
2107 B/N

オーバーラップ7月の新刊情報

発売日 2021年7月25日

オーバーラップ文庫

カーストクラッシャー月村くん1
著：高野小鹿　イラスト：magako

今日から彼女ですけど、なにか？ 2.デートに行くのは当然です。
著：満屋ランド　イラスト：塩かずのこ

星詠みの魔法使い 2.黒水晶の夢色プロローグ
著：六海刻羽　イラスト：ゆさの

追放されたS級鑑定士は最強のギルドを創る5
著：瀬戸夏樹　イラスト：ふーろ

友人キャラの俺がモテまくるわけないだろ？5
著：世界一　イラスト：長部トム

オーバーラップノベルス

フシノカミ5 ～辺境から始める文明再生記～
著：雨川水海　イラスト：大熊まい

Lv2からチートだった元勇者候補のまったり異世界ライフ12
著：鬼ノ城ミヤ　イラスト：片桐

［最新情報はTwitter＆LINE公式アカウントをCHECK!］

@OVL_BUNKO　LINE オーバーラップで検索

2107 B/N

「トリス、興奮するのはわかるが、そろそろ落ち着かないか。ほんの少しでも良い」

立っている方の男性が、振り回される腕を回避しながら苦言を呈する。九割八分に含まれない、数少ない例外である。

「だってあれ！　ルスス、あれ！　すごい！」

「ああ、すごい。私も大変感動している。だが落ち着け。声は我慢してやるから、体は黙っていてくれないか」

「やばい！　めっちゃやばいってあああああ！」

男性は、石のように重い溜息を吐き出して、徒労に終わった己への慰めとした。

それから、落ち着いている私を見て、いくらか心の平穏を見出《みいだ》したかのように微笑む。

「申し訳ない、フェネクス卿。トリスは、まあ、このような奴《やつ》なのだ。この率直すぎる好奇心が、彼女の知識量を支えているのだから、一概に困ったとは言えないのだが」

「ええ、トリスさんは大変優秀な方だと思います。私も何度も助けられていますから。もちろん、ルススさんにも」

ひたすらはしゃいでいる女性が、トリス女史。そのフォローをしている男性が、ルスス氏という。

この二人は、フォルケ神官の研究者仲間で、この教育院で行われるサロンの常連、ついでに手紙越しではあるが、私の協力者をしてくれている。

「フェネクス卿からお褒めの言葉を頂戴するとは、光栄なことだ。こうして、大変興味深いものも見せてもらっているし、感謝にたえない」

「ルススさんからお教え頂いた薬草知識の有用性を考えれば、これくらいいくらでもお見せしますよ」

「それはお互い様だよ」

ルスス氏は、医学系の研究者として、神官見習いをしている人物だ。

麻酔も消毒用薬品もない今世の医療技術は、その大半が内服薬をどう用いるかに限られている。

ルスス氏は、その薬への知識もさることながら、外科手術にも探究心を向けている。今世ではほとんどいない、稀有《けう》な人材だ。

稀有すぎて、人体の構造を調べるための解剖を行ったことを問題視されて、パトロンからの支援を打ち切られるほどである。

このままでは研究者人生が終わりを迎え、地方の農村辺りの教会に飛ばされてしまう。せっかく、人体の中身の構造まで調べたのに。

そんな失意のルスス氏に、田舎から舞い戻ったという珍しい履歴を持つ中年神官が、声をかけたのだ。

「人の体の構造を調べるために、死体を切り開いたんだって？　同じことをしたがってた変なガキを知ってるんだが、興味あるか？」

フォルケ神官の仲介を受けて、ルスス氏は半信半疑ながらも、同志と思《おぼ》しき遠方の変なガキに手紙を書いた。

言うまでもないが、変なガキとは私のことである。

色々と語弊があるので一応訂正しておくが、領都で人体解剖は済ませていたので、「同じことをしたがっていた」ではなく、「同じことをした」が正しい。

その変なガキこと私は、喜んで返事を認《したた》めた。

「領都の神殿にある医学書の解剖図は間違いだらけです！　欠陥品もいいところです！　王都の神殿の解剖図はいかがです？　あ、消毒に使えるアルコールや石鹸《せっけん》を送っておきますね」

「こっちも同じだ！　なんてことだ！　このままでは外科手術なんて夢のまた夢ではないか！　あとアルコールと石鹸なんて高価なものをありがとう。これで身の回りを清潔にして診察ができる！」

一瞬で、というか、一通で意気投合である。

以来、二人はお互いの解剖結果を、独自の解剖図に書き起こして交換し合う仲だ。おかげで、現在統合された二人の解剖図はかなり正確だと自負している。

ルスス氏の研究費も、サキュラ辺境伯やフォルケ神官の研究費から融通してしばらく支えていたら、とある王族が気前よくパトロンになってくれたため、無事解決している。

「それで、フェネクス卿……その、トリスとのやり取りの結果、麻酔が手に入るかもしれないと、言っていただろう？」

飛行機を見ても落ち着いて感心していたルスス氏が、急にそわそわした様子を見せる。ちらちらとこちらをうかがう視線の動きは、まんまお菓子を欲しがる子供のようだ。

「ええ、硫黄の存在を教えて頂いたので、そこから硫酸を作りました」

この硫酸に、木炭を乾留して得られるアルコールの一種、エタノールを混ぜると、ジエチルエーテルと呼ばれるものになる。

今世でようやく手に入れた、正真正銘の麻酔薬だ。

麻酔としては効果が弱い部類になるのだが、中毒性がなく、一時的な副作用しか現れないため、麻酔の最初の一歩としては都合が良いだろう。

アヘンのような麻薬系の方が、麻酔効果は高く、手軽に使えるのだが、副作用である中毒性のことを考えると流石に使用が躊躇《ためら》われる。分量の計算も難しい。

「おお！　流石だ、フェネクス卿！　君と知己を得られたことは、私の生涯で最高の喜びだ！」

私の手をしっかと握りしめ、ルスス氏が熱い眼差《まなざ》しを私に送って来る。

「試作した少量ですが、持って来てありますから、後程お渡ししますね」

「ありがたい！　後は実験の場だが……そうだな、近々治療の予定があるから、そこで使う機会ができれば。うむ、フェネクス卿がその時まだ王都にいれば、手伝いを……あ、いや、この時期に王都にいるのだから、むしろ彼は参加者か？」

一人ではしゃぎ始めたルスス氏の声を聞きつけたのか、トリス女史が引き放たれた弓矢のように飛んで来る。

「なんか硫酸とか麻酔とか聞こえた！　アッシュ君、できたの!?」

「ええ、試作ですが、できましたよ」

「本当に!?　アッシュ君すごい！　ていうかアッシュ君やばい、一番やばい！　どんなんどんなん、見せてよー！」

「持って来てありますから、トリスさんにもお渡ししますよ」

「やった！　アッシュ君、愛してる～！」

いつでも感情に素直なトリス女史は、遠慮なく私を抱きしめて来る。

地味に、年上の女性からの物理的接触は貴重な経験だ。

「あ、こら！　トリス、やめないか、迷惑になる！」

奇行に走ったトリス女史を、我に返ったルスス氏が襟首掴んで引き剝がす。

「うぐっ！　ルスス、首がっ！」

「馬鹿者！　フェネクス卿にもう少し気を遣え！　彼はすでに騎士位を得た人物なのだ」

「え～？　でも、アッシュ君はアッシュ君じゃん？　ねえ？」

まあ、中身がなにも変わっていないことは保証します。

「確かに、フェネクス卿は昔と変わらず、丁寧で気さくな人物だ。私も、そこは素直に好意を抱いている」

「だよね。話しやすくて、話がわかって、しかもできる子だよぉ」

「だがな、トリス。これほどの人材で、しかも知り合った頃の彼とは違い、すっかりいい年なのだ。当然、彼の結婚相手について、サキュラ辺境伯を始めとして考えている者は多かろう」

「お？　アッシュ君、結婚するの？」

「そうストレートに聞くな馬鹿者！」

不躾《ぶしつけ》な研究仲間の発言に、ルスス氏の拳骨が唸《うな》る。解剖学を修めた彼の拳は、的確に痛撃を与える角度で頭蓋を襲う。

「あいったぁ!?　痛い、超痛いよ、ルスス！　たんこぶできた！」

「お前の無礼さを考えれば当然の痛みだ！　全く、貴族社会を理解しろとは言わんが、理解しないなら口をつぐんで――」

「あ、麻酔を使えばこういうのも痛くないんだよね？　使ってみて良い？」

叱り諭す間もなく、次から次へと話題の花を飛び移る気まぐれなトリス女史に、ルスス氏は困り果てた溜息を吐く。その姿は、このやり取りに慣れきっている者のそれであった。

トリス女史は、この通り面白そうだと思ったものにどんどん飛びついていく、非常にアグレッシブな博物学者である。

元々は花が好きで、見たことがない花を見てみたい、という乙女チックな動機が、彼女の探求の第一歩だったらしい。私とルスス氏は、これをトリス女史の虚偽申告だと見ている。

この辺りの真相究明は置いておくとして、トリス女史は花から始まり、植物全般、それに集まる虫や鳥、獣にまで興味を広げていった。その結果を、彼女は実に簡潔に表現した。

「色んなものがあって、色んなことをしているんだなってわかったよ」

非常に正確な表現だと評しておく。大雑把すぎて間違いようがない辺りに、彼女のセンスがうかがえる。

ただし、トリス女史のとぼけた言動に騙されてはいけない。彼女の認識は一見大雑把であったが、それは同時に、大局的に俯瞰《ふかん》していることでもある。

ある時、手紙越しで魔物について話題にした時、この博物学者はさらりと言った。

「でも、色々見た後だと、魔物ってやっぱりおかしいよね。花とか木とか鳥とか獣とか、そういうのと全然違うの。あんなことしてる生き物、他には人間しかいないよ」

よもや、魔物と人間との間に共通点を見出すとは思わなかった。

どこが似ているのかたずねたら、他の生き物と全然違うところ、と返って来る。

「違うとこ多すぎてなんだけど、一つ挙げると目的が違う感じ？　生きるために生きてるのが普通の生き物で、生きるために生きてるけどたまに死ぬのがわかってて死ににいくのが、あたし達人間とかそんなん？」

トリス語録は感覚的過ぎてわかりにくいが、なんとなくわかってしまうのが困りものだ。

彼女の真意を蛇に例えると、私は尻尾を掴んでいる。一応は捕獲しているわけだ。でも、頭は全然違うところでニョロニョロいってて、本当ならそっちを掴まないといけないのだ。噛《か》みついて来るのは頭だし。つまり完全には捕獲できていない。大体いつもこんな感じになる。

そんな不思議な彼女だが、その知識量は本物だ。

ルスス氏が文献で見た薬草について相談すると、どの地方のどの辺にある、と彼女の脳内大図鑑からすらすらと答えてくれる。非常に有能で、協力的で、助かるのだと、ルスス氏はジレンマを抱えながら、彼女を褒めた。

硫黄の発見も、「こういう性質のもの知らないですか」とダメ元で相談したら、彼女がさらっと答えたのだ。「あれじゃね？」ってくらいのノリで。

曖昧な検索ワードにも対応する生きた大辞典、生きた大図鑑である。トリス女史、マジ有能。

「あ、そうだ。アッシュ君、王都の神殿も見に行くんでしょ？」

「ええ、王都の本も見に行きます」

私の王都におけるメインイベントです。

「いつ来るかわかったら教えてよ、案内したげるからね」

「それは助かります。せっかくの機会ですので、領都にはない文献をできる限りチェックしたいと思っていまして」

「だと思ったよ。閲覧可能な蔵書の大体の位置はわかってるから、任せてよ」

胸を叩くトリス女史に、ルスス氏も乗って来る。

「その時は私もご一緒しよう。分野外の本でも、ある程度の内容を見るくらいは役に立つだろう。それに、フェネクス卿と一緒なら、今まで見逃していたものも発見できるかもしれない」

「ありがとうございます。フォルケ神官にも、手伝いをお願いしましょうか」

アーサー氏は、無理だろうな。ちょっとだけでも一緒に来て欲しいのだが、彼女には立場がある。

でも、お願いするだけはしてみよう。

「では、予定が決まり次第ご連絡を――」

そこで、子供達の甲高い悲鳴が上がった。

どうやらやってしまったらしい。飛行機を壊したのだ。

私が苦笑しながら近寄ると、原因となった子供達は涙目で震えている。

「どれ、見せてください？」

受け取って確かめてみると、どうやら翼の片側が壊れたようだ。骨組みが一部折れ、布も破けている。

このくらいなら、私でも直せる。プロペラ部分が壊れたら、ちょっと私の手には負えなかったので、運がよかった。

「ご覧の通り、これはとても壊れやすいのです。次は気をつけると約束して頂けるなら、今回は特別に直してあげましょう」

私の発言に、子供達は途端に表情を輝かせて、元気よく約束してくれた。

中には、直し方を見たいと言い出した先見的な子もいる。絶対にまた壊すからね。

目端の利く子の将来が楽しみなので、唐突ながら、教育院で工作の授業を開くことにする。ここで印象をよくしておけば、彼等彼女等が大きくなった時、辺境伯領に来てくれるかもしれない。

ここは手間をかけるべき時です。

なお、工作の授業には目をきらきらさせたトリス女史と、その保護者のルスス氏も参加していた。

王都では、他領の領主やその代理人クラスが集まっているので、社交も盛んだ。

質素を旨とするサキュラ辺境伯家の王都屋敷にも、社交用の談話室くらいはある。

今回はそこに、サキュラ辺境伯閣下・スクナ子爵閣下の連名で、暇な奴集まれーと声がけをした結果、暇な方々が集まった。

「ゲントウ殿、お招きに預かり参りました。スクナ子爵領で例の不死鳥とお会いしたのでしょう？　ぜひ、面白いお話を聞かせてください」

「わたしも、ぜひ、お聞きしたいですわ。閣下が王都を離れてから、それが楽しみで楽しみで」

「考えることはどなたも一緒ですな。かくいう自分も、閣下が帰って来たと聞いて、お会いできる機会を今か今かとお待ちしておりましたぞ」

老若男女様々そろっているが、前もって聞かされた話によると、いずれも王都から遠い地方の貴族であるらしい。

つまり、ゲントウ氏がさんざんに飛行機やらアルコールランプやらを見せびらかした人々だ。

押し寄せるように話しかけて来る参加者に、ゲントウ氏はちやほやされて楽しそうである。

「はっはっは、各々方、土産ならとびきりのものがあるので、楽しみにしていて頂こう。まずは舌の滑りをよくするために一杯やるとしましょう」

ゲントウ氏の合図で、給仕が参加者の面々にグラスを手渡し、陶器の瓶からお酒を注ぐ。

薄い琥珀色《こはくいろ》の液体が、透明なガラスの底に当たると、香《かぐわ》しい風味を放ちながら踊る。

「おや、この酒は……？　どうも私が知らないもののようだ」

「瓶はクイド商会のものですね」

「とすると、サキュラ辺境伯領のもの。しかし、この香りは……もしや？」

参加者の指摘に、ゲントウ氏は、まずは一杯お試しあれ、ともったいつける。

しかし、そのにやにやした口元が、如実に参加者の指摘が正確であることを伝えてしまっている。

サプライズが台無しだ。

半ば予想しながらも、参加者達は主催であるゲントウ氏に気を遣って、グラスに口をつける。

「おぉ、間違いない、火酒だ！」

「やはり！　とうとうサキュラ辺境伯領は火酒の技術まで開発したのですね！」

「やった！　これで好きなだけ火酒が飲めるわ！」

王都にいるだけあり、参加者達は今世では珍しい火酒——蒸留酒を咽《むせ》ることなく味わう。どれだけこのお酒が珍しいかというと、辺境伯領では領主館でも出ないくらい珍しい。

もっとも、辺境伯領で見ないのは、それだけ高いということもあるが、生産方法を独占しているのが中央貴族であるため、仲が悪い領地に金を落としてたまるか、という意地の部分も大きい。

それはこの場の他の面々も一緒なのだが、王都にいると社交の場で出されるため、味は知っているようだ。もちろん中には、醸造酒にはない強さと風味にやられてしまい、悔しい思いをしながらも常飲している人もいるだろう。

台詞からして、三十路《みそじ》ほどのキレ者風の女性——王国東部、海沿いの領地、ネプトン男爵領の王都駐留官は、そんな気がする。

「うむ、これは麦の火酒ですな。エールではありえない、この鮮烈な辛口が何とも心地いい」

「麦？　こちらはブドウよ。うん、王都で出回っているバッカ伯爵領のものより若いようだけれど、これもまた一興だわ」

「ほう、二種類も出して来るとは……。流石はゲントウ殿、いきなり楽しませてくれます」

自分達で開発したお酒を、美味《おい》しそうに飲んでもらえるのは嬉しいものだ。しかも、舌の肥えた方々から賞賛されているのだから、初の酒造りとしては上々だろう。

「ふう……やっぱり、火酒は強いわね。でも、麦の方も試してみたいですわ」

よろしいかしら、と色っぽく赤らんだ頬を押さえて首を傾《かし》げる女性に、ゲントウ氏が頷く。

許可が出たので、給仕が新しいグラスと一緒に、水の入ったグラスを差し出す。

「まずはこちらのお水をどうぞ。酔いもゆるやかになりますし、お酒もまた鮮明に味わえますので」

「ありがとう。……あら、あなた、初めて見る顔ですわね」

「はい。今回、初めて王都に参りました」

「そう。長旅の後に給仕をさせてしまって、ごめんなさいね」

ご機嫌なネプトン駐留官は、給仕にも愛想よく微笑んで、お酒の方に意識を戻しかけ、慌てて振り返った。世に言う二度見である。

何気なく給仕をしていた人物は、なにを隠そう私である。

武名で鳴らすサキュラ辺境伯家の催しものでは、見習い騎士や新米騎士といった武官が給仕に回ることも珍しくない。

その慣れのせいで、一同最初は見逃していたようだが、流石に銀功勲章をつけた給仕はおかしい。

特に、ネプトン男爵領の人間にとって、自領の領主が授与する勲章を下げていたことは見逃せなかっただろう。

「そ、それは我が領の海嘯《かいしょう》勲章ではありませんの！　それも銀功!?　サキュラ辺境伯家の人間で、それを持っているのは……！」

ネプトン駐留官が言わんとすることに、他の参加者も気づいて腰を浮かせる。

そこで、ゲントウ氏がしてやったり、と楽しそうに私を紹介する。

「最初に言った通り、とびきりの土産ですぞ。フェネクス卿、ご挨拶を」

「はい。サキュラ辺境伯家より、騎士位を賜りました、アッシュ・ジョルジュ・フェネクスと申します。この度は、皆様の前で名乗りを上げる機会を頂戴し、光栄であります」

一応言わせて頂きますが、今回のこのサプライズ、私は反対しましたからね。

「うおおおお!?　不死鳥！　あ、あなたが、あの、不死鳥の少年なのか！」

「本物!?　本物なのか！　げ、ゲントウ殿、彼は本物か!?」

「う、うちの海嘯勲章は本物だわ……。戦闘銀功が、三つもあるのね。文化銀功も二つって……え？　それ、スクナ子爵領の湯煙勲章よね？」

だから、目の前の混沌《こんとん》をどうにかする義務が、閣下にはあると思うのですよ。

ご主君、大変恐縮ですが、一人で笑ってないで、この場を落ち着けろ。

「いやあ、笑った笑った」

満足そうに火酒をあおるゲントウ氏は、徹頭徹尾、騒ぎを眺めて楽しんでいるだけだった。ひどい主《あるじ》である。

立場上、文句を言いにくい私の代わりに、サプライズを喰《く》らった参加者の皆様が反撃してくれる。

「ゲントウ殿、こういった悪戯《いたずら》はご勘弁願いたい」

「そうですわ、心臓が止まるかと思いました」

「おや、この土産ではご迷惑でしたかな。では、下げてしまった方がよいか」

「いいえ、全然！」

皆様、一瞬で文句を引っこめてしまわれた。その手腕を、さっきの大混乱中に発揮して欲しかったのですが。

「さて、フェネクス卿。場の空気も解れたことだ、土産話をしてくれ」

「閣下は人使いが荒い、と認識することになりそうですが、よろしいですか」

これについての返答は、「構わんぞ」と一言であった。知ってた。

この手の精神的に防御力の高い人は、本当に扱いに困る。

周囲が苦労するので少しは打たれ弱くなって頂きたい。人の言うことを全てスルーして自分のやりたいことばかりこなしていく人とか、周囲の方々が温厚な聖人思考でない限りぶっ殺されますよ。

辺境伯閣下は、私が聖人君子に見せかけた暴走特急で命拾いをしましたね。いわば同類だから、優しくしてあげよう。

「では、僭越《せんえつ》ながら私から、お集まりの皆様に我が領の成果と、今後の計画についていくらかお話をさせて頂きます」

ゲントウ氏のサプライズにあたふたしていた一同は、私の言葉に、即座に雰囲気を引き締めた。

流石、王都の留守を任されている重鎮達である。

「わかりやすい見本として、今回は蒸留酒……いわゆる火酒を皆様に振る舞わせて頂きました。皆様のご明察の通り、こちらはサキュラ辺境伯領で試験的に製造したものです」

特に蒸留酒好きそうなネプトン駐留官には、二年モノですので味はまだまだですが、と微笑んでおく。

「この蒸留酒の製造方法は、簡単に言いますと、エールやワインといった醸造酒を、加熱して湯気として分離して来る濃い酒精を取り出すというものです」

「ちょぉ――――!?」

それで、と次に進もうとした私に、ネプトン駐留官が理知的な美貌に見合わない声を上げる。

「バ、バツカ伯爵領の秘匿技術よ!? 一説には錬金術を使って、猿神様の加護で造られるとまで言われる秘伝を、そ、そんな無造作に……!」

この程度の技術を秘匿しているから、今世は古代文明の上げ底が全く活かされないのだ。

私はご主君の許可も頂戴したので、ばんばん公開していきますよ。

「構いません。閣下の許可は頂いておりますし、情報を明かした理由はこの後のお話を聞いて頂ければ、ご納得を頂けるかと。ですが、ご心配ありがとうございます。そのお心遣いは、決して忘れません」

ネプトン駐留官が良い人だということは、心の重要事項にメモしておこう。

ネプトン男爵領は海岸沿いの領地で、サキュラ辺境伯とも仲が良く、今後も良いお付き合いをしていきたいと思っている。

固形石鹼の実験に海藻を送ってくれたのはネプトン男爵領であるから、きっと彼女が交渉に乗ってくれたのだろう。

この様子なら、好意の等価交換ができそうだ。

「それで、蒸留酒を商業規模で製造するには、金属加工技術、窯などの火力調整技術が必要となります。醸造酒から蒸留酒を安定して製造するための大型装置を作るためですね」

領地改革推進室が誇る研究所では、これを可能とするだけの土台がすでにできている。

各領の重鎮でもある皆様は、技術が必要と聞いて、小さく頷く。簡単なやり方を知っただけではどうしようもないので、私が手札を明かしたと思ったのだろう。

「なお、現在我々が使用している蒸留装置は試作段階ですが、ここから商業化を試みた場合の販売価格はこちらになる予定です」

参加者の皆様に、領地改革推進室が作成したレポートを配布する。

元々はスクナ子爵領でだけ使う予定でレンゲ嬢が作成したものだが、王都行きが急きょ決まったので急いで複写した。手書き文化つらい。

「これは、本当に、このお値段ですの？」

ごくりと、生唾を飲んだのはネプトン駐留官だ。

「現在流通している火酒の半額なんて！　こ、これでこの味が楽しめるなら、夢みたいだわ！」

やはりというか、お酒好きらしい。一本分のお値段で二本と計算して、夢見るような目をしていらっしゃる。

「バツカ伯爵は製造法を秘匿していますので、現在の価格の理由はわかりませんが……石鹼同様に、独占技術のために値をつり上げているか、蒸留装置の効率が私どものそれより悪いのでしょう」

両方の可能性もある。なお、ネプトン駐留官にはさらに良い報せがありますよ。

「この価格も、試作段階でのお話です。装置はさらに改良できますし、この技術を使って他の領でも製造が進めば、味は多様化し、お値段もさらにお求めやすいものが出て来るでしょう。特に、ブドウや麦の生産量が多いところでは、元になる醸造酒が大量に造られていますから」

他の領、と聞いて、ネプトン駐留官を始め、参加者がゲントウ氏の顔色をうかがう。

あれは、お宅の家臣はこんなこと言っているけど良いの？　という確認だ。

ゲントウ氏が、話を止めず、一同の視線に軽く頷くことで、彼等は理解したようだった。

「つ、つまり……サキュラ辺境伯領では、その火酒を造る装置を、他領にも販売して下さると？」

「それをお望みであれば」

けれど、それには致命的な問題がある。

「ただ、蒸留装置を販売するのは構いませんが、その整備や管理にも相応の知識と技術が必要になります。故障する度に、他領の人間を呼ばなければならないというのは、現実的ではないでしょう？」

「そ、そうね。それはもっともですわ」

ネプトン駐留官は、残念そうに肩を落とす。彼女はまずお酒好きとしての落胆を示してから、それならばなぜ、今こんな話をしているのかと外交官の疑問を浮かべる。

もちろん、解決策があるからだ。

「そこで、我が領では、他領からの留学生の受け入れを計画しています。皆様の領地に、才能と探求心にあふれた人材がいて、彼等が希望するのであれば、我が領で開発した技術を学ぶ機会を作ります」

技術を持つ人材がいないから、他領の人間に頼ることになる。

ならば、その技術を持った人材がその領地にいれば、問題は解決だ。

単純な話である。

「蒸留装置の販売ではなく、製造技術そのものを公開すると言うの？」

ネプトン駐留官の視線が、忙《せわ》しなく私とゲントウ氏を行き来する。

石鹸豪商やバツカ伯爵領の例があるので、技術の公開は行われないというのが常識的な認識となっている。

だが、サキュラ辺境伯領は石鹸技術を公開したという特殊前例がある。一同の期待はいや高まるばかりだ。

「また、我が領では農業生産量向上の研究を行い、こちらも一定の成果をあげています。ブドウへの応用は実験が必要ですが、麦の収穫量は上昇したデータが得られました。火力に必要な木炭の製造についても、従来の製法とは別な方法を開発しており、今後の普及を図っているところです」

目の前に札束を積み上げる感覚で、サキュラ辺境伯領が持つ手札を提示していく。

参加者の方は、手札一つ一つの価値を計算するのに忙しそうだ。

口元に手を当てて無言の呟《つぶや》きを隠す者、瞬きの回数が増える者、額にうっすらと汗が浮かぶ者、いずれも高速で思考を回していることがわかる。

「これらの技術も、留学生は学ぶ機会を得られるでしょう。場合によっては、その先の研究も、共にできるかもしれません」

そこは留学生の能力と事情次第でもあるが、優秀な人材であるならば、ぜひとも研究を手伝って頂きたいところだ。

「なるほど。それは大変、興味深いお話ですわ」

ネプトン駐留官が、個人的な嗜好《しこう》を抑えて、慎重な口調で応える。

「それで、どのような条件で、その留学生を受け入れてくださるのかしら。ご予定はお決まりですの？」

「はい。まだ腹案の段階であり、今後の調整はありますが」

温泉につかっている間に、スクナ子爵と交渉しながら相談したので、大枠は決まっている。

「一つは、我々が研究開発に使った資金を回収するために、いくらか金銭的な負担をお願いすることになります。これは、留学生が学ぶ環境の維持費にも使われますので、ご了承を」

常識的な提案なので、当然という反応で頷かれる。

「次に、領地としての協力関係を、正式に結ばせて頂きたい。内容は、貿易の活発化と、災害時の救援について、この二点は最低限必要とします」

貿易については、各領地間での物資の共有化が目的である。各地で採れる資源が手に入るようにしたい。

災害時の救援については、魔物の襲撃による荒廃や飢饉《ききん》の際に、衣食住の関連物資を、無償とは言わないが格安で提供するようなものを考えている。

つまり、どちらも言いたいことは同じだ。

なにかが不足しているところへ、なにかが余っているところから、物資を循環させたい。

特別に儲《もう》けたい、優位に立ちたいという内容は盛りこんでいない。

「破格の条件、と言って良いでしょうね……。もちろん、詳細をつめないといけないけれど」

ネプトン駐留官は、ちょっと警戒した表情だ。

条件がよすぎても怪しまれるなんて、殺伐とした社会である。

私は、辺境伯領だけでは色々と足りないので、他領に協力をしてもらえるだけで十分なのだが、中々これは信頼されないらしい。

しょうがないので、ご期待に応えて、少々腹黒いところをお見せしよう。

「ちなみに、一度に受け入れられる留学生の数は限られています。ですので、希望者の数が多い場合は、失礼ながらいくらかの選別をすることになるでしょう」

選別方法は秘匿しますが、公平を期すことをお約束します。

なお、銅貨一枚の出資者と金貨一枚の出資者が得られる特典が同じというのは、公平とは言わないと私は思う。

言わんとすることを察したのか、参加者の皆様が互いの顔を見合わせて、火花を散らす。

視線の鍔迫《つばぜ》り合いに参加せず、いち早く返事をひねりだしたのは、ネプトン駐留官だった。

「我がネプトン男爵領としましては、前向きに検討するに値するご提案だと承りました。早速、領地の者とも相談させて頂きます」

にっこり笑顔のネプトン駐留官さんの背後、他の皆様が和やかな笑顔の下で無音の舌打ちをしているのがわかる。水面下での激闘がすごい。

「ところで、フェネクス卿はまだお若いけれど、婚約者などはいらっしゃるのかしら？」

「いえ、婚約者はおりませんが……」

奪う宣言をして来た好きな女性、という複雑な関係の人はいます。

マイカ嬢のことをどう伝えようかと悩めば、なんとも言えなくて苦笑が出た。

それをどう思ったのか、ネプトン駐留官はわかっているという風に頷く。

「でしたら、一度、私の娘にお会いしてみません？　立場上、厳しく育てることになりましたが、よく応えてくれた自慢の娘ですの」

ネプトン駐留官の切った手に、今度は遅れてなるものかと他の皆さんも声を上げる。

「そういうことでしたら、我が領にも年頃の娘が良縁を探しておりましたな」

「フェネクス卿は、年下と年上、どちらがお好みかな？」

水面下の激闘に、私も巻きこまれてしまった。浮き輪でぷかぷか遊んでいたら、下から無数の腕に摑まれた気分である。

結婚願望があれば大いに喜ぶべき騒ぎなのだろうが、マイカ嬢を拒否した以上、受け入れるつもりはない。

とりあえず、皆さんが落ち着くまで、のらりくらりとかわそう。

差し当たりのない台詞集で防壁を築こうとしたところで、さっきまで酒ばかり飲んでいた人物が、私の前に踏み出て来る。

「あー、あー、方々、少し落ち着いて頂けませんかな」

ゲントウ氏である。

どうしたのですか、ご主君。火酒が切れましたか？　この後も使うのですから、今日はもうお代わりなしですよ。あなたちょっと飲みすぎです。

今さら助けてくれるとは思わなかったので、私は王都に持ちこんだ火酒の残量について考えていたのだが、ゲントウ氏の次の言動は助け船以外のなにものでもなかった。

「フェネクス卿が良縁であるのは、主家として私も保証するところではあるのだが、彼への縁談申しこみは、武芸王杯大会の後の方がよろしいでしょう」

ゲントウ氏の言葉に、ネプトン駐留官を始め、一同は残念そうに押し黙る。しかし、それもわずかの間だった。

「なるほど。どなたか、お目当ての方がすでにいらっしゃるのね。それを王杯大会で……」

ネプトン駐留官が、理知的な顔にどこか幼い興奮を浮かべる。

「とっても素敵なお話ですわね。これは、今年の大会ががぜん楽しみになりますわ！」

これは絶対に勘違いされている流れだ。

私が武芸王杯大会に出ると思われている。今の今まで、そんな大会があることを忘れていた私が出る？

そんなまさかである。

「まさに、まさに！　王杯大会の優勝者が望むモノは様々ですが、やはり情熱的な恋の望みほど見ていて胸が熱くなるものはありませんからな」

「三つ前の大会だったかな？　あの時の優勝者以来……おや、彼《か》の者もサキュラ辺境伯家の騎士ではなかったか」

「おお、首狩りクライン卿ですな！　あの大会は盛り上がりましたな！」

「サキュラ辺境伯家の男児達は、情熱的なのですね。素敵ですわ」

男達は拳を握りしめて暑苦しく気焔《きえん》を吐き、女達は憧れの展開に想いを馳《は》せている。

そして、私は気がついた。

どうして、いきなり王都行きが決まったのか。

私は王都に来たのではない、連れて来られた――いや、美味《うま》い餌をちらつかされ、まんまと誘《おび》き出されたのだ。

私が、共犯者に違いないゲントウ氏を見上げると、今さら気づいたのか、と魔王みたいな笑みが待っていた。

「そういえば、フェネクス卿は武勇も秀でていると聞きましたな」

「この若さで戦闘銀功が三つというのは、すさまじいものだ」

「なら、十分に期待できますわね！」

盛り上がる皆様、誠に申し訳ございません。

大会で大暴れするのは、私ではなく、皆さんが来ていることも知らないであろう辺境伯閣下の孫である。

道理であの人、ジョルジュ卿を始め、屋敷の護衛戦力と毎日のように激しく打ち合っていると思った。

私は、優勝賞品の役目です。


その日も、マイカ嬢はたっぷりと剣を振るって、夕飯の時間ぎりぎりに食堂へやって来た。

お湯で身を清めた後らしく、しっとりと濡れた髪がしどけなく額や首筋に張りついている。

「ん～、いい匂い！　今日のご飯はなにかなぁっと」

食堂に拡《ひろ》がる香りに、彼女は嬉しそうに席に着く。

用意された席は、当たり前のように私の隣である。もちろん、当たり前ではない。

何故《なぜ》、一介の騎士である私が、領主一族と夕餉《ゆうげ》を共にするのだろうか。しかも、公務ならともかく、かなり私的な食事の席である。

辺境伯家の身分制度について懸念を抱いているのは私だけらしく、生粋の貴族であるイツキ・ゲントウ親子は和やかに談笑などしている。

それ以外の人物、マイカ嬢はテーブルの上の料理を見て、輝く笑顔を私に向けた。

「これ、アッシュ君の料理だね！」

そうですが、この場で重要なのは料理の製作者ではないはずです。

この外堀から埋めていこうとする気満々の家族扱い、辺境伯家のえげつなさを感じる。これに比べたら、私の普段の説得なんて可愛いものだ。

私もまだまだ思い切りが足りない、と反省していると、ゲントウ氏がマイカ嬢の発言を拾う。

「ほう、わかるのか？　確かに、今日の料理はアッシュが作ったものだ」

「もちろん、わかるよ。料理はハンバーグだし、使っているソースはワインとトマトを煮込んだやつだもん。王都じゃまだ、トマトはほとんど食べられてないでしょ？」

マイカ嬢の口調は、太陽が明日も昇ることを伝えるような確信に満ちている。

あまりに自信満々だったため、驚く顔が見たかったゲントウ氏は残念そうだ。イツキ氏は、だからドッキリにならないと言ったのに、と苦笑を浮かべている。

「それより早く食べようよ。アッシュ君のハンバーグが早く食べたい！」

「むぅ、食べた後に驚く顔が見たかったが……ま、俺も香りにやられてたまらん。では、頂くとしよう」

ゲントウ氏の合図で、それぞれが一番に手を伸ばしたのは、メインのハンバーグである。

ハンバーグ初体験であるゲントウ氏は、頬張ってすぐに頬を緩める。

「ほう！　これは美味い！　このソースの甘酸っぱさが、トマトの味なのだな。うむ、肉に負けず濃厚な味だが、後を引く味わいだ」

二口目にはたっぷりとソースをつけて、年齢を感じさせずにもりもり食べるゲントウ氏。それとは裏腹に、ハンバーグに慣れているマイカ嬢とイツキ氏は、不思議そうに首を傾げて、二口目はソースを落としてから頬張る。

ハンバーグ本体をじっくりと味わってから、イツキ氏が得心したように頷く。

「これは、肉の配合がいつもと違うようだ。脂身が少ない肉を使ったのではないか？　さっぱりとして、口当たりが軽い感じがする」

「ご明察です。よくそこまで気づかれましたね」

肉本体が淡泊になった分、ソースの濃厚さで誤魔化したつもりだったのに、二口目で正解されるとは思わなかった。

「ふふ、マイカほどではないが、ハンバーグは好物だからな。この味は初めてだが、どういう肉を使ったのだ？」

「メインは豚ですね。それに、いつもの牛肉ではなく、豚のレバーやハツといった内臓、それから大豆です」

ちょっとした豆腐ハンバーグもどきだ。高たんぱく低脂肪というやつである。

「大豆？　それでいつもとは違う軽い味わいだったのか。これならいくらでも食べられそうだな」

「そんなにさっぱりとしているか？　俺は十分に濃い味に感じるが……」

「それはソースの力だよ、父上。こちらはしっかりと味付けされているし、コクがある。うん、これはこれで間違いなく美味い。なにより胃に重くないのが嬉しいな。疲れている時でも、このハンバーグなら食べられそうだ」

忙しい時期は昼食を抜くこともあるイツキ氏には、確かに優しい一品だろう。領都に戻ったら、ヤック料理長にもレシピを渡すことになりそうだ。

そんな息子に、ゲントウ氏は「年寄り臭いことを」と変な顔をしている。火酒をあれだけ飲んでなんともないゲントウ氏が元気すぎるという説を、私は提示したい。

ところで、この中で一番ハンバーグにうるさいマイカ嬢だが、彼女も当然、肉の違いには気づいていた。

肉の比率説明にじっと耳を傾けた後、彼女は改めて、自分の前に並んだ料理に視線を巡らせる。

本日、私が用意した献立は下記の通りだ。

豚肉・内臓と大豆のハンバーグ、赤ワインのトマトソース添え。

旬の野菜の生サラダ、チーズたっぷりドレッシングで。

干し貝柱でじっくりと出汁《だし》を取った海鮮スープ、ニンニクを効かせて。

蜂蜜と塩の特製ドリンク、柑橘《かんきつ》果汁でとってもジューシー。

以上である。

これらの料理が意味するところを、マイカ嬢だけは気づいた。

他の誰より長く、私と一緒に勉強して来た彼女の知識は、私のそれとほぼ重なる。だから、彼女だけが気づいて、俯きがちに頬を赤らめる。

ちらりと上目遣いにうかがって来るのは、ほとんど反則である。

私が素知らぬ顔で防御を固めて食事を進めると、マイカ嬢は不満そうに唇を尖《とが》らせて睨んで来た後、食事を再開した。

その横顔は、とても幸せそうだ。

「お、そういえば、今日の集まりの結果なのだがな」

平和な食卓が進む中に、ゲントウ氏が話題を持ちこむ。

「アッシュは大したものだったぞ。今日集まったのは、元よりうちに友好的な者達ばかりとはいえ、全員が提案に乗り気になっていたからな」

「当然だよ、アッシュ君だもんね」

私に関係する事象において多用される決まり文句が、今日もまた一回繰り返される。一日に二十回くらい聞いて以来、私は気にするのをやめた。

「アッシュ君の説得からは、誰も逃げられない」

と思ったが、流石にこれはスルーできない。普通に逃げられますからね。

イツキ氏、なぜ頷く。

「なるほど、なるほど。では、その席で見合い話が山ほど持ちこまれたのも、当然かな？」

笑顔でぶちこまれた話題に、私の背中に冷たい汗が噴き出した。

いや、私はなにも悪いことはしていない、はずだ。

お見合い話を受けたわけでもないし、浮気という罪業にかすりもしない。強いていえば、マイカ嬢の告白を拒んだのが悪い。

いかん、極刑クラスの罪だ。

あと、ゲントウ氏の話題チョイスが悪い。そうだ、それが一番悪い。

私が一瞬のうちでありとあらゆる言い訳をシミュレートしている間、マイカ嬢の反応があった。

表情は一切変わらない。笑顔のまま、その眼差しだけが冷えこむ。まるで氷のカミソリだ。

私は、シミュレートしたうち、最も効率がよさそうな対応手段、ゲントウ氏を盾にして時間を稼ぎ、渾身の土下座を決める選択肢を、いつでも取れるように集中した。

いや、私はなにも悪くないですよ。でも、悪くなくても謝罪が必要な時というのはあるものだから……。

覚悟を決めた私だが、マイカ嬢の視線は、震える私ではなく、食卓の上の料理に向けられる。

すると、なんということか。冷たく鋭利な眼差しは、春の風が吹いたように緩む。

「まあ、それも当然だよね。だって、アッシュ君だもん」

マイカ嬢は、特製ドリンクのグラスを持ちあげて、いくらか鋭さが残った目で微笑む。どうやら、
春風ごときでは溶かしきれなかったものがあるらしい。

「アッシュ君が魅力的な人だっていうのは、あたしが他の誰より知っている。だから、アッシュ君がモテることもわかるよ」

でも、と続けたマイカ嬢は、微笑みよりも深く、口の端をつり上げてみせる。

「それと同時に、アッシュ君の難攻不落の難易度も、あたしはよく知っている」

それは、獲物を見る狩人《かりゅうど》の眼差し――という表現も、まだ生温《なまぬる》い。

彼の者を落とせるのは自分だけだという、強烈な自負心と狂おしい渇望が混ざりあい、高温を発して反応している。

まるで、好敵手を打ち破らんとする英雄譚《えいゆうたん》の戦士だ。

若干、表情が獰猛《どうもう》すぎて、英雄というより、その挑戦を迎え撃つ魔王的ななにかに見えるけれど。

そんな魔王的な表情で、マイカ嬢は呟く。

「アッシュ君を落とせるのはあたし――と……」

戦力を測る眼差しのマイカ嬢に、ゲントウ氏は、これなら安心だ、と口にしながら、懐から無駄に凝った封筒を取り出す。

「マイカが妬《や》かないのであれば、アッシュをこのパーティに連れて行きたいと思っていたのだ。後でバレて、アッシュが斬り捨てられでもしたら困る」

とんでもない話題をぶちまけたと思ったら、後の危険を予想するための試験だったようだ。

普段の言動からすると、意外な慎重さだ。常に魔物を警戒するサキュラ辺境伯領の領主に相応しい。

ただ、それにしても危険な話題だったと思う。掌《てのひら》に滲《にじ》んだ汗をそっと拭う。

「別にお仕事だったら、あたしは文句言わないけど……どんなパーティなの？」

「名目上は、武芸王杯大会も近いから、いつもは王都にいない面々とも親交を深める機会となっているが……ふふん」

ゲントウ氏は、封筒の飾りさえ気に入らないとばかりに、鼻で笑う。

「近頃調子の良いうちの内情を探りたいのだろう。あわよくば、足を踏んづけてやろうとでも思っているかもしれんな」

「あまり楽しくなさそうなパーティですね。そういうのは、私は苦手なのですが……」

明らかに敵対している相手は、話が通じないことが多い。

そして、話が通じない相手が、私は昔から苦手だ。

「ううん、確かにアッシュ君はそういうの嫌いだよね。うるさい羽虫扱いしてたし」

「生産的な話が期待できないと思うと、時間がもったいなくて……」

わがままな私の代わりに、マイカ嬢が進んでその手の輩《やから》を相手してくれたので、それに甘えてしまったツケである。

「でも、今回はあたしもちょっと無理かな。羽虫扱いしたいくらい稽古の方に集中してるから、今回はごめんね！」

謝りながらも、マイカ嬢の表情は朗らかだ。その理由を、彼女は信頼をこめてまくしたてる。

「でも、アッシュ君なら大丈夫だよ！　苦手って言っても、アッシュ君の苦手だからね。全然苦手のうちに入らないから！」

「いえ、流石にそれはどうかと……」

行きたくないという空気が、体の奥底から湧いて来るくらいに苦手なんです。

私が溜息を吐いていると、ゲントウ氏が顎を撫でながら確認して来る。

「なんだ、アッシュはあれだけ口が上手いのに、こういうパーティはダメか?」

「ダメですねえ。これぱっかりはどうも……なにか粗相をしてもいけませんし、やめておいた方が」

そんなメリットのなさそうなパーティに時間を使うくらいなら、王都の神殿に行きたい。トリス女史やルスス氏と話すの楽しいです。

「むう、そうか。乗り気でないなら、無理にとは言わん。だが、お前が出るならば、あの方の居心地もよくなると思うぞ」

「あの方?」

誰か知り合いが出て来るのかと、首を傾げる。

「このパーティな、王女殿下の一派の集まりなんだよ」

王女殿下ですか。彼女の居心地がどうのこうのということは、王女殿下の派閥であっても、王女殿下の味方とは言えない相手がいるのだろう。

私は、軍子会最後の年を思い出しながら、額をかく。

同じ部屋で二年間すごした、好奇心旺盛なルームメイト。彼女の優しさに甘えて、私はいつだって力を借りに行くと宣言していた。

額をかいていた指を、私はゲントウ氏が持つ装飾過多の封筒へ向ける。

「そのセンスの悪い封筒、どちらの方のものでしょう?」

「これな、ダタラ侯爵だ。アッシュもひどいもんだと思うだろう? 厭味《いやみ》ったらしく金箔《きんぱく》まで使ってやがる」

「ああ、人狼《じんろう》の巨大墓場を領内に持っている方ですか」

この封筒も一種の力の誇示だ。金属資源の豊富さと、その加工技術の高さをアピールする狙いが透けて見える。

相手によっては、あるいは羨望や物欲しさを覚えるのだろう。

だが、私にとっては、三年前に返り討ちにした、とある暗殺者達のお粗末なやりようを連想させるに過ぎない。

相変わらず、力の使い方に品のない――そんな輩が主催のパーティに、彼女が出る。

それは、私が彼女の力を借りに行くには、十分な理由だ。

「気が変わりました。そのパーティ、ぜひ、私も参加させてください」


この国の王女の立場は、複雑で微妙なものと言える。

その原因は、今から遡ること六年前、この国の第二王子が事故死してしまった一件に始まる。

この時、「事故ではなく暗殺されたのでは」と噂《うわさ》が立ったのは、権力の濃い血が流れた際の必然と言える。だから、時の社交界は噂を噂として砂糖菓子の上に並べた。問題は、誰がその不名誉を受けたかだ。

初め、そのありがたくない名誉は、第三王子の身に降りかかった。母方の家の事情もあり、第二王子と第三王子は仲が悪いという社交界の認識があったためである。

順当な邪推であった。当の第三王子の派閥も、これを仕方ないこととして苦笑して、そんな非道は王道ではないとやんわりと否定するに留《とど》めて、噂の鎮火を待った。

この時、王族もその取り巻き貴族も、理性的な反応を示している。

これには、王位継承権の第二位がいなくなったとて、第一位が安定していたことが大きい。いわばこの噂は、安全が約束された火遊びのようなものだった。

第三王子の不名誉な噂は、間もなく鎮火した。だが、それは第三王子派（それと多くの上流階級）が望んだ穏当な形ではなく、燃える屋敷を丸ごと吹き飛ばすような形であった。

第三王子も、事故死したのである。

事ここにいたって、噂は噂では済まなくなった。

一人だけなら、事実事故であったかもしれない。だが、それが短期間に二人となれば、事故とばかりは言い切れない。第二王子と第三王子の死について、暗殺や謀略を視野に入れた調査が行われることになった。

調査対象は、犠牲者の血によって最も利益を得る者から始められるのは、基本的なことだ。

そこで、王位継承権の第四位、つまり、第四王女（王女としては第一）が不名誉な噂の第一候補となった。王にとって最初の女児ということもあり、王の寵愛《ちょうあい》厚いことも、あるいは噂の対象となる理由だったのかもしれない。

彼女は、当時八歳の少女である。

王族として一定の力を持つとはいえ、八歳の少女一人では、力の振るい方もわからない。結果、第四王女への噂は歯止めが効かず、噂は人が信じる真実の皮をかぶり始める。

そんな王女の前に颯爽《さっそう》と現れたのが、ダタラ侯爵である。

王国の金属資源を支える中央貴族の侯爵は、こんな年端もいかぬ殿下が、まともな支持基盤も持たない身で王族たる兄二人の暗殺などできるものかと至極真っ当な理屈を振り回して、噂を噂として一蹴した。

ここまでなら、王家への忠誠厚い臣下であると、彼を嫌う諸侯も不承不承に感心したことだろう。

だが、ダタラ侯爵は、彼を嫌う諸侯の期待通り、舌打ちの賞賛に値する人物だった。

彼は王女にかかった暗殺疑惑の鎮静化を意図するどころか、その火をさらに延焼させるべく論陣を張ったのだ。

「王女殿下が兄二人の暗殺をしたと疑うならば、第一王子殿下の方も疑うべきではないか。王位が盤石だからとて、他の理由でよからぬことを思いついた可能性だってある」

こう言われては、第一王子派も黙ってはいない。

お互いにお互いを暗殺犯として非難してから、調査し、疑わしいとも思えないささいな行動を咎《とが》めだす始末である。

この間、第一王子はともかく、第四王女は完全にダタラ侯爵の傀儡《かいらい》と化した。

王女自身はなにも口にしていなくとも、ダタラ侯爵が勝手に自分の名前を使ってあちこちに言葉をばらまいていくのだ。

幼い王女にできるのは、なるべく利用される幅が小さくなるよう、可能な限り口をつぐみ、大人しく自分の部屋に閉じこもっていることくらいだ。

ところで——。

第四王女は、王の初の女児なので寵愛が厚いという話があった。あれは事実らしい。

第一王子と第四王女との争いが日に日に激化し、口頭だけで済みそうにないと諸侯が予想し始めた頃、ようやく王が動いた。あるいは、そこまでになったので、ようやく動けたというべきか。

王は、すっかり薄くなってはいるものの、自身と血縁関係があり、王都での権力争いに全く興味はないが、物理的な実力だけはやたらとある地方貴族に相談を持ちかけた。

「余の娘のことだ」

「ああ、ひどい有様ですな」

地方貴族は、王の前でも無造作に言葉を吐いた。

「うむ。今の王族の争いを、これ以上は放っておけん。どうにもよからぬ虫が内に入って悪さをしているようだからな」

「金切り声がうるさいあの虫ですな」

「王子と王女の名声を落として、誰が利益をあげるかといえば、王家以外の有力貴族だろう」

恐らく、ダタラ侯爵の筋書きは、王位継承者の争いをとことんまで大きくし、その間隙に自分の権勢を強化することだろう。第四王女を傀儡に国政に根を張るのは当然の目論見《もくろみ》として、ひょっとするとその先、王位の簒奪《さんだつ》まで狙っているかもしれない。

名分は、私利私欲の争いで王都を荒廃させた現王族には、国家の大事を任せられぬ……とかなんとか、その辺だろう。盗人猛々《ぬすっとたけだけ》しいことこの上ない虫である。

「それで、王よ。どのように事態を片づけるつもりです？」

「悪い虫は引き剝がすのが良かろう。もはや迂遠《うえん》な手を使っている状況ではない」

「まあ、そうでしょうな。王がもっと早く動ける存在ならば、そうはならなかったでしょうが……」

地方貴族の物言い、もっと早く動けよ、という実に人情味ある指摘に、玉座にある男はありがたそうに頷いた。口から出たのは、それができない己の立場の説明だったが。

「言ってくれるな。王などというモノは、いつも変わらず椅子に座っているのが丁度良いくらいの存在なのだ。竜が毎日空を飛べば、国が亡《ほろ》ぶだろう？」

「確かに、流石に毎日では、うちの領の者も耐え切れないでしょうな」

「お主のところが耐えられぬのであれば、他に耐えられる所などあるまい」

だから、相談する相手に選んだのだと、王は笑う。

「そんなお主の懐に、余の娘を匿《かくま》ってはくれぬか」

「可愛い愛娘《まなむすめ》を、うちのような田舎にですか？」

「悪い虫がついているのが、娘の方だからな。名目はお決まりの病気療養、療養地は表向きスクナ子爵のところでよい。流石に、あの虫も王女がいなければ騒ぎようがなくなろう」

王は感情を見せなかったが、地方貴族は同じ男親として、愛娘を顔が見られない遠方へと送り出すことを惜しんでいることを察する。

だから、地方貴族は膝をついて臣下の礼を取り、同じ父親である王に応えた。

「委細承知つかまつりました。ご息女は、我が家が全身全霊をもってお守りいたします」

そんな臣下の手を取って、王は喜んだ。

「お主の言葉、誠に嬉しく思う。よろしく頼む」

小さくだが、王としてはありえない頭を下げるという所作をしてから、父親は微笑んだ。

「あるいは、今回の件はあれにとって良い経験になるやもしれんな。あれは……どうも好奇心が強い子なのだ」

そうして、王女殿下は地方貴族の子供に化けて、地方の領へとやって来た。

話の流れから当然のことであるが、この地方貴族の男がサキュラ辺境伯家当主、ゲントウ氏である。王を相手取ってもこの調子、精神防御力は王国随一といっても過言ではあるまい。

そして、ゲントウ氏の子供に身分を変えて、サキュラ辺境伯領にやって来た、好奇心旺盛な王女殿下の正体といえば――。

ようやく、彼女にこっそり教えてもらった本当の名前で呼べると思うと、ほっとした気持ちになる。


パーティはダタラ侯爵の主催であったので、当然のように彼の派閥が幅を利かせている。実質は、第四王女派の集まりというより、ダタラ派の集まりである。

ダタラ派以外の派閥というと、王女の王都復帰後に突然第四王女派に名乗りをあげたサキュラ辺境伯――つまり、ゲントウ氏を筆頭とした地方貴族勢である。

「おう、今日はこちらの集まりも良いな」

会場を見渡して一番に、ゲントウ氏が機嫌良さそうに私に告げる。

七対三くらいでこっちが少ないようだが、これでも集まりが良いらしい。

流石は地方貴族、王都なんて知ったこっちゃねえということか。

「アッシュが参加すると伝えておいたかいがあった。ほら、ネプトン男爵のところのライノ駐留官だ」

綺麗なドレス姿のネプトン駐留官が、こちらに微笑みを向けて会釈する。こちらも会釈を返しながら、ゲントウ氏に囁《ささや》き返す。

「私は派閥のメンバーを集めるための撒《ま》き餌《え》かなにかですか」

「こうでもしないと集まりが悪いのが、王都の地方貴族だ。嫌な集まりには平気で顔を出さん。中央貴族の集まりに顔を出しても利益が出ないと言ってな」

「私と一緒ですね。気持ちはよくわかります」

「実は俺もよくわかる」

第四王女が復帰する前までは、ゲントウ氏も平気で招待状を無視していたそうだ。

それなのに私を強引に誘うなんてずるいと思う。

「迷惑だったか？」

「理由を聞く前は」

目上の人物の確認に、私が素直に頷くと、ゲントウ氏は嬉しそうに問いを重ねる。

「聞いた後は？」

「私は好意には好意を返すことを信条としています。その機会を与えて頂き、感謝にたえません」

私の応えに、ゲントウ氏はさらに機嫌良さそうになり、声まで上げて笑う。

「うむ、話に聞いた通り、アッシュは見ていて気持ちの良い男だ。我が領の騎士であることを誇りに思う」

「光栄ですね」

かように私達主従の会話は爽やかだが、周囲のダタラ派貴族の会話は全く爽やかではない。

ひそひそとこちらを見て話されている内容は、大体私のことだ。農民上がりの騎士位と、身分の低さがダントツだからだろう。辺境伯領では気にする人に（マイカ嬢のおかげで）ほとんど出会わなかったが、中央の風土では身分の差が大きいようだ。

サキュラ辺境伯領で最も身分の高い人物曰《いわ》く、

「うちの初代は、農民や兵と共に小屋で寝起きし、領都の礎を築いたのだ。中央の貴族もかつてはそうだった。我々はそれを忘れておらず、連中は忘れて久しい。その違いだろう」

辺境伯領では、身分の違いはあっても、仲間意識がある。中央では、身分の違いは、全ての違いなのだという。

流石に辺境伯家の皆さんはフランクすぎると思うが、外圧が厳しい土地柄ならではと言える。領都で話したことのある衛兵達の中には、ゲントウ氏やイツキ氏と同じ釜の飯を食べたと自慢する古参兵も多い。

「まあ、あまり気にするな。あれだ、羽虫扱いで良いぞ」

「それは得意ですので、ご心配なく」

虫扱いのベテランです。たとえ、私の銀功勲章を見て、粗製乱造だの拍づけのためだの乱発だの言われても、うるさいなぁくらいしか感じない。

別に連中に認めてもらう必要も、信じてもらう必要もないのだ。認めない者は異教徒枠だし、信じる者は救われるという言葉を知らないならば救ってやる必要もない。

涼しい顔で、サキュラ派閥とダタラ派閥の顔を見分けていると、私の隣の人物が舌打ちをした。

「しかし、遠巻きにネチネチと言いおって。ひねり潰したくなって来るな」

「閣下が挑発を受けてどうするのですか」

「そうは言うが、お前の銀功をバカにされるということは、それを与えた我が家がバカにされるということだからな」

そういえばそうでしたね。

「まあまあ、こらえてください。流石に腕力で解決するような場ではありませんから」

「うぬぬ……これだから嫌なのだ」

パーティ嫌いでは私に劣らないと見えるゲントウ氏は、通りがかった給仕のお盆からグラスを二つ手に取る。

「ほら、アッシュも付き合え」

「よろしいのでしたら」

でも、これ飲んで大丈夫なのだろうか。王族の暗殺も試みるような相手の用意した飲み物ですよ。

「自分が主催のパーティで死者が出たら、流石にあ奴も終《しま》いだ」

「そういうものですか？　私なら必要な時はやりますけど」

一応、ご主君より先に口をつけて味をみる。

妙な味がしないか味わっていると、ゲントウ氏が妙な顔で私を見ている。

「そんな思いきった手が使えるのは、自分の支持基盤やらなにやらを一から作り直せる自信がある奴だけだろうな」

そう言って、ダタラ侯爵には無理だ、と頷く。

「だが、確かにお前ならやりかねんな。農村から出て来て、瞬く間に領都に居場所を作ったわけだからな」

「必要ならば、ですよ。あくまで、必要なら」

平和を愛する常識人っぷりをアピールする私に、ゲントウ氏は四天王を褒める魔王じみた笑みを浮かべた。

「頼もしいことだ。そろそろ来るぞ」

給仕や侍女、執事の動きを見て、ゲントウ氏が囁く。

主賓である第四王女殿下のご登場らしい。入口の近くに、執事から情報を得たダタラ侯爵とその取り巻きが集まっていく。地方貴族は、その動きを見てから気づくので、外側で固まるしかない。

あっという間に人だかりができた向こうで、ドアが開く。

「あの中を進むぞ、できるな」

「鹿を追いかけて森を走るよりかは簡単ですね」

主従で笑みを見せ合って、私達は前へ踏み出す。

サキュラ辺境伯閣下は、自身の肩書きと筋肉質な体躯《たいく》を活かして、ずんずんと無造作に前へ押し進んでいく。ダタラ派の貴族の肩にぶつかっているが、「おう、失礼」と傍若無人にかき分けていく。

すごい。貴族のやり方とは思えない。

一方、私はゲントウ氏の蛮行によってできた隙間を、するすると抜けていく。実にスマートだ。

「では、殿下。あちらでゆっくりとおくつろぎを――」

人混みを抜けたところで、丁度ダタラ侯爵と王女殿下の挨拶が終わったようだ。

早速、ゲントウ氏は歩みの流れのまま口を挟む。

「ダタラ侯爵殿、どうやらご挨拶は済んだようですな。それは重畳」

一応、パーティの主催者への挨拶はマナーである。逆に言えば、それが済んだのであれば、ダタラ侯爵が王女を独占することはできない。好きにパーティ会場を歩き回る権利がある。

好きにさせると王女がサキュラ派のところへ行ってしまうので、ダタラ侯爵は自分の派閥の人間で入口を固めたのだろうが、サキュラ辺境伯の蛮勇――もとい剛勇の前ではなんの守りにもならなかった。

「殿下、かねてよりお話に挙げていた、サキュラ辺境伯家自慢の人材をご紹介に参りました」

ゲントウ氏は、私の背を叩いて、王女殿下の前に私を引っ張り出す。

せっかくスマートに人だかりを抜けたのに、正装の騎士服が乱れるじゃないですか。私は、一瞬だけゲントウ氏の強引さに非難の視線を送ってから、視線を前に向ける。

そこには、初めてお会いする、よく見知った王女殿下がいらっしゃった。

「ご尊顔を拝する栄誉に浴し、光栄にございます、アリシア――殿下」

初めて名前を呼ばれた王女殿下は、実に女性らしい、可憐《かれん》な笑みを見せてくれる。

アーサーと名乗っている時とは、やはり違う。

心構えの違いが、同じ顔立ちでも、全く違う表情に見せるのだろう。

「こちらこそ、不死鳥に会えて嬉しいわ」

微笑みの奥から、本物の笑いが出ないよう、アリシア嬢は慎重に発音しているようだった。

「サキュラ辺境伯やフォルケ神官から常々あなたのことは聞いているから、知ってはいるのだけれど……名前を聞かせてもらえるかしら」

「はい、アリシア殿下。わたくし、サキュラ辺境伯より騎士位を賜りました、アッシュ・ジョルジュ・フェネクスと申します」

「アッシュ……フェネクス卿。ようやく、お会いできたわね」

本当の名前で――と彼女の言葉は続いたように思う。

実際に発音されたのは、噂を聞いて興味を持っていたのだという、初対面の挨拶だ。

「ああ、わたしも、フェネクス卿に名乗るべきかしら。フェネクス卿もわたしのことは知っているようだけれど？」

「恐れながら、アリシア殿下のお名前は、辺境において、よくお聞きしておりましたので」

野営訓練の最後の夜、彼女が教えてくれた名前ははっきりと聞こえていた。

それに対し、私が今ようやく、正式に名乗りを返しただけだ。彼女が改めて名乗る必要はない。

二人だけにはよくわかるやり取りに、アリシア嬢は嬉しそうに相好を崩して頷く。

「では、お言葉に甘えるわ。フェネクス卿、今日はお一人ね？」

ゲントウ氏と一緒だが、この場合は女性パートナーの有無のことだろう。

私が頷くと、アリシア嬢はすぐに挨拶用の距離から、親しげな会話の距離まで詰め寄る。

「なら、あなたとお話ししたいわ。私、フォルケ神官やその友人とお話しして、技術や学術に興味があるの」

「私のお話でよろしければ、喜んで」

「もちろん。あなたの噂はよく聞いていると言ったでしょう、不死鳥さん？」

王女殿下の自己申告によると、殿下はクイド商会が販売している不死鳥印が入った品々を大変気に入っているそうだ。サキュラ辺境伯を介して、軟膏《なんこう》に石鹼、アルコールランプ、一番高価な腱動力模型飛行機まで持っている。

もちろん、私もそのことを知っている。

アルコールランプと模型飛行機については、アリシア嬢が欲しがっていると打診されたので、クイド氏に依頼して私の自腹で特別製を作ってもらった。王室御用の肩書きが使える、と素早く計算をしたクイド氏が、特別価格で請け負ってくれた。

この特別製ランプと模型飛行機は、王室への贈答品として送られたのだが、私にとっては遠く離れた地で、変わらぬ好意を示してくれる仲間へのほんの感謝の気持ちだ。

そんなことを話しながら、私とアリシア嬢はダタラ派の人混みを抜けて、無事にサキュラ派の集団に合流する。

ダタラ侯爵は止めようとしたのだが、サキュラ辺境伯が持ち前の大声で話しかけてそれを迎撃した。他の者達では、楽しげに歓談する王女という威光の前に、割って入ることができなかった。

サキュラ派の中に入っても、会話は止まらない。

「不死鳥印の品は、どれも面白くて、しかも質が高いわ。なにか新しい情報はないかしら。楽しみで仕方ないの」

「そうですね。軟膏は成分を変えた新しい物ができそうです。王都におられるルススさんとトリスさんという方の協力のおかげで、よりよい薬効の配合が考えられまして」

「フォルケ神官のところでお会いする二人ね。私もよく知っているわ」

「それと、保存食についても少し進展しまして、いくらか味の良いまま瓶に詰め、保存できるようになりました。試作は上々です」

「それは素晴らしいわ。完成品ができたら、ぜひ私にも送って欲しいわ」

「お望みとあれば。今年の夏にはお送りできるでしょう」

ちなみにであるが、これらの情報は、フォルケ神官を通じた手紙のやり取りで、すでに報告済みである。それどころか、アリシア嬢が王都で仕入れた知識や書物を元に形にした研究もある。

この王女殿下は、我が領地改革推進室の永世名誉計画副主任だったのだ。

つまり、今交わされている会話は、全て周りで聞いている方々への宣伝活動に他ならない。

ひどいマッチポンプだ。もっとやるよ。

「不死鳥さんは――」

アリシア嬢は、王女殿下の時は、私をフェネクス卿と呼ぶより、親しみをこめて呼びやすいあだ名で呼ぶようにしたようだ。

「次はどんなことを考えているのかしら。話せる範囲で聞かせてもらえる？」

「そうですね。やりたいことが多すぎて、これと挙げるのは難しいのですが……だからこそ、やらなければならないことが一つ」

「まあ、なにかしら」

「人材集めと、人材育成です」

スクナ子爵領でも王都の集まりでも一席打った、留学生受け入れについての一連の説明である。

アリシア嬢は、まるでこの話を初めて聞いたかのように熱心に聞き入る。

「とても面白いわ。サキュラ辺境伯領の進んだ知識が学べるなら、わたしもそれに参加したいくらい」

「もし叶うことなら、私どもも大歓迎させて頂きます。アリシア殿下の才媛ぶりは、よく存じ上げておりますので」

　この点については演技ではなく、また領都で一緒に学びたい本音である。そんな返答に、アリシア嬢は嬉しそうに頬を緩める。

　このやり取りに、周辺の地方派閥の人間は顔色を変えている。

　地方派閥だけあり、新し物好きの彼等彼女等は、最近のサキュラ辺境伯領の目覚ましい成果物をよく目にしている。それらが今後、どのように領地の発展に寄与するかも想像を巡らせていただろう。

　そんな技術を手に入れる機会が得られるならば、それに飛びついたって良いと考える者もいる。すでに飛びついた形のライノ駐留官など、相談にやって来た親しい人間に自慢げに自分の立場を説明している。

　さらに、耳をそばだてていたのはサキュラ派の人間だけではない。偵察役として散らばっていたダダラ派の人間や、一応ダダラ派ではあるがさして熱心ではない人間達だ。

　特に後者の、ダダラ派にいればとりあえず利益にあずかれるから、という程度の者達は、サキュラ辺境伯領が見せた大きな利益の釣り針に目が釘付《くぎづ》けになる。

　もちろん、中央貴族が多い彼等は、新奇な物への関心は薄い。それでも無視しえない勢いを見せている辺境伯領の技術に、十分な注目を持っているようだ。

　おりしも、ダダラ侯爵は王族暗殺の真犯人ではないか、と真実味のある噂が立った影響で、その勢力に衰えがあった。一方、サキュラ辺境伯は誰にどう聞いても上り調子である。

ダタラ派にいるより、サキュラ派に乗り換えた方が、利益が大きいのではないか。

そんな空気に、面白くないのはダタラ侯爵である。恐らく、彼はこう思ったのだろう。

自分が主催したパーティで、田舎者にしてやられるなどあってはならぬ。

彼は、実に彼らしい品のない力を使った。

「やあやあ、そこのサキュラ辺境伯家の！」

人垣を強引に割り開いて来たのは、がっしりした筋骨に、脂肪で肉付けした二十代後半の男性だった。元はきちんと戦闘訓練を積んでいただろう体つきだが、すっかり崩れている。

上等な貴族服に、金や銀の装飾品をつけているが、それらを着こなすには少々表情が卑しい。相手への敬意を持たず、初手から見下してかかる芸風は、貴族というより山賊だ。

同じ山賊顔でも、ヤック料理長は歴戦の山賊頭風だったが、こちらは三下の山賊風である。我が方の料理長は格が違う。

さて、そんな三下風の男が誰か、私はすぐにわかった。

社交慣れしていない私でも、隣領の領主の名前くらいは確認している。それが評判のよろしくない領主とくれば、なおさらである。

「これはこれは、わざわざご挨拶を頂き恐縮です、ヤソガ子爵閣下」

「ふん？　感心ではないか、俺の顔を知っているとは。流石はサキュラ辺境伯家が見込んで、農民から騎士に取り立てただけのことはある」

農民の部分を強調して、ヤソガ子爵は大声でのたまう。

多分だが、威嚇しているつもりなのだろう。声が大きければ偉い、高圧的に話せば偉い、相手の弱みをがなり立てられれば偉いと思っている輩は意外と多い。

私は恐怖心辺りの耐性が無駄に高いし、農民は文明の基本だと思っているので、効果はない。

「これは駄目な為政者ですわ」と、相手の評価が片づくだけだ。

この小物臭が漂う人物は、サキュラ辺境伯領の東側に位置するところの領主だ。

立地は辺境地方の貴族なのだが、魔物被害は少ない。自己申告によると近年は年に数回と、サキュラ辺境伯領並に討伐報告があるそうだが、嘘《うそ》っぽいというのが地方貴族の間でもっぱらの噂である。

なんたって、先代の頃は十年に二回か三回だったのだ。いきなり増えすぎである。

私も、クイド商会から入って来る情報を基に、噂の方を信じている。

隣なのにずるいくらいに魔物が少ない。竜鳴山脈から魔物が下りて来にくい地形なのか、サキュラ辺境伯領よりも中央側に存在するためか、あるいは両方か。

ともあれ、そんな恵まれた領地にあぐらをかいて、油断しまくっているのが現在のヤソガ子爵と言われている。

どうしてそんなひどいことを言われているかというと、このヤソガ子爵、先代である父が病に臥《ふ》せっている間に、次期領主であった兄に権力闘争を仕掛けて、領主の座を奪い取ったのである。

家臣団は、先代とその嫡子である長兄をごく普通に支持していたので、本来なら弟に勝利の見込みはなかった。それくらいは弟もわかっていたらしく、その対策として、外部勢力を手札として呼びこんだ。

ちょっと歴史を知っている人や、想像力が働く人ならわかるが、自領の混乱時に外部勢力の手を借りようなどという発想は、盗賊に火事場の救援をお願いするようなものだ。

上手くいくはずがない。案の定、ヤソガ子爵領としては上手くいかなかった。

長兄と家臣は猛反発して断固として抵抗、領主一族の争いが赤く染まるまでさほどの時間は要さなかった。為政者の混乱は、行政活動に停滞をもたらし、領民の生活は荒《すさ》んだ。

ヤソガ子爵領では都市民の収入が減り、農村で困窮者が現れ、生活困難者は盗賊へと職を変えて軍事費の負担を増やし、さらに税金が上がるという見本のようなマイナススパイラルが発生した。

これを見ると、嫡子相続という決まりも、穏当な権力譲渡手段として平和時には筋の通った部分がある。権力者を争わせるとろくなことにならない。

なお、荒れたヤソガ子爵領を見て、実に上手くいったと考えた者もいる。

領主の権力を手中にした簒奪者本人と、その簒奪に手を貸した外部勢力である。

簒奪者である現ヤソガ子爵は、自分の欲しかったものが手に入って満足。簒奪を後押しした外部勢力は、扱いやすい傀儡を辺境地方に手に入れて満足。

彼等にとっては、どちらも損をしない良い取引だっただろう。特に外部勢力はご満悦に違いない。

現ヤソガ子爵が、ダタラ派としてこのパーティに参加していることからもわかるように、ご満悦の外部勢力とはダタラ侯爵のことである。

ダタラ侯爵の扱いやすい手駒は、私をふんぞり返って見下ろす。

「以前よりサキュラ辺境伯家の勇名は聞き及んでいるが、近頃の我が領でも、魔物を数多く討伐する機会に恵まれている。その数は、サキュラ辺境伯家にも負けてはおらぬ」

「そうなのですか」

クイド氏の商売情報によると、ヤソガ子爵領では「農具を持った盗賊」のことを、新手の魔物と認識しているとのことである。

この新種を含めれば、確かにサキュラ辺境伯家にも負けないだろう。うちは環境の割に盗賊がすごく少ないことが自慢だ。他の地方貴族の皆さんも褒めてくれる。

「それは災難ですね」

新種の魔物に認定された方達がいることが。まあ、本当の魔物が現れたとしても、やはり災難と言うしかない。

盗賊でも魔物でも、いなければいない方が良い。軍人さんは暇なくらいが丁度良いお仕事なのだ。

辺境の貴族は大体この考えに頷いてくれる。だが、ヤソガ子爵は違うようだった。

「災難？　とんでもない。我が領の兵達は、戦功を立てて名誉を得る機会と勇んでおるぞ。てっきり他の土地の兵もそうだと思っていたが、かのサキュラ辺境伯家の騎士が、魔物を栄達の機会ではなく、災難と考えているとは！」

我が領の兵の勇敢さに気づいたわ、とヤソガ子爵は大声で笑う。私を臆病と罵倒しているつもりらしい。

臆病は猟師にとって大事なものなので別にそれは構わないが、話題がそれしかないなら失《う》せて欲しい。アリシア嬢と会話ができない。

もちろん、ヤソガ子爵は、私とアリシア嬢の会話を邪魔しに来たのだから、失せてくれない。サキュラ辺境伯に捕まっている、ダタラ侯爵からの指示だろう。

このように、ヤソガ子爵は自分の領地を放って、王都でダタラ侯爵の番犬をしている。

この扱いやすい番犬は、自領の兵の手柄自慢を大声でした後に、領主になる前の自分の手柄自慢をさらなる大声で続ける。

内容はひたすら血なまぐさい。

盗賊を血祭りに上げただとか、大猪《おおいのしし》を狩ったとか、人狼三体を相手に大立ち回りをしたとか。大声に比例した力強さで、行政手腕はないと言っているようなものだ。

アリシア嬢がやんわりと邪魔だと言ったのだが、全て無視された。それも三度も。完全な作法違反である。空気を読めない奴は強い。

こんな光り輝く広告塔のような田舎者代表がいるのなら、中央貴族から地方貴族がバカにされるのも納得してしまう。

「おお、そういえば、お前も人狼を倒したのだったな」

他家の家臣を「お前」呼ばわりも、立派な作法違反である。

スクナ子爵やネプトン駐留官はもちろん、王女であるアリシア嬢だってしない。

「いいえ、閣下。私は人狼を相手にしたことはありますが、時間を稼いだだけですよ」

「なんと！　それは失礼をした。俺は三体を相手にして二体を仕留め、一体には逃げられたのでな。

てっきり、辺境伯家の騎士ともあれば、楽々と平らげたものとばかり思っていたわ！」

「私はそこまで武芸の腕はよくはありませんね」

二体を相手にしたら一分も持たない自信がある。三体相手なら一瞬だ。

「いやいや、人狼を相手にしのいだだけでも大したものだ。俺が特別だったのだろう！」

「そうですね」

本当の話だったらね。

魔物の被害と向き合う地方貴族の中には、私と同じことを考えた人物がいたようだ。

「人狼相手に一対一で生き延びただけでも信じがたいものだが……」

いやね、そう口にしたくなるのはよくわかりますよ。でも、それを言ったら面倒になるなってことで、皆さん黙っているわけなんです。

案の定、ヤソガ子爵はさらに声を大きくする。

「今の発言は聞き捨てなりませんな！　当家の武勇と、サキュラ辺境伯家の武勇を疑問視するものと受け止めましたぞ！」

ほら、面倒臭くなった。誰ですか、さっきの声の主は。怒るから出て来なさい。

私が嘆息する間もなく、ヤソガ子爵はなにかを勝手に決めたようだ。

「よろしい！　ならば、我が武勇をこの場に示そうではないか！」

決闘だ——と、ヤソガ子爵は腕を振り上げて叫ぶ。その動きに、顎についた肉が揺れる様が少し滑稽だ。

「とはいえ、俺の相手は並の騎士では務まらぬな。それでは武勇を示すことにならん」

ぎろりと、ヤソガ子爵は私をロックオンする。

「よもや、名高いサキュラ辺境伯家の騎士が、決闘を申しこまれて逃げはすまいな」

犬歯をむき出しにしている笑顔には悪いが、私はその手の野蛮な習慣は持っていない。

「条件によっては尻尾巻いて逃げますよ」

ざっくりした答えに、周囲の地方貴族の何人かが吹き出して笑う。

私をバカにしたというより、会話の温度差が衝撃的だったようだ。

「そ、それでもお前は騎士か！」

立派なプロ騎士ですよ。お給料頂いていますから。

「閣下の領地ではどうか知りませんが、サキュラ辺境伯領における騎士の仕事は、力の誇示でも、名誉の積立でもありません。領民の守護です。魔物が相手であれ盗賊が相手であれ、勝てないとわかったらあらゆる手を使って逃げ、危険を報せることが務めです。不要な危険を冒すことを避けることも、騎士の務めですね」

負けてはいけないのが、サキュラ辺境伯家の騎士だ。どんな手を使ってでも負けない。そして、最後まで粘って絶対に勝つ。

もし、サキュラ辺境伯領の武勇が誉れ高いというならば、必要とあれば剣も鎧《よろい》も、名誉も捨てて逃げきる潔さにその秘訣《ひけつ》があると思う。軍子会で教わるからね、これ。

ヤソガ子爵は、勢いで申しこんだ決闘をすかされて、物凄《ものすご》い形相で歯噛《はが》みしていたが、やがて余裕を取り戻した。赤みが残った顔に、嘲笑を浮かべる。

「ふん！　名高いサキュラ辺境伯家の騎士だと期待していたが、とんだ腰抜けであったな！　かの地の武名も地に落ちたものだ！」

「おや、なぜです？」

問い返すと、ヤソガ子爵の嘲笑が固まる。

「なぜ、だと？　お前が決闘から逃げたからに決まっているだろう！」

「別に決闘を受けないと申し上げた記憶はございませんが？」

なにを言っているんだという顔で睨まれたので、なにを言っているんだという顔で微笑み返す。

「逃げはすまい、とたずねられましたので、条件によっては逃げますとお答えしたまでです。その条件をなにも提示されないうちに、勝手に逃げたとおっしゃられるのはいささか不本意です」

人の話をちゃんと聞きましょうね、いい年なんだから。

私のとぼけた言葉に、周囲の貴族達の忍び笑いが大きくなる。アリシア嬢など顔をそらして肩を震わせている。かすかな呟きによると、久しぶりにアッシュの舌戦を聞くと破壊力がすごい、とのこと。楽しそうでなによりです。

「それで、閣下、決闘はどのようなルールで行われるのですか？　体重の多い方が勝ちといったルールでは、流石に私ではお受けしかねますが……」

脂肪分の体重差が歴然としていますので。

「俺を太っていると言いたいのか！」

「とんでもございません。私はルールの例を挙げただけですよ。以前にそのようなルールの決闘を仕掛けられたことがありましたので、ええ、惨敗してしまいました」

真面目な顔で告げると、周囲の皆さんが笑ってくれる。

こういう席での口喧嘩《くちげんか》というのは、このように婉曲的《えんきよくてき》に行い、周囲の反応で勝敗を決めるものなのだ。開戦を決断する人々の集まりなのだから、直接的すぎると水に流すことができずにすごいことになる。

「武芸の腕を競うに決まっている！　剣だ、剣で勝負だ！」

「一対一ですか？」

「もちろんだ！」

助っ人《すけと》の乱入なしと言質を取った。多分、ヤソガ子爵は勢いで認めたのだと思う。

「剣で、一対一ですか。剣の扱いは苦手なのですが……」

「今度こそ、逃げると言うか!?」

私は眉根を寄せて考えてから、ヤソガ子爵の体つきを観察する。

体つきは分厚く、中々の偉丈夫だ。恐らく、昔はきちんと鍛練を積んでいたのだ。

今はというと、その上から数年分の脂肪がたっぷりと乗せられている。領主になってからさぞいい暮らしをしているのだろう。

そこから想定される戦力は、リスクとしては無視できる範囲と判断する。

「まあ、この条件なら、尻尾を巻いて逃げなくても良いでしょう」

あなたになら勝てます宣言。

これには、周囲の皆さんも大盛り上がりである。ヤソガ子爵も大層な興奮の様子。

「これはこれは、どうしました」

そこに、サキュラ辺境伯を連れて、ダタラ侯爵が顔を出す。

流石にこれだけ騒げば、主催者として確認のために来なければならず、サキュラ辺境伯の名をもってしても止められない。

この乱暴な筋書きを、ダタラ侯爵は考えていたのだろう。

主人の登場に、番犬ヤソガ子爵は尻尾を振るように顔色がよくなる。

「丁度良いところに、ダタラ侯爵殿！　これよりパーティの余興として決闘をお見せしたい！」

「おやおや、若者は元気が良いですな」

「つきましては、このパーティの主催者であり、第三者でもあるダタラ侯爵殿に立会人を務めて頂けないかと」

第三者であるらしい侯爵閣下は、この突然の提案に表情一つ変えず、即座に頷いた。

中央貴族の間では、第三者という単語の意味はどうなっているのか。興味深いですな。

決闘は、室内で行うには野蛮なので、屋敷の中庭へと移動することになった。

そこには、ずいぶんと手早く決闘用の武器が用意されている。細いのから分厚いの、長いのから短いのまで、結構な数がそろっている。

「どうぞ、ご両人、お好きな武器をお選びください」

「はっ、ありがたく、閣下」

ヤソガ子爵は、礼もそこそこに大股で一本の剣まで突撃する。自分の愛用の剣がそこにあるかのような迷いのなさで、ヤソガ子爵の背丈に丁度よさそうな長剣を掴み取る。

「俺はこれで良いぞ！」

この人達は、グルになっていることを隠すつもりがあるのだろうか。

私は苦笑しながら、ヤソガ子爵に比べると細く短い小剣を手に取って選んでいく。

三本ほど確認したところで、どうやらまともな剣はヤソガ子爵の選んだ剣一本だけだということがわかった。残った剣はみな、見た目はなにやら立派そうに造られているが、表面の下に割れが入っている。

金属は、焼き入れと焼き戻しという温度変化で硬くするものなのだが、その加減を失敗すると脆《もろ》くなったり、ヒビ割れたりする。この頃合いは難しく、我が研究室でも旋盤を作る時などに、多くの失敗作を生み出してしまった。

その時の経験が、私に剣の状態を教えてくれる。

「気に入った剣が見つからないのか？」

ヤソガ子爵が、にやにやと頬を緩めて話しかけて来る。

この人、さっきから私の名前を呼ばないが、ひょっとして名前を憶《おぼ》えていないのだろうか。ありえそうだ。

「いえ、どれも宝石のような剣ですので、迷ってしまいまして。先程も言いましたが、私は剣の扱いが得意ではありませんから、壊したらと思うと選びにくいのですよ」

「ふん、中々上手い表現をするではないか。宝石のよう、とは気が利いた言葉だ」

ヤソガ子爵が、口元のひくつきを押さえつつ私の表現を褒めてくれると、ダタラ侯爵も会話に混ざって来た。

「流石はサキュラ辺境伯家の騎士、お目が高い。ここに用意した剣は、我がダタラ侯爵領でも名工として知られる鍛冶師の作なのだ」

この不良品を名工の作とまで言い切って良いのだろうか。

まともに撃ち合えば一合で折れそうだ。ある意味、この見た目でこれだけの不良品を作るインチキ技術はすごい気がするが、無駄な技術すぎる。

ひょっとして、折る側の剣も同じ名工の作だから、技量の差がすごかったとかいう言い訳をするつもりなのかもしれない。

どんな言い訳を用意しているのか、少し楽しみだ。聞く機会はなさそうだが。

「それほどの作品を私が使うのは恐れ多いですが……では、こちらを」

どれも結果は一緒なので、幅も長さも一般的な小剣を選ぶ。軽めの剣で、動きやすさを重視した。

選び終わったのを見て、ダタラ侯爵は他の武器を片づけるよう、使用人に命じる。なにかあって、剣の細工が明るみに出たらまずいですもんね。もっとも、大体の人は一連の流れの不自然さに気づいていると思うけれど。ヤソガ子爵の大根役者ぶりがひどい。

アリシア嬢も察しているのか、少しそわそわしている。その様子に、隣に立つゲントウ氏が、大丈夫だと強い調子で囁いている。

私を信頼して頂けるのはありがたいですが、「あれは殺しても死なないから」とは一体私のことをなんだと思っているのか。

私だって殺されたら死にますからね。実際、前はしっかり殺されたものですよ。

前世らしき記憶は曖昧な部分も多く、どれが本当の死因かあまり思い出せないのだが、最近見る夢が多分死因だと思う。

分子強化されたセラミックブレードが腹に滑りこんで来るあの感覚、夢とは思えぬリアリティだもの。あんな骨董品《こっとうひん》、よく残ってたものですよ。今から見るとオーパーツだけど。

でも、汚染ガスを吸って倒れた夢も結構真に迫るんですよね。肺の機能が壊れていくあの痛みと来たら……。

どっちかが本当の死因で、どっちかは生き残ったのかもしれない。あるいは、物語に影響された、ただの夢の可能性もある。私の想像力はたくましいからね。

どっちの夢でも、「ああ、死ぬ」っていうあの命が抜けていく感覚が再生されちゃうのは、やっぱり私が一度死んでるからなんでしょうねぇ。

うん。やっぱりあれを経験してると、恐いという感覚の基準が狂っちゃいますね。

狂った状態のまま、私はヤソガ子爵と距離を取って向き合う。

「さっき、剣は不得手だと言っていたな」

「ええ、本当です。弓や槍《やり》の方が得意です」

その次は投石や短剣辺りだ。毒や罠《わな》も含めて良いなら、また順番は変わって来る。

「ふん、槍か。育ちのせいかな、長物の扱いの方が慣れているようだな」

「ええ、農家の生まれですからね。人狼と遭遇戦となった時も、その辺りに転がっていたシャベルやピッチフォークで応戦しました。農具の扱いに慣れていてよかったと思いましたね」

ヤソガ子爵精一杯の挑発を軽く流すと、あちらの方が憤慨を表情に出す。こうまで挑発に効果がないと、いっそ申し訳ない気持ちにもなって来る。

けれど、農家の生まれについて恥とは思っていない以上、その辺を突かれても動揺しようがない。別な方法を考えてくれたまえ。

挑発合戦が終わった頃合いを見て、ダタラ侯爵が声を上げる。

「では、これよりヤソガ子爵と、騎士フェネクスの決闘を執り行う。これはダタラ侯爵の名において、公平なものであることを誓う」

その誓い、開始前から破られているのですが。

「両者の健闘と無事を祈る」

私の内心のツッコミは届かず、ダタラ侯爵は開始を合図した。

「ぬおりゃあ!」

ヤソガ子爵は、開始とともに飛び出し、気合十分に大上段からの振り下ろしを放って来る。

いっそ迂闊なほどに思い切りの良い攻撃だが、私の剣が不良品であることを考えると良い選択だろう。体重と加速が乗ったこの一撃なら、まともに剣で受ければ折れるし、受け流してもかなりの確率で壊れそうだ。

というわけで、私は半身になって振り下ろし攻撃を避けることにした。

「ぬう!? やるな、よくぞ見切った！」

それはどうも、と内心で返しておいて、続けざまの斬り上げ、横薙《よこな》ぎ、斜めからの斬り下ろしをひょいひょいかわす。

ヤソガ子爵の剣の腕は、甘く採点してもイマイチだ。下の上くらいかな。

肉付きを見た時から想像できていたが、正直素手でも勝てると思う。だからこそ、この決闘を受けたわけだが、どうしてこんな腕で勝負を挑む気になったのかわからない。

マイカ嬢なら初太刀をかわした瞬間に打ちのめしているし、グレン君なら初太刀ごと斬り伏せているだろう。相手が私だから、ヤソガ子爵も良い運動が続けられる。

当たる見込みのない攻撃を続け、ヤソガ子爵の体力切れが見えて来たところで、攻撃に転じる。

振り下ろしの一撃を避けざまに小剣で軽く叩き、ヤソガ子爵の体勢を崩す。それと同時に、ぶつけた手応えから剣の耐久力を測り直す。

十分に壊せそうだ、と確信して、私は一度バックステップを入れて距離を取る。ヤソガ子爵は、離れた私を見てなぜかほっとした表情をした。息を吐けると思ったのかもしれない。

では、ご期待に応えて休ませて差し上げよう。次の攻防で決着だから、敗北してからたっぷり休むと良い。

一歩目から全力の加速で踏みこむ。一直線の動きしか考えていない速度だ。

慌てて、ヤソガ子爵は自身の剣を防御に構える。その剣に、不良品の剣を思い切り叩きつける。

十分な加速と体重を乗せた、体ごとぶつかるような斬りつけである。

当然、私の剣は砕けた。鍔迫り合いをしていれば、ヤソガ子爵の剣の前に無防備に立つことになっただろう。

剣が不良品と知っていた私は、もちろんそんなことをしていない。疾走の勢いのまま、ヤソガ子爵の横をすり抜けている。

通りすがり、ヤソガ子爵の顔は疲労の中に笑みを浮かべていたが、その視線は私を追っていなかった。折れた剣の破片が飛び散ったため、咄嗟《とっさ》に目をつぶるという致命的な隙を作ってしまっている。

相手の剣が折れた、ということで勝利を確信したのかもしれないが、それは妄信である。

ヤソガ子爵の背後に抜けた私は、ただちに急停止し、折れて短剣ほどになった剣を、その首筋にあてがう。

「降伏して頂けますか、ヤソガ子爵閣下」

私が背後から告げると、ヤソガ子爵の背中がびくりと震えた。慎重に首を動かして、自分の状況を確認すると、信じられないという顔をしていた。

一度、前に身を投げて逃げようとしたが、私が背中側の襟首をがっちり摑んでいるので失敗した。

猟師の心得もある私だ。獲物にトドメを刺すまで、油断するなんて間の抜けたことはしません。

中々本人から降伏の言葉が聞けないので、立会人であるダタラ侯爵に視線を向ける。

「ダタラ侯爵閣下、トドメを刺した方がよろしいですか」

刺して良いなら、あなたの手駒の番犬、片づけますよ。

少しばかりダタラ侯爵は迷ったようだが、首を横に振ると、私の勝利を宣言してくれた。そこで迷うなんて、人情が薄いご主人様である。

私は肩をすくめて、折れた剣を人情が薄いダタラ侯爵に差し出す。

「申し訳ございません。やはり私の剣の腕では、この宝石のような剣を扱うのは無理があったようです」

自画自賛になるが、宝石のような剣という表現は中々上手いと思う。

宝石の多くは、硬度はあっても粘りと表現される柔軟性、靭性《じんせい》が足りない。いくら硬くても、この粘り・靭性がない場合、衝撃に弱くなる。つまりは脆い。

これは武人の蛮勇に使われる武具としては、致命的な欠点だ。

私は最初から、武具としては欠陥品ですね、と揶揄《やゆ》していたのだ。言われた方も喜んでいたのはなによりだ。ガラスのような剣、と言ったら、先方も機嫌を損ねただろう。

しかし、名工の作を折ってしまったことについては、もう少し口添えしておいた方が良いかもしれない。金属加工技術で有名なダタラ侯爵領の商売に、ケチがついてもいけない。

ええ、いくら元々不良品とわかって用意されていたとしても、名工の作は名工の作だ。大いに気を遣って差し上げよう。

「やはり、私が使うのは農具などの方が相応しいかもしれませんね。サキュラ辺境伯領のシャベルやクワなら、このように壊れなかったでしょうから」

ちなみに、名工が作った農具ではない。普通の、うちでは一般的な水準の鍛冶師の作品である。

「こうして他領のものを使ってみると、いかに我が領の農具が丈夫だったかわかりますね。人狼と出くわした時に使ったシャベルやピッチフォークは、人狼の凶悪な爪を何度受けても耐えてくれましたから」

名工の剣は、まともに一度ぶつけただけでこの有様ですからなあ。

「また戦う機会があった時のために、今度からはシャベルを用意しておいた方が良いかもしれませんね、私の場合は」

いやあ、名工の剣でもダメなら、私にはやっぱり剣の才能はないんでしょうねえ。はっはっは。

もちろん、あくまで私の場合ですよ。私という特殊例の場合。ヤソガ子爵相手にほとんど剣も合わせず、怪我も負わずに倒したような、剣の不得手な私を例にした場合の話。

他の人が使えば、ダタラ侯爵領の金属製品はさぞ優れているのでしょうね。本当に才能のない自分が恨めしい。もし、私と同じくらい武芸が不得手な人がいたら、ダタラ侯爵領の武具は買わない方がいいかもしれませんね。

そんな方には、サキュラ辺境伯領の武具なんかはいかがでしょう。農具でだって人狼と渡り合える程度に使いやすいですよ。繊細で扱いの難しい、どこかの剣とは違って、武骨ですから。

ダタラ侯爵領とサキュラ辺境伯領の金属加工技術の差について、私は今の実例を基に、周囲の人間に和やかに話して回る。

気配り上手の私に、再び私のそばに来たアリシア嬢が囁く。

「ここぞとばかりに、相手の力を削《そ》ぐつもり？」

「名工の作を折ってしまいましたので、フォローのつもりですよ？」

全然関係ない話ですが、戦争における戦果の多くは、追撃戦で得られるという。

追撃戦とは、実質は決戦に勝利した後、敗軍の撤退・敗走につけこんで行われる、おまけの戦闘行動と言って良い。いえ、全く関係ない、雑学的は話ですけどね。

私がアリシア嬢に微笑むと、彼女も小悪魔チックな微笑みを浮かべる。

「やっぱり、君がいると飽きないね。楽しくて、嬉しいよ、不死鳥さん」

あなたのその顔を拝見できて、私も大変嬉しいです。


決闘騒ぎも一段落して、めいめいパーティを楽しむために散っていく。サキュラ派の貴族達だけ。

ダタラ派は一所にこじんまりと集まって、静かに意気消沈しているので、サキュラ派がのんびりと楽しめるのだ。

まあ、あれだけ派手に吹聴《ふいちょう》しておいて負けたら、もうパーティどころではない。面子《メンツ》丸つぶれで早く帰りたいくらいだと思うが、残念ながら首魁《しゅかい》のダタラ侯爵が主催者なので、帰るわけにもいかないようだ。若干一名お家がここですしね。

私はといえば、初めて会う人ばかりで、しかも派手なパフォーマンスをした直後ということもあり、数多《あまた》の挨拶を受けて頭がパンクしそうになっている。

幸い、楽しそうなアリシア嬢が隣にいてくれるので、皆さん遠慮して、ごく簡単な自己紹介と、後日機会があれば改めて、という型通りのやり取りで済ませてくれた。

どこぞの子爵とは違い、実に礼儀正しい皆さんだ。

「フェネクス卿、大人気ですわね」

おおよその挨拶が済んだところで、ネプトン駐留官のライノ女史がやって来る。

「ごめんなさいね、大勢を相手にして疲れているとは思ったのだけれど、わたしもお話ししたくて」

すまなそうに微笑んでから、ライノ女史はアリシア嬢にさらに丁寧に詫びる。

「殿下、貴重なお時間をお邪魔する無粋、心よりお詫び申し上げます」

「構いませんわ、不死鳥さんを独り占めできるとは思ってはいなかったもの。遠慮なさらないで、ライノ駐留官」

「殿下の寛容さに感謝いたします」

では手短に、とライノ女史が私に微笑む。

「さっきの決闘は見事でしたわ。流石はサキュラ辺境伯家の騎士と、再認識させて頂きましたわ」

「ありがとうございます」

でも、あれくらいなら、私の同期の半分くらいが勝てますよ。剣の仕込がなければ大半になる。

「ふふ、難敵でもなかった、っていう顔をしているわね。頼もしいわ。でも、ヤソガ子爵は、前回の王杯大会の上位入賞者なのです」

「そうなのですか？　前回というと、五年前ですよね」

「ええ、ヤソガ子爵は中々の使い手でしたわ。まあ、その頃は今と比べるとずっとスマートな体型でしたけれど」

「あ、なるほど」

全盛期は強かった、ということか。五年前というと、ヤソガ子爵を継いだ直後くらいの時期のはずだ。恐らく、領主になってふんぞり返る前は、真面目に稽古をしていたのだろう。

「それでは、今回の結果はあまりあてにはなりませんね」

「そうかもしれないけれど、今回みたいな決闘で、何度も勝っている相手ですわ」

今回のような決闘では、ますますあてにならない。どんなインチキをしていたかわかったものではない。

「この調子なら、王杯大会も期待できますわね。楽しみにしていますわ、フェネクス卿」

私が参加すると信じている顔で、ライノ女史がぐっと拳を握って見せる。理知的な美女のおどけた姿が可愛い。

「ええ、ぜひご期待ください。きっと、面白いものをお見せできると思います」

「まあ、フェネクス卿も意外と強気ですわね」

そりゃあ強気にもなりますよ。武芸王杯大会に参加するのは、私より強い人なんだから。

後日、ライノ女史がどんな反応をするか楽しみだ。私の笑みの成分を知らず、ライノ女史は、笑顔で暇乞《いとまご》いをして去っていった。

見送った後、アリシア嬢もくすくすと口元を押さえて笑う。

「ライノ駐留官、すっかり君が出ると思いこんでいるみたいね。他の人も、皆そうみたい」

「そういうアリシア殿下は、誰が出るかご存じのようですね」

「ええ、本人から聞いたわ」

頷いたアリシア嬢の目が、私を見つめる。なにかを言いたげな目つきだった。

「アリシア殿下？」

「ううん、なんでも」

私が水を向けると、アリシア嬢はすぐに首を振って平気な顔をする。

昔から変わらない。我慢強すぎる人だ。

「私にまで、言いたいことを我慢しなくて良いのですよ」

「ありがとう。でも、これはね、君にだからこそ言えないんだよ」

そう言われて、私はどんな顔をしたのだろう。自分自身としては、残念そうな顔をしたと思う。

「そんな顔しないで。いつか、言える時が来るよう、がんばるから」

そう告げるアリシア嬢の表情は、意外なほどに明るかった。

どうやら、悪いことではないようだ。そのことに少しほっとしながら、それでも心配してしまう。

「では、その時を楽しみにしています。本当に、楽しみにしていますからね？　がんばって頂かないと、私の楽しみが残念なことになってしまいますからね」

「ふふ、そんなに？」

しつこいくらいにねだる私に、アリシア嬢はくすくすと笑って、目元に涙を滲ませる。

「わかった。なら、宣言するね。わたし、いつか絶対に、言うから」

秘密の宣言に、誓いの言葉を続けるように、彼女は唇の動きだけで私の名前を呼んだ。

内緒の呼びかけに、アリシア嬢は恥ずかしそうに顔をそらしたが、すぐに表情を整えて振り向く。

「ふふ、こんな楽しいパーティは久しぶりだわ、不死鳥さん」

「それはとても光栄です」

私の紳士レベルも中々のものになったようだ。そろそろ上級紳士かなにかにランクアップできるかもしれない。

「そろそろダンスタイムだわ。今日の記念に、踊ってくださる？」

「喜んで、アリシア殿下」

差し出された手を、恭しく取って、フロアの中央へと歩み出る。

ものすごく目立っているのだが、相手が王女殿下では仕方ない。私だって見る立場だったら注目する。

だが、紳士としても、個人的にも、アリシア嬢が希望するなら断る選択肢はない。

私と彼女の関係は、そういうものだと、二年前に定まっている。

曲が始まり、一歩目のステップを踏む直前、アリシア嬢が今日何度目かわからない笑い声を漏らした。

「どうしました？　ダンスに自信はありませんが、いきなりエスコートから間違っているなんてことは、ないですよね？」

「ううん、間違っていないわ。とってもスマートだった」

アリシア嬢の言葉に、背中に一瞬浮かんだ冷や汗が引っこんでいく。

「ただ、君と、こうして踊るなんて……初めて会った時は思いもしなかったから」

「ああ」

初めて会った時、アリシア嬢はアーサーとして男装していた。

軍子会でのダンスレッスンでも、アリシア嬢は男役としてステップを踏んでいたものだ。

「君といると本当に楽しいね。私の、不死鳥さん」

笑顔で始まった二人のダンスで、彼女は甘えるように、私のステップに寄り添った。

　武芸王杯大会の会場は、王城から少し離れた立地にある元城砦《じょうさい》となっていた。

　今よりも魔物の数が多かった王国創立期、この会場の原型であった城砦をもって民を守り、繁栄の礎を築いたのが、現王家の始祖とされている。この国の起こりの場所という、由緒正しき遺構だ。建国王の偉業を讃《たた》え、その過酷な時代の苦難を後世に知らしめるべく、城砦の原型をできるだけ残している、そうだ。

　武芸大会の会場用に、貴族用の貴賓席が防御塔や城壁をぶち抜いて並べられている姿からは、平和な時代の無邪気さしか感じ取れない。当時の建国王が見たら激怒しそうなくらい、戦争用としては役に立たなくなっている。観客としては、中庭の会場がよく見えることは否定しないけれど。

　私は、サキュラ辺境伯家にあてがわれている、かなり上位の席にご一緒させて頂いている。やや距離はあるが、上から見下ろせる高台にあり、スペースが十分に取られていてゆったりくつろげる。

　これが下位席になると、隣の人と肘がぶつかるほどびっちり埋められた席や、立ち見となる。だが、会場に近いのはこの下位席だったりするので、中には名のある貴族も、わざわざ立ち見で盛り上がる趣味人もいるそうだ。

　もっとも、貴族用の上位席がゆったりしているのは、お偉い人達にとっては当たり前のごとく、この機会とばかりに挨拶回りやお仕事のお話が持ちこまれるためでもある。ダンスパーティ同様、社交の場なのである。

その挨拶回りにやって来たネプトン駐留官、ライノ女史が、私を見て目を剝《む》いた。

「えっ!? フェネクス卿《きょう》じゃない!? ど、どうして観客席にいるの!? 次の試合、サキュラ辺境伯家代表だって聞いて挨拶に来たのよ!?」

「どうしてもなにも、私は参加者ではありませんから、ここにいても不思議ではないと思いますが？」

出るなんて一言も言っていません。勘違いを指摘しなかったことは認める。

参加者が誰か、当日まで伏せていることは珍しくない。

王杯大会の参加者は、各貴族に与えられている推薦枠で決められている。その貴族が、自分が持っている枠に推薦すれば参加できるので、「～家代表」という以外、参加申請に必要な情報はない。

試合の組み合わせも、個人名ではなく、推薦者名で行われるので、はっきりと参加者の氏名が観衆に知られるのは、試合開始直前も直前、入場の紹介時だけだったりする。

「で、では、サキュラ辺境伯家の代表は、一体どなたですの……？」

「そういえば、お約束していましたね。面白いものをお見せできると思います、と」

ライノ駐留官に直接は答えず、私は会場に目を向ける。

対戦相手の名前が呼ばれたので、私が答えなくともすぐにわかる。私の意図することが伝わったのか、ライノ駐留官は唾を飲んで会場に視線を送る。

試合場では、先に紹介されて入場した選手、本大会の一般的な試合の格好をした男が試合開始位置まで進み出ている。革を金属で補強した鎧《よろい》で全身を覆い、手には兜《かぶと》も持っている。

そして——

「サキュラ辺境伯家代表！　マイカ・アマノベ・サキュラ！」

紹介の言葉に、会場の観衆は、一瞬呆然《ぼうぜん》としたようだった。

名前が、女性のそれだ。

それ自体が、とても珍しい。

だが、前例がないわけでもないし、何回か王杯大会を見ている年かさの観客は、目にしたこともあるはずだ。女性の参加者というそれだけでは、驚いた観客達《たち》は、すぐに声援を返せただろう。

一瞬が長引いたのは、サキュラ辺境伯家の代表者が、サキュラの姓を持っていたためだ。

声援が戻りきらない。困惑のざわめきが広がる会場に、サキュラの姓を引っ提げた少女は、主役のように入場した。

静かな歩みにあわせて髪をなびかせ、表情は戦いに臨むとは思えない穏やかな微笑《ほほえ》みだ。防具はいずれも革のみで、胸当てと手甲、脛《すね》当てのみと実に涼しげな軽装である。兜も持っていない。

そして、観客にとって他のなにより重要なことに、その少女は、非常に可憐《かれん》であった。

本当にあんな可愛《かわい》い少女が戦うのか。観客達はそう思ったに違いない。

一心に注目される中、少女が試合開始位置で対戦相手に向き合った時に、観客達は確信した。

本当にあんな可愛い少女が戦うのだ。

引いていた歓声が、一気に押し寄せて来る。

「フェ、フェネクス卿！　あの子、あの子……!?」

ライノ駐留官は絶賛大混乱である。私の肩をがたがた揺すって来る。

「お聞きの通り、マイカ・アマノベ・サキュラさんです。現サキュラ辺境伯閣下の――」

私が視線を向けると、サキュラ辺境伯閣下は、その嫡男と一緒にマイカ嬢に戦場で鳴らしたよく通る声で声援を送っている。

親戚の娘を応援に来たおじいちゃんとおじさんにしか見えないが、あれが辺境伯家なんですよね。

「ええ、お孫様にあたります」

「な、なん、です、って！」

色んな意味で驚愕《きょうがく》だろう。

そんな血筋の人物が王都入りしていたのに社交に一切出て来なかったことから、そんな血筋の人物がこれから死人も出る試合に出ることまで、結構なドッキリ案件である。

でも、本当のドッキリ案件は試合開始後に待っていると、私は予想する。

「さあ、ライノ駐留官、ここから面白いですよ」

試合場では、向き合った両者が一礼して刃引きされた剣を抜く。

遠目から見ても、対戦相手は構え方に気持ちが入っていない。マイカ嬢がまだ若い女性であることに、根拠のない油断をしているようだ。

「勝負は一瞬で決まりそうですね、見逃さないように気をつけてください」

「え？　え？」

いいから、静かにして、よそ見しないの。

審判が、開始を合図した。

対戦相手は、剣を中段に構えた状態から、半歩踏みこんで軽く剣を振る。どうやらマイカ嬢の剣を軽く叩《たた》くのが狙いのようだ。

武器破壊にしては弱すぎるし、武器を打ち払うにしても弱すぎる。意図不明の初手である。

ひょっとしたら、マイカ嬢のなにかに配慮したつもりなのかもしれない。

ご愁傷様である。

打ちこんだ相手は、不思議そうな顔をした。剣を打ったつもりが、手応えがなかったのである。

それどころか、いつの間にか、目の前から少女が消えている。

そんな様子で、男は自分の剣と、さっきまでマイカ嬢が立っていた空間を交互に見ている。

時間にして、およそ二秒。対戦相手は、背後から首元に突きつけられている刃を認識するまで、それだけの時間を要した。

刃引きした剣とはいえ、その切っ先は重く冷たい。そんな代物を、首周りの鎧と兜の隙間にきっちり差しこんでいる少女は、全く平静な声で尋ねた。

「続けますか」

「い、いや……参った」

降伏の宣言を受けて、マイカ嬢は鳥が舞うように剣を鞘《さや》に納める。

あまりの早業に、会場中が入場時以上に呆気《あっけ》に取られていたが、マイカ嬢は気にすることなく、片手を掲げて己の勝利を示す。

そのアピール先は、他の観客と違って普通に——中身は普通ではなく熱狂的なのだが——声援を送る祖父と叔父がいる、私達の方向である。私も控え目ながら拍手をして頷《うなず》きを返しておく。

すると、静まり返った会場の中で、いくつかの呟《つぶや》きが広がった。

「〝首狩り〟……」「〝首狩り〟だ」「忘れるものか、あれこそ〝首狩り〟だ」

呟きは、枯れ野に落ちた火のように、瞬く間に会場中を席巻《せっけん》する。それは、私のすぐ隣にも。

「〝首狩り〟？　フェネクス卿、あれが、伝説の〝首狩り〟なの？」

「伝説かどうかは知りませんが……私とマイカさんの剣の師は、確かにあれを〝首狩り〟と呼んでいましたよ」

クライン村長のことである。

〝首狩り〟と言っても、別に首を狙った即死攻撃というわけではない。というより、我らが師匠は、攻撃用の技法を指して首狩りとは言わなかった。

では、首狩りとはなんぞやと言うと、相手の攻撃をかわすことである。

今世の武術理論では、攻撃を一度さばいて体勢を崩し、反撃に転じる流れが一つの極意とされている。後手有利の理論である。

首狩りは、いわばその理論から出て来たもので、相手の攻撃をかわし、その隙に自分が安全に攻撃できる立ち位置まで移動する、回避技だ。

元々技などではなく、普通に戦っていたら〝首狩り〟と呼ばれるようになったとご本人が言っていた。あんまり周囲がそう呼ぶので、クライン村長もそう呼ぶようにしているが、当人は変な名前だと思っているそうだ。

それもそうだろう。首狩りなんて物騒な名前なのに、本来は攻撃ですらないのだから。強いて言えば、反撃技とならば呼べる程度だ。

クライン村長は、相手の攻撃をかわして背後に回りこみ、首筋に剣を突きつけて降参させていたのは確かだと言っていた。丁度、今のマイカ嬢と同じような勝ち方だ。

だから、クライン村長が優勝した時のことを覚えていた観客が、〝首狩り〟を思い出したのだろう。

「あなたも、あの子も、首狩りクライン卿に剣を教わったというの？　それなら、確かにあの腕前も……」

「マイカさんと比べると、私は不肖の弟子といったところですけれどね」

私は、あそこまで相手の視界から消えることはできない。見切りは良いと褒められているのだけれど。

「そう、伝説の首狩りクライン卿の……。うん？　ちょっと待って？」

ライノ駐留官が、なにかを思い出したように考えこむ。

「首狩りクライン卿が優勝した時、確かサキュラ辺境伯家のご令嬢との婚姻を希望したはずよね。当時の王国中の恋人達の憧れになった超有名な恋愛話」

「そうらしいですね。ご本人はそれが恥ずかしいのか、教えてくださいませんでしたが」

「で、さっきのマイカ様は、辺境伯閣下のお孫様で良いのよね？」

「ええ、そうです」

二つの確認を済ませてから、ライノ駐留官は、じっくりと時間をかけて情報を整理して、最後の確認を私に向けた。

「ひょっとして、ひょっとするとだけど……マイカ様は、クライン卿のご息女だったりするのかしら？」

「そうですよ、一人娘です」

そんなに考えこまなくてもわかると思う。

だと言うのに、ライノ駐留官は驚愕の事実を掘り当てたように、頰を上気させて甲高い歓声をあげる。

「すごい！　まさか伝説の恋人達のご息女をこの目にできるなんて！　どんな方かぜひ知りたいわ！　遠目からだと漠然と可愛らしいことしかわからないけど、やっぱりお綺麗《きれい》なのかしら？　それに、どうしてマイカ様は大会に出場したのかしら！」

恋バナを摂取した時の女子力はすごい。

詰め寄って来る猛獣のような美女を持て余す私に、ゲントウ氏が助けに来てくれた。

「ライノ駐留官」

「あっ、こ、これは閣下、失礼いたしました。少々興奮してしまったようですわ」

目上の登場に、ライノ駐留官は燃え盛っていた好奇心を慌てて鎮火させる。ゲントウ氏は、それに満足そうに頷く。

「いや、結構。ところで、私は先日、そこのフェネクス卿への縁談話は、この大会が終わってからにした方が良いとお伝えしましたな」

「え、ええ、確かにそうお聞きしましたわ」

「あれは別に方便ではなく、その通りの意味でしてな。大会の結果いかんによっては、フェネクス卿を他の者が奪うことはできなくなってしまうのだ」

「……すると、それは、まさか？」

「フェネクス卿は罪な男だと思いませんか？　我が家の継承権も持つ才女に、あそこまでさせているのですから」

にやにやと笑うゲントウ氏の言葉に、ライノ駐留官は首の構造が変質したような勢いで振り向く。

「これはっ、予想外の展開だわ！　まさかフェネクス卿が申しこまれる方なんて……でも、ありだわ！　ますます面白くなって来た！　首狩りクライン卿のご息女は、やはり情熱的な方ということかしら！　血筋ね！」

伝説の首狩りクライン卿が、自分でこの話をしない理由が、私にも実感として理解できて参りました。

ゲントウ氏は、私の逃げ道をどんどんふさごうと布石をしているのだろうが、ライノ駐留官は純粋に楽しんでいる。まあ、確かに物語になりそうな展開だとは、私も思う。

しかし、意外とネタにされる方は複雑な気持ちになるものですね。恥ずかしいというか、くすぐったいというか、そっとして欲しいというか。

私とマイカ嬢の馴《な》れ初《そ》めや、お互いどう思っているかについて、あれこれ聞き取りを始めるライノ駐留官。

困っている私を助けてくれたのは、意外なことにルスス氏だった。ここでお会いするとは思わなかった人物だ。

「フェネクス卿！　本当に観客席におられたか」

「ルススさん、どうかしました？」

「うむ、実は相談があるのだ」

なんでも、ルスス氏はこの大会中、負傷者の手当てのために駆り出された医療チームの一人であるらしい。

殺傷を目的としないとはいえ、死者が出ることとも織りこみ済みという過酷な大会である。医療担当の出番は多い。医療知識のある人手はいくらあっても良い。

ルスス氏は、フェネクス教育院で会った時にも、私に手伝いを頼みたかったそうだ。しかし、この時期にやって来たということは、大会出場者なのだろうということで言い出せなかった。

ところが、蓋を開けてみれば、サキュラ辺境伯家の代表者は私ではない。ひょっとしたら手が空いているのではないか。そう思って、貴賓席まで駆けこんでみたとのこと。

「観戦の邪魔をして心苦しいのだが、フェネクス卿、負傷者の治療を手伝って頂けないだろうか」

「もちろん、構いませんよ。応急手当程度なら、私でもお役に立てるでしょう」

私の快諾に、ルスス氏は荒天の切れ目を見つけた顔で、謙遜されるな、と笑い返す。

「フェネクス卿の助力を得られるなら、百人の人手に勝る」

流石《さすが》にそれは大袈裟《おおげさ》である。私は苦笑しながら、ご主君の方に向き直る。

「そういうわけでして、閣下、よろしいでしょうか」

「お前を相手にダメとは言えまい。だが、マイカがへそを曲げても知らんぞ?」

「彼女の試合は、なるべく見に参りますよ」

他の試合を見るに、マイカ嬢の試合はあまり長引かないだろうから、それくらいの時間は取れるだろう。そう伝えると、ライノ駐留官が感動の眼差《まなざ》しを向けて来る。

「すごい信頼なのね」

「マイカさんの剣を一番知っているのは、私ですから」

朝夕の稽古は、平時ならば今でも継続中なのです。


ルスス氏に連れられて行った治療室では、簡易ベッドが並べられ、数名の医療従事者がそれぞれの仕事にかかっていた。

ここは比較的軽傷の者が運ばれる場所で、重傷者は別途個室に運びこまれる仕組みだと、ルスス氏が説明してくれた。

早速、敗者らしき若者が運ばれて来たので、ルスス氏と頷き合って診察する。

どうやら右脇腹を、防具の上から剣で打たれたようだ。青黒くはれているのが痛々しい。

「呼吸をする時、痛みはありますか。ない？　なるほど。少し触りますので、痛みの具合を伝えてください」

普段よりも柔らかい口調で、ルスス氏が問診と触診を行う。そばでそれを聞きながら、どうやら肋骨《ろっこつ》が折れている心配はなさそうだと判断する。

すると処置としては、痛み止めに貼れと熱を取るための薬になるだろう。

ルスス氏の医療道具の中からそれらを取り出しておくと、診断を終えたルスス氏が頼もしそうに頷いて感謝を示してくれる。

ルスス氏が胴体に包帯を巻いていると、次の患者がやって来る。中々忙しいようだ。

というより、他の医療従事者が遅いのかもしれない。傷薬を塗るだけの怪我《けが》に一体どれくらい時間をかけているのだろう。

仕方ないので、私が患者のところへうかがう。

「左足を引きずられているようですが、どうなさいました」

「うむ？　卿も医者なのか？　見たところご同輩とお見受けするが……」

私の騎士服を見て、その患者は首を傾《かし》げる。確かに、医療現場の人間には不似合いな格好だ。

「今日はルスス医師のお手伝いですね。少し時間がかかりそうですので、ひとまず簡単な問診をさせて頂こうかと」

「ふむ……まあ、同じ騎士なら、外傷にも慣れているか」

なにやら納得して、相手はズボンの裾をまくって、左足首を見せる。

「少しひねったようでな。ひどく痛むと言うわけではないのだが、次の試合のこともある。診てもらいたいのだ」

「なるほど。そちらのベッドにおかけください。どの程度のものか確認しますね」

足首を取って、ゆっくりと回して痛みの具合をたずねる。

「うん、軽い捻挫ですね。大事ないです。とはいえ、この後も試合となると、悪化するのは避けられませんね」

「そうなのだ。無論、まだまだ勝ち上がるつもりなので、万全を期したいのだが、どうだ？」

休むのが一番良いのは間違いないが、そうもいかないという事情は察せられる。

多分、治療を受けなくても次の試合に出るつもりだろうから、できるだけ良い状態で送り出すしかないだろう。

「そうですね。怪我を押してでも戦い続けるとおっしゃるなら……多少、マシにする程度ですが」

湿布薬草の上から、包帯をきつめに巻くことを提案する。足首の動きがある程度固定されるが、悪化する速度を緩やかにする効果が見込める。

「どの程度、足首は固定されるだろうか？」

「そうですね……一度巻いてみた方が早いでしょう。なるべくきつく、がっちり巻いた方が効果的なのですが、ご希望に合わせて緩めましょう」

最初にガチガチに巻いたら、流石にこれではまずいと顔をしかめられてしまった。

そうですよね、と頷いて、少し緩めに巻く。

「むう、やはりきついが……確かに痛みが楽になったようだ」

「結果的に、包帯が足首にかかる負担を肩代わりしてくれますからね。ご不満はおありでしょうが、そんなところでいかがですか？」

「そうだな。怪我をした以上、多くを望むのは贅沢《ぜいたく》だ。できる範囲で戦うより仕方ない。その点――」

何度か左足首の状態を確かめて、男は気合を入れ直した顔で頷く。

「これならば十分に戦える。治療に感謝する」

「お力になれたのならなによりです。痛みがひどくなるようでしたら、またご相談ください」

「うむ、そうさせて頂こう」

男は、なるべく左足に負担をかけないようにしながら立ち去ろうとして、はたと立ち止まった。

「おう、失礼をした。某《それがし》はネプトン男爵家に仕える騎士、セウス・アルゴスと申す。卿の名も頂戴できるだろうか」

ネプトン男爵家の方だったらしい。ライノ駐留官もそうだが、中々気の良い人が多いところのようだ。

「ご丁寧にありがとうございます。私はサキュラ辺境伯家の騎士、アッシュ・ジョルジュ・フェネクスと申します」

「フェネクス卿？……ライノ殿が話していた名のように思うのだが」

「恐らく、私のことかと。先程も、観客席の方でお声をかけて頂きましたよ」

「ほう！　ライノ殿がずいぶんと卿を評価しておいでであったゆえ、一度お目にかかれればと思っていたが……」

アルゴス卿は、左足に一度目を落として、頭をかいて笑う。

「よもや、試合場ではなく、治療室でお目にかかるとは思わなんだ」

「どうもライノ駐留官は、私が参加者だと勘違いをしていたようですね。サキュラ辺境伯家からは、私より強い方が参加していますよ」

「それは楽しみだ。では、改めて失礼する」

はっきりした物言いに、きびきびとした動作、爽快な武人気質《かたぎ》といった風情のアルゴス卿は、頭を下げて足早に去っていく。

それを見送ってから、私は次の患者に目を向けた。


大会初日、最も試合数が多い一日が過ぎて、治療室も店じまいという時間になる。

幸い、今日は死者が出なかった。一番大きな怪我で腕の骨折、それも比較的軽い骨折だ。本人はものすごく痛そうだったが、命には関わらないものと思われる。

これが、折れた骨が皮膚を突き破って体外に飛び出す、いわゆる開放骨折であった場合、今世の医療技術ではかなり致命的だった。折れた骨がいくつもの破片に分かれる粉砕骨折の場合も、完治は無理と思われる。骨折の中でも一番対処しやすいものであったことに、治療室一同は、ほっとした空気を共有したものだ。

さて、そんな一日を終えて、今日一日で同僚として連帯感を高めた皆さんは帰り支度をしている。

だが、待って欲しい。治療室は、一日の活動で大分汚れている。砂埃《すなぼこり》にまみれたシーツから、血まみれのシーツまで、非常に不衛生だ。

「この治療室は……どなたが清掃されるのです？」

大変な苦労になるので、なにか労《ねぎら》いの品が必要だなと思っていると、ルスス氏が隣で眉を寄せる。

続いた彼の言葉は、泥の塊のように苦々しかった。

「明日もこのままなのだよ、フェネクス卿」

「なんですって？」

私の中で、なにかがガラガラと音を立てた。

多分、容赦とか自重とかそういった類の理性構造物の崩壊音だったと思う。中から現れたのは、情け容赦を知らぬ戦争機械だ。

「こんな不衛生な状況で、明日も治療をするのですか？」

「我々も毎年対応を願い出ているのだが、大会運営側は、そこまで手が回らないそうだ」

ルスス氏の渋面に、他の方々も疲れた顔にやるせなさそうな色を浮かべる。

刃引きしてあるとはいえ、今日は結構な数の裂傷患者が出た。当然、明日も出るだろう。その傷口から黴菌《ばいきん》が入ればどうなるか。知らぬ医療従事者達ではない。

今世の医療技術は未熟だが、古代文明の持ちこみ分があるので、衛生観念はある。

あるにもかかわらず、それを無視させせられるのだ。

許せん――私は当然のごとく激怒した。

これは連綿と受け継がれて来た知識に対する反逆であると同時に、医療従事者の良心と道徳を踏みにじる大虐殺である。アッシュ帝国最高裁判所は、このおぞましい悪行に大逆罪を適用した。

大逆罪に執行される刑罰は死刑ただ一つだ。

「よろしい。ならば、清掃です」

私の力強い宣言に、皆さんは困った表情を浮かべる。

今日一日の治療で疲れきった彼等《かれら》に、そんな余力はないのだろう。大会は明日も明後日《あさって》も続き、怪我人は尽きることがないので、威勢よく応じられないのも仕方ない。

だが、私のことをある程度知っているルスス氏は、期待するように尋ねて来る。

「なにか名案があるのか、フェネクス卿」

ルスス氏のご期待通り、無闇やたらに根性論を振り回して徹夜をするのは私の趣味ではない。

「要は人手があれば良いのでしょう。協力者を募って助けを得られれば解決します。ひとまずは――その前に、この大会の運営とは、一体どちら様ですっけ?」

先にそちらに話を通さなければ、協力者を得られても、お掃除に入れない可能性がある。

私の問いかけに、誰かが、王家だと応えた。言われてみれば、王杯大会なのだから、国王主催に決まっている。つまり、王族に打診すれば解決できるということだ。

なんだ、話は簡単ではないか。

「ちょっとアリシア王女殿下に話してみます。皆さんはゆっくりお休みして、明日の治療に備えてくださいね」

コネがあるって素晴らしい。私は早速、サキュラ辺境伯閣下のところへと駆け出した。

翌朝、治療室は完全に綺麗な状態に整えられていた。

完全である。

それは昨日の使用後はもちろん、使用前よりも綺麗という意味を持つ。

床に落ちていた砂や血の跡は一つもなく、使い続けられて来た歴史を、古臭さではなく、趣として誇示しているようでもある。がたつきのあったベッドの骨組みもしっかりと補強されているし、真っ白なシーツに至っては昨日ここにあったものより明らかに上等なものに変わっている。

あまりの完全さに、大会初日、使用前の治療室を見ていたルスス氏は、他の医療従事者と共に、ドアの入口で硬直していた。

仮眠を取っていたため遅れて到着した私は、皆さんの背中を押すのが最初の仕事になった。

「さあ、皆さん、今日も一日がんばりましょう」

治療に参加することがわかっていたので、今日は私も白衣を持参している。

重傷な患者さんが少ないことを祈りつつ、精一杯治療に当たりましょうね。

そんなやる気満々の私に、ルスス氏が詰め寄って来る。

「フェネクス卿！　一体これは、なにをすれば一夜でこんなことまでできたのだ！」

「昨日、別れ際にお伝えした通り、アリシア王女殿下にお話ししただけですよ」

この劇的な模様替えの総指揮官は、アリシア嬢である。

ゲントウ氏にお願いしてアリシア嬢に治療室の現状を報告したところ、サキュラ辺境伯家のお屋敷まで、王女殿下直属の侍女や召使が一個小隊ほど輸送馬車つきで派遣されて来た。

代表の侍女は、よく訓練されているらしい一団を整列させて、私に言った。

「アリシア王女殿下より、フェネクス卿の指示に従い、武芸王杯大会治療室の清掃を行うよう命を受けました。アミンと申します」

領都で畜糞《ちくふん》堆肥の研究をした時に、アリシア嬢は衛生がどれほど大事であるかの報告書をまとめていた。だから、治療室がどんな状況かを報告しただけで、直ちに必要な行動ができると思った。信じていた通りである。そして、信頼以上でもある。

よもや、人手まで融通してもらえるとは思わなかった。人手は、サキュラ派の貴族の屋敷から引き抜こうと思っていたので、これは手間が省けた。

頼もしい総指揮官から現場指揮を任された私は、早速王女直属の一団を引き連れて、治療室へ強襲をかけた。

治療室の中のベッドなどを一度全て外へ運び出して、徹底的に清掃。シーツは、王女殿下愛用の不死鳥印の石鹸《せっけん》を使って、洗濯部隊が洗浄する。

ここで、輸送馬車の中身が運び出された。いくつものシーツである。

シーツを洗っても、乾くまでは使えない。当然のことである。

それを見越して、アリシア王女殿下は自身の周囲からシーツをかき集めて、馬車に詰めこんでおいてくれたのだ。

「流石、抜かりがありませんね」

私はありがたく、王族も使っている最高級品を含む多数のシーツを、粗末な簡易ベッドに使わせて頂いた。

また、侍女や召使の方達も、実に有能であった。

簡易ベッドを運び出した際、がたつくことに気づいた召使の一人が、口をへの字にして進言して来た。感情表現がストレートな召使さんだ。

「フェネクス卿、私の実家の者を呼んでもよろしいでしょうか」

「どうしました？　作業に問題が？」

いえ、と召使さんは作業が順調であることを認めた。

その上で、向こう気の強い眼差しで、はっきりと不満を訴える。

「この部屋は、王国中から選ばれた戦士様が、力の限り戦った末の傷を癒す場所と聞いております。であるにもかかわらず、この今にも崩れそうなベッド！　名誉の傷を負った方々に相応《ふさわ》しいとは思えません！」

なるほど、と私は頷く。言っていることはもっともである。

私も初めこの治療室に来た時は、会場の立派さからすると、ずいぶんと手抜きだと感じたものだ。

「ご意見はよくわかりました。ちなみに、貴方《あなた》のご実家というのは？」

「小さいながら、木工製品を扱っております」

どうやら召使さんの実家は、職人の家系であるらしい。彼女の頑固そうな部分は、きっと職人気質の人間が周囲にいたためだろう。

「そういうことであれば、お願いできますか？　失礼でなければ、費用に関しては私の方へご連絡を」

「はい！　すぐに実家の者を連れてきます！」

敬礼せんばかりの勢いで召使さんは一礼し、猛然と駆け出す。

すると、入れ替わるように侍女の方がすすっと近寄って来る。

「費用については、アリシア殿下とサキュラ辺境伯閣下の間でご相談させて頂ければと存じます」

あ、そうか。王女様が動いているのだから、勝手に現場であれこれ決めるとまずいこともあるのだろう。

「失礼をしたようですね。助かりました、よろしくお取り計らい頂けますか？」

「はい、ご信頼頂き、ありがとうございます」

必要なことを確認すると、またすすっと下がっていく。

そうしている間にも、治療室の衛生状況はみるみる改善されていく。

急造チームだろうに、上手《うま》く連携が取れている。恐らく、この清掃団を作る際に、必要とされる能力を持つ人材をきちんと選んでいたのだろう。

掃除洗濯が得意な者から、力仕事が得意な者、作業全体の監督役に、現場で急きょ発案された内容を管理できる者。複数の能力が綺麗に組み合わさっている。

「素晴らしい。アリシア殿下は、日頃から皆さんのことをよく把握しているのでしょうね」

成長した彼女の能力に感心すると、代表の侍女が真面目な表情の中に、かすかに笑みを覗《のぞ》かせた。

「はい。僭越《せんえつ》ではございますが、わたくしどもにとって、自慢の王女殿下であらせられます」

家臣からの好意も勝ち得ているようだ。

だから、急にこんな命令を出されても、皆さんなんの戸惑いもなく動けるに違いない。

全清掃作業が終了したのは、夜明け前。大会二日目も、終了後に同様の作業を行うことを確認すると、王女直属清掃団は撤収していった。

「ということですので、皆さんはなにもお気になさらず、今日もお仕事に集中してください。ああ、汚れがひどいシーツは、替えがあちらに置かれていますので、遠慮なく交換してください」

「おぉ……何度上申しても叶《かな》わなかったことが、わずか一日で……」

「アリシア王女殿下は、衛生や医療知識も豊富なお方ですから。ルスス氏なら、それもご存じなのではありませんか？」

ルスス氏のパトロンは、アリシア嬢である。

「た、確かに、殿下は私も驚くほど、多分野に知見をお持ちの方だったが……」

ルスス氏は、眩暈《めまい》を振り切るように頭を振る。夢から覚めて、現実でお宝を目にしたような明るい表情だ。

「ここまで果断な動きができる方とは思わなかった。実は、研究資金は頂いているが、ほとんどお目にかかったことはなくてな……」

「そうだったのですか？」

アリシア嬢からの手紙には、ルスス氏のことも度々書いてあったので、てっきり親しく話しているのだと思っていた。しかし、よくよく考えてみると、王女という身分では神殿の研究者という身分のルスス氏とは、気軽に会えない方が自然だ。

ひょっとしなくても、手紙の中身は、アーサーとしてルスス氏と会った時のものだとわかる。

これは私の勘違いだ。ちょっとひやっとした。

「まあ、ともあれ、アリシア殿下のお心遣いをありがたく思って、今日も一日がんばりましょう」

ルスス氏を始め、医療従事者の皆さんの返事は、昨日よりも元気がよかった。


「ねえ、フェネクス卿、解説をお願いしてもよろしいかしら」

大会二日目、サキュラ辺境伯家の観客席で、なぜか居座っているライノ女史からお願いをされてしまう。

マイカ嬢の第四試合がそろそろ近いという時間帯であったため、待ち伏せされたらしい。

治療室につめるようになった私だが、マイカ嬢の試合の時には、一時白衣を脱いで、治療室を離れる許可をもらっている。もちろん、なにか緊急の用があれば呼び出しに応じる待機状態だ。

「解説と言われましても、マイカさんの試合はここまでご覧になった通り、一瞬ですから」

始まりました。勝ちました。くらいしか言えることがないのでは？

それはそうなんだけど、とライノ女史も苦笑する。

「そうですわね……。差し支えなければ、どうしてあんな動きができるのか、教えて頂けるかしら？」

秘伝ということであれば今の質問は撤回する、とライノ女史は付け足す。

蛇足にも思えるが、サキュラ辺境伯家に対し、情報工作をなんら行うつもりはないという、大事な味方アピールだ。

「別に秘伝と言うわけではありませんし、構いませんよ」

クライン村長の剣術の性質から思わず即答して、「多分」と付け加える。

最強クラスの剣なわけだから、一応、ご主君の許可は必要だと思ったのだ。

「いかがでしょう、閣下？」

「うむ、構わん。どうせ聞いたところでどうにもならんからな、あれは」

ゲントウ氏も、首狩りがどのような技術かは知っているようだ。

「では、首狩りについて、不肖の弟子ではありますが、私から少々ご説明を」

ライノ女史が、楽しそうな顔で相槌《あいづち》を打ってくれるが、多分期待しているよりずっと地味な話になると思う。

「あれの基本は、洞察にあります」

そして、それが極意でもあります。

「洞察？　えーと、相手の行動を見切るって意味よね？」

「ええ、マイカさんのこれまでの三回の試合を思い出してください」

一回戦は、油断した相手の、武器を狙ったなんとも温《ぬる》い攻撃をかわして首狩り。

二回戦は、一回戦を受けて、本気で打ちこまれた攻撃をかわして首狩り。

三回戦は、二回戦までを受けて、緊張しきって精彩を欠いた攻撃をかわして首狩り。

オール首狩り一本勝ちである。マイカ嬢は汗一つかいていなかった。晩御飯の席で、気合入れて特訓しなくてもよかったかも、と嘆息するレベルである。

「さて、それぞれの試合において、マイカさんは対戦相手より先に動いたでしょうか、それとも後に動いたでしょうか」

「え？　そうね、確か……あれ？」

どっちだったかしら、と首を傾げるライノ女史の眼《め》は、中々肥えていると言える。

「正解は、相手が動く直前、もしくは同時です」

首狩りは、相手の攻撃を避けてから反撃に移るための後手技だが、そのために相手より先に動くことを目指している。

敵が攻撃して来る前に、どんな攻撃が、どの方向から、どんな時機でやって来るかを察知し、回避行動に移る。敵が攻撃のために一つ動いた時、こちらも回避のために一つ動いているのだ。そうすれば、敵の攻撃はどうやったって当たらない。

当たり前の話である。そして、なにを言っているのか訳がわからない話でもある。

「嘘《うそ》でしょ？　そんなこと、どうやったらできるのよ……？」

クライン村長から教わった時、私もそう思った。

「相手の視線や、姿勢、筋肉の状態、呼吸……そういったものを観察して、推測するんですよ」

「それは、腕の良い騎士や兵は、そういうことができるとは聞くけど……あんなレベルでできるの？」

できちゃってるんですから、しょうがないじゃないですか。理論は事実を証明するためにあるのです。

「クライン卿の弟子ということは、その、フェネクス卿も、ひょっとして、できるの？」

実は、ちょっとだけできる。我ながらすごいと思うので、これは自慢したい。えっへん。

初めは、無理だ無茶だと思っていたのだが、マイカ嬢と毎日の型稽古をしていた結果、マイカ嬢限定でできるようになった。

毎日毎日の繰り返しで、視線や足運びといったちょっとした予備動作で、「あ、次はあの型が来る」とわかるようになる。すると、試合形式の稽古の時に、似た予備動作を見つけて、「あの型と同じ攻撃が来るのでは？」と察しがつくようになる。

さらにそれを繰り返した結果、マイカ嬢以外でも段々とわかるようになった。だから、私の防御には定評がある。

「そこまでは行けたのですが、相手の動きを察知した後、どう回避するかの動きができませんでした」

当然だが、動きを察知して終わってしまったら、相手に棒立ちで攻撃されるだけだ。その攻撃をかいくぐり、自分が有利に反撃できる位置取りをしなければならない。

有利に反撃できる位置とはどこか。

それは、まず視界的な死角であること。見えていなければ、相手は反応できない。

次に、精神的な死角であること。世の中には、敵が見えないということは、見えない場所にいると判断して対応するような猛者がいる。そのような警戒をしている相手には、視界的な死角は意味がない。それゆえ、相手の警戒が薄い場所、精神的な死角を見出《みいだ》すのだ。警戒していない場所は、見えていたとしても対応ができないほどの死角となりうる。

最後に、姿勢的な死角。もし、相手が精神的にも死角のない練達の強者《つわもの》であった場合、最後に頼りにするべきは、物理法則によって発生する、姿勢的な死角だ。人体の構造上、肩や腰、手足の関節という稼働限界が存在する。筋肉の出力だって限定される。相手が繰り出した攻撃をかわした後、最も相手が対応しづらい場所、それが姿勢的な死角だ。

大体この三つの条件を満たしているのが、人の場合は背中である。首狩り誕生は、術理の道理と言える。

「いつ来るかわからない相手の攻撃を察知しながら、さらにもう一手、相手がどんな防御を考えているかまで見抜くわけですよ。できると思います？」

「それができたら無敵だっていうのは、わかるわ……」

「そうなんですよ」

だから、クライン村長は鬼のように強いし、マイカ嬢も軍子会の同期で最強なのだ。

なお、マイカ嬢は正式には軍籍に身を置いていないので、衛兵や騎士を交ぜてのランキングは不明だ。ただ、首狩りを摑《つか》んだと思《おぼ》しきある時期から、私は負けているマイカ嬢を見たことがない。ただの一度も。

ライノ女史に首狩りについての解説を終えた頃、観客席から一際大きな歓声が上がる。

今大会最注目選手の座をかっさらった、我等がマイカ嬢が入場する、その合図である。

「さて、四回戦の相手は、どんな手で来るでしょうか」

会場中の視線をさらう中、一礼をした試合場の両者は、開始の声を聞いても、静かに睨《にら》み合うという立ち上がりを見せた。

「ああ、その手で来ますか」

「どういうこと、フェネクス卿？」

「どうやら今度の対戦相手は、首狩りが後手に繰り出す技だと気づいたようですね」

私の解説に、ライノ女史が手を打って得心する。

「なるほど！　反撃を取りに行く技が相手なら、先に動いた方が不利と言うわけね」

「そういうことですね。ですが、まあ……首狩りに対しては、あまり効果的な対応策ではありませんね」

「えっ？」

ライノ女史が驚いた声を上げるが、試合が動いたので、私は黙ってそちらを示す。

マイカ嬢が、今大会初めて、自分から攻撃を仕掛けたのだ。

マイカ嬢は、普通に攻撃しても十分に鋭い。日々の基礎稽古がしっかりしている証拠だ。太刀筋がしっかりしているし、予備動作、技の起こりも綺麗に隠されている。

案の定、対戦相手はその鋭さに驚いた様子で、体勢を崩した上でなんとか回避する。そこに、そう避けると予測して用意された二の太刀、三の太刀が順番に送り出されていく。

対戦相手は必死に攻撃を受けるが、マイカ嬢は遠目から見ても余裕綽《よゆうしやくしやく》々と言った様子で、まるで劇の練習をしているかのような気安さだ。

四回戦まで勝ち上がって来ただけあり、この対戦相手の防御能力は中々優れている。不十分な体勢ながら、五太刀、彼は防いでのけた。

だが、そこが限界だ。彼は、次は防げぬと判断し、万に一つの勝機を見出すべく、崩され続けた姿勢から強引に反撃に出る。

勝利をあきらめない意志と、判断力は褒められるべきだったと私は思う。ただ、相手が悪かった。そう来ることを予測していたマイカ嬢は、あっさりと乾坤一擲《けんこんいってき》の反撃をかわして、首狩り。

相手はがっくりと膝をついて降伏し、今大会を終えたのであった。

なお、後の話だが、彼はマイカ嬢と六合も打ち合った名手として人口に膾炙《かいしや》することになる。本人が喜んだかどうかは、確認していない。

ライノ女史が驚いた顔で会場を指さしているので、解説担当として、今の試合を語る。

「首狩りは、強いて分類すれば反撃技ですが、本来は単に洞察の方法というか、心得ですからね。マイカさんの段階に至ると、先手後手はもはや関係ありません」

相手がどう動くかさえわかっていれば、先に動こうが、後から動こうが大差ない。まず読むのが、相手の攻撃なのか、防御なのかという違いだけである。

読んだ後は、相手の死角へ死角へと勝負を詰めていくだけで良い。

「なんてデタラメな……勝ち方とか、なにかあるのかしら」

「ありますよ？」

要は、こちらの動きを読ませなければ良いのだ。

視線はどこかを注視するのではなく、全体を見渡すように視野を広く持つ。きちんとした型稽古を重ねれば、無駄な動きは削《そ》ぎ落とされ、自然と技の起こりは見えにくくなる。

例えば、私はクライン村長の予備動作はほとんど見抜けない。マイカ嬢もかなりわかりにくい。

一方、私の動きの方は、クライン村長から見ればまだわかりやすいらしいし、マイカ嬢は中々わかりにくいと褒めてくれた。

「首狩りなんて名付けられていますが、戦闘術としてはものすごく基本的なこと、相手の動きを予測するということですから、対抗策ものすごく基本的なものになります」

「つまり、地道に地力をあげるしかないと……」

「同じ条件で戦うとしたら、そうするしかありませんよ」

どんな格上の相手にも通じる必殺技、なんて都合の良いファンタジー、今世にも存在しない。

同じ条件で戦うならば、相手を打倒しうる能力を、少なくとも一つは得るべく、自身の能力を鍛えて伸ばさなければ勝ちはない。

後は運だ。それは神にでも祈れば良い。

マイカ嬢の試合観戦も終えて、再び治療室で白衣をまとった私に、今大会最大の事件が飛びこんで来た。

担架で担ぎこまれて来たのは、脂汗をびっしり浮かべたセウス・アルゴス卿だ。ネプトン男爵領の爽快な武人が、男臭い顔を苦悶《くもん》に歪《ゆが》めている。

運びこまれて来たアルゴス卿を一目見た室内の医療従事者達は、思わず一歩退《ひ》いたようだった。

それは、アルゴス卿にまとわりつくおぞましい死神を幻視してしまった反応だ。

アルゴス卿の患部、右腕からは、折れた骨が突き出している。

開放骨折――今世の医療技術では致死率が八割を超える、厄介な外傷である。

そのことを、負傷した本人もよく理解しているようだった。武人は、蒼《あお》ざめながら気丈な声を搾り出す。

「治療を頼みたい。骨を戻すのが難しいようであれば、この腕をたたっ切っても構わん。墓の下に入れられるよりは、片腕で生きながらえた方が我が主君の役に立てる」

男気溢《あふ》れる依頼に、医療従事者達はぐっと唇を噛《か》み締める。それは、悔しさを噛み締めた表情だった。

武人の覚悟の見事なこと、感動するより他ない。だが、そんな人物を治療し、助けることができるという自信が、中々湧いて来ないのだ。

折れて飛び出た骨を戻すにしても、腕を切り落として傷をふさぐにしても、どちらも避けられない激痛が問題になる。麻酔がない外科手術では、患者がいくら我慢強かろうとじっとしていられる範囲の刺激では済まない。

当然、患者は痛みにもがく。もがけばもがくほど治療は長引き、出血は増大し、黴菌に触れる可能性が高まる。

結果、患者の生存率は低い。

そんな危険な手術が、果たして自分の手に負えるのか。医療従事者達は、重い不安に絡め取られて呻《うめ》く。

ところで、最初から一歩も退かなかった人物もいる。それも二名。

その二名は、退くどころか、ずいずいと患者のアルゴス卿に接近していた。

アルゴス卿の右腕を心臓より高い位置にあげさせつつ、脇の下の大きな血管を押さえて止血した二人は、患部の詳細な診察を始めている。

「ふむ、骨の断面から察するに、折れ方が綺麗だ。体内に骨片などが散乱した可能性は少ないと見えるが……フェネクス卿はどうか」

「ルススさんの診断に同感ですね。もし、骨片が体内にあったとしてもわずかでしょう。それに、骨が皮膚を突き破る時も、神経や太い血管は避けられたようですね。ほら、出血がもう大人しくなりました」

「うむ、これは僥倖《ぎようこう》と言える」

「ええ、手術の準備をしましょう」

一歩も退かなかったのは、つい最近麻酔を手に入れた私とルスス氏の、死体解剖経験者二名である。死神なんて怖くない。

とりあえず、止血をきちんとしておいて、これ以上の出血を避ける。流石に輸血ができるような設備はないし、血液型を判断する機材もない。血は、今アルゴス卿の体内を流れるものが全てである。でも、いざとなったら食塩水で代用することはできるかもしれない。塩分濃度はどれくらいでしたっけ。

「ひとまずはこれでよし。アルゴス卿、これから手術をしますから、別室に移動しましょう。それと、これを口に当てながら呼吸していてください」

私がアルゴス卿に手渡したのは、フラスコ型のガラス瓶である。丸底の部分には、綿が入れられている。

「フェネクス卿、これは一体……？」

「中に、液体状の薬が入っていまして」

薬の名前はジエチルエーテルと言います。

「う、うむ？」

「それを綿が吸うと、空気中に薬が混ざりやすくなります」

表面積が増えるから揮発しやすくなるの。

「その薬を吸うと、段々と感覚がなくなるはずです」

「感覚……？」

「一時的に、痛みにかなり鈍くなるか、感じなくなるでしょう」

医療従事者達の間からは、まさか、という声が聞かれたが、患者の方は得体のしれないものに感じられたのか、ガラス瓶を不安そうに眺める。

気持ちはわかる。こちらとしても、今回持ち出したのが初めてなので、どれくらい麻酔の効き目があるのかわかっていない。

「不安になられるのはわかります。この薬は、つい先日に開発したばかりで、まだ誰にも使用していないものです」

「そんな、真新しいものなのか？　道理で聞いたことがないと思ったが……しかし、その、大丈夫なのだろうか」

「大丈夫です」

私は、力強く断言する。本当は、初めての試みにこんな断定はしたくないのだが、とにかく今は、多少誇張してでも信じてもらうしかない。

アルゴス卿と違って、こちらは前世らしき記憶と、古代文明の文献で多少弱くても効果があることはわかっている。このままなにも処置をせずに腕を切り開くよりはマシだ。

「アルゴス卿が日々鍛錬を続けてこの体を作ったように、私達も日々調査をした結果、この薬を開発しました。古代文明の文献によれば、これは安全な薬です」

中毒性のない貴重な麻酔であることは確かだ。まあ、ちょっと副作用として吐き気や頭痛がするらしいですけどね。

「どうか私達を信じて頂けませんか。絶対に助けるとは、申し上げられません。ですが、絶対に裏切らないとは、お約束します」

麻酔薬を使用した外科手術の貴重な例として、今後の医学の発展に役立ててみせる。

アルゴス卿に万一の時があれば、ネプトン男爵領に報いることで誠意としたい。この麻酔の情報をいち早く提供しても良い。

「それは……つまり、某が死んだとしても、それは我が領の役に立ったということで、良いのか」

「もちろんです、確約します」

独断専行をゲントウ氏からは怒られるかもしれないけれど、私はこれも断言する。

「不覚にも命にかかわる負傷をした武人にとって、これ以上ない提案だ。少なくとも無駄死にはしない……が、本当に良いのか？」

「ネプトン男爵領とは、今後も良いお付き合いになりそうですし……」

それに、アルゴス卿なら、難なく生還するという予感がするんですよね。

「私、アルゴス卿のことを信じていますからね」

負傷した右腕を始めとして、アルゴス卿の鋼のような肉体を眺めて、私は微笑む。

うん、実に健康的な体だ。よほど気を遣って鍛えなければこうはならない。食べ物にも気を遣っているると見た。

「日々の鍛錬に耐え抜いた強靱《きょうじん》な肉体を見れば、この程度の負傷で死ぬような柔な人物でないことがよくわかります」

絶対体力抜群ですよ。消耗が激しい手術も平気な顔で持ちこたえてくれるに違いない。

「某を、信じるとな……」

「ええ、アルゴス卿だって、ご自分の体に自信があるでしょう？　どんな敵にも立ち向かえると」

「ふっ、それを、敗戦直後の某に言うのか」

しまった。負けていたのか。

この二択クイズ、重傷なんだからそりゃ負けた方が確率高いのは当たり前だ。

これはやらかした。

「でも、死んでいません」

てんやわんやを始めた内心に暗幕をぶっかけ、私はできるだけなんてことない顔で続ける。

「我が領において、勝利よりもてはやされるもの、それが敗北の上の生還です」

咄嗟《とっさ》に思いついた言葉を、直感に従って並べ立てる。

止まらないことが大事だ。なんとなく良い話に持って行って、丸く収まったように見せるのだ。

「勝利した者が生還することと、敗北した者が生還すること。どちらがより難しいか、アルゴス卿ならばおわかりでしょう」

「それは、確かに、後者だろうが……」

「ええ、ですから、難しいことを成し遂げた者を、我が領では褒め讃えるのです」

それは、ある時は魔物の出没を知らせるため、血まみれになりながら領都に駆けこんだ巡回兵であったり、魔物の討伐に出たものの力及ばず、討伐隊の壊滅を知らせる生き残りであったりする。

「彼等は身も心も傷ついています。痛む傷を押さえて走る苦しみはどれほどでしょうか。仲間の亡《な》き骸《がら》に背を向けて逃げる悔しさはどれほどでしょうか。いっそ、その場で力尽きるまで剣を振るった方が楽だったはずです」

でも、彼等は長く続く苦痛を選んだ。

歯を食い縛って、恥を忍んで、自分の痛みを押し殺して。

「そんな生還した敗者がもたらした情報が、どれほど貴重であるか。彼等がいなければ、サキュラ辺境伯領は、とうに魔物の群れに滅ぼされていたでしょう。彼等こそが、サキュラ辺境伯領を守って来た勇士です」

歴史は勝者が作るもの、という言葉があるが、それは少し違う。

歴史は、生者が作るものなのだ。

勝者でも、敗者でもない。生きた者だけが未来を紡げる。

「アルゴス卿は、我が領が最も誇るべき勇士達と、同じ眼をしていますよ」

そんな気がする。ええ、他の誰がどう言おうと、私はそんな気がするので、間違いありません。

私の中では、確定です。

私が力強く自分を誤魔化しながら見つめた先で、アルゴス卿の表情に生気が戻る。

「武名高きサキュラ辺境伯家の強者達と並べられるとは、望外の喜び。ここまでフェネクス卿に言わせては、おちおち死んではおれんな」

よし、釣れた。なんか背中にものすごい汗をかいているけれど、なんとかなったのなら良いのだ。

アルゴス卿は、熱い眼差しでガラス瓶を口に当てる。

「安心されよ、フェネクス卿。卿の信頼に応え、某もしぶとく生き延びることをお約束する」

気合十分に、アルゴス卿は麻酔を吸入していく。

よし。麻酔をかけるのは、アルゴス卿本人にある程度任せて、私は手術の準備だ。

手術用にヘルメス君に作ってもらったメスや鉗子《かんし》、清潔な布に、消毒用アルコールを並べて、身に着けた白衣も新しい物に替える。ルスス氏も同じだ。可能な限り清潔な状態を作り出して傷口に臨まねばならない。

口元も布で覆い、髪の毛が落ちないようにバンダナを巻きながら、ルスス氏が小声で囁《ささや》く。

「見事な弁舌だった、フェネクス卿」

「ええ、ひやひやしました」

手や器具にアルコールをかけながら、私も頷く。

だが、私の思っていたことと、ルスス氏が思っていたことは、微妙に違うらしかった。

「アルゴス卿があれだけ気を強く持っているなら、この手術はきっと上手くいくだろう。患者の精神状態が、その止血や回復力に影響を及ぼすという話がある。フェネクス卿はそれを狙ったのだろう?」

「え?　ああ……」

病は気からというやつだ。

興奮状態になると分泌されるアドレナリンなどは、強い止血効果をもたらす。ストレスのようなネガティブな精神活動は、免疫力の低下をもたらすとも言われる。

少なくとも、上向きな精神状態がマイナスになることはない。

ええ、全然考えていませんでした。

「それはたまたまといいますか……勢いが出てしまったというか」

「ふふ、では、不死鳥のご加護といったところか。私も、勉強させてもらったよ。ああして励ます言葉も、立派な医術と言えるのだろうな」

……まあ、全部良い方に進んでいるならそれで良いのだ。事は人命に関わっているし、運が良いのは全てが良いことだ。

きっとユイカ女神のご加護に違いない。私の祈りは今日も届いている。

マイカ嬢も怪我一つしていないですしね。

「フェネクス卿、この度は、我が領の騎士を助けて頂き、ありがとうございました」

大会最終日、観客席にやって来たライノ女史が、折り目正しく一礼をする。

最近は私に対してかなりフレンドリーに接して来た彼女だが、今日は外交担当としての意識が高いのか、指先から視線にまで丁寧さと敬意が行き届いている。

こちらも、刺激されて丁寧に返す。

「はい、友好関係にあるネプトン男爵領のお力になれて光栄でした。術後一夜明けましたが、アルゴス卿のご容態はいかがでしょう」

「吐き気と目眩《めまい》がすると訴えておりましたが、朝に診察に見えたルスス医師のお話では、手術の際に使用した薬の副作用であるとか」

「ええ、人体の痛覚を麻痺《まひ》させる薬を用いました。やはり、強い効果の薬には、それ相応の反動がありまして」

痛覚麻痺という言葉を聞き慣れないのか、ライノ女史は不思議そうな顔をしたが、後半の台詞《せりふ》には理解が追いついたようだった。

「畑には晴れの日も雨の日も必要なものですが、どちらもあまりに続きすぎると畑が荒れると聞きますわ。薬も、それと同じということなのでしょうね」

「ええ、効果が強い薬は、それ相応に危険が伴います。アルゴス卿は、つらそうでしたか？」

「はい、我が領でも豪胆で鳴らす騎士なのですが、流石にこたえているようでしたわ」

真面目な顔で頷いた後、ライノ女史は口元に手を当てて笑う。

「ですが、本人はこの程度なんてことないと鼻息荒く強がっておりまして……ええ、あれなら、死神も近寄れないに違いありませんわ」

「流石はアルゴス卿ですね。大会終了後に、お見舞いにうかがってもよろしいですか？」

「ええ、ぜひ。アルゴス卿も喜びましょう、私どもも歓迎いたしますわ」

昨日の一件に関して、ひとまずのやり取りを終えると、ライノ女史はそわそわと試合場の方へ視線を送る。

「それで……今日も、こちらで観戦させて頂いてよろしいかしら?」

それについては私に回答権はないので、ゲントウ氏に視線でうかがうと、今さらという感じで首肯した。

「連日一緒に観戦して、最後だけ仲間外れにするわけにもいきますまい。うちの孫をよく応援してくださったしな。最後まで応援して頂けるかな?」

「もちろんですわ! 感謝いたしますわ、閣下!」

極上の甘味を食べた少女のような笑みで、ライノ女史は私の隣に腰かける。

「こんな間近で、優勝のやり取りを見られるなんて素敵だわ! マイカ様もフェネクス卿も、見目が良いから本当に絵になって……最後にどうなるか、楽しみねぇ」

劇のクライマックスを特等席で見られることが決まり、早くもご満悦のようだ。

今日ばかりは、流石に私も緊張している。マイカ嬢が優勝した瞬間、私の将来も大きく変わらざるを得ないだろう。

それは、決して嫌な予感ではないことが、また私を複雑な気持ちにさせる。

ちなみに、マイカ嬢が優勝を逃す可能性については、この場の誰も心配していなかった。マイカ嬢を知って期間の短いライノ女史からして、優勝を確信しているのだから相当だ。

準決勝の呼びかけに応じて入場したマイカ嬢は、万雷の喝采で迎えられた。

第一試合が始まるまで全くの無名選手に過ぎなかったにもかかわらず、その容姿と鮮やかな剣術から、すでに観客の心を鷲摑《わしづか》みにしている。

男性ファンはもちろん、女性ファンも多いようだ。

彼女の戦いでは、なんとこれまで敵味方双方に怪我人が出ていない。治療室が連日にぎわっているように、刺激が強すぎる試合が多い中で、安心して見られる清廉な剣士として評価されているようだ。

このまま終わると良いですね。私の脳裏に、懐かしいモルド君一行の記憶が蘇《よみがえ》る。あの秋の武芸大会は、すごかった。

準決勝の相手は、ダタラ侯爵家の騎士らしい。中央貴族の騎士としては、唯一の上位入賞者である。地方の兵の強さがよくわかる。

なお、この準決勝の相手も、元は地方貴族に仕えていたところを引き抜かれたとのことなので、実質的にはオール地方戦士である。一部の中央貴族が、この大会を蛮族祭りと罵る由縁だ。

中央貴族が中心である運営が、客席から見えないところで手抜きをしている理由がわかった気がする。

「フェネクス卿、今度の対戦相手は、どうかしら。今までと比べて、腕が立ちそう？」

「ううん……見たところでは、そうでもないですね」

普通に歩いている姿で、重心がずれているのがわかる。あれは基礎稽古をサボリ気味の人間っぽい。これなら、第四試合の相手の方が腕は上だったろう。

「そう、なら後は決勝だけね」

ちょっと気は早いが、私も同意する。

ただ、少し気になることがある。ダタラ家の騎士は、鎧の首部分と兜が噛み合わさり、首を堅く守るタイプの防具を身につけていたのだ。ひょっとしてだが、首に剣を当てられた時のための対策なのだろうか。そうでないことを、私は戦神であられる龍神様に祈っておいた。

私の不安をあざ笑うように、試合開始の合図と同時に、ダタラ家の騎士は斬りかかった。

観客がわっと声をあげる。これまでの試合を見て、躊躇《ちゅうちょ》なく先手を取った動きに驚きと興奮が起こったのだ。

なにか策があるのだろうか。観客がそう思う間もなく、マイカ嬢はいつも通り背後を取って、相手の首筋に切っ先を当てた。

だが、相手は降伏しなかった。迷うことなく、背後を剣で薙《な》ぎ払ったのだ。

一瞬のこと、多くの観客は、マイカ嬢の攻撃より早く、あるいは同時に、反撃が行われたように見えただろう。今大会、初めて首狩りから逃れたダタラ家の騎士に、拍手が起こる。

それとは打って変わって、渋面を作った者や、皮肉げに口の端を吊り上げた者達もいる。いずれも、一定の段階にいる戦士達だった。

彼等、武芸の練達者にとっては、マイカ嬢の攻撃の方が遥《はる》かに速いことは明白だった。もし、彼女が寸止めする気がなければ、首筋に一撃が叩きこまれて、反撃どころではなかったはずだ。

マイカ嬢は、相手の行動にわずかに眉根を寄せて、敵手と改めて睨み合う。その表情は、相手がそんなことにも気づかない腕前なのかどうか、訝《いぶか》しんでいるようだった。

マイカ嬢が悩むうちに、相手が再び斬りかかって来る。先程と大差ない剣速に、マイカ嬢は再び首狩りで応じる。

今度は寸止めではなく、軽くではあるが首を守る防具に当てた。流石にこれなら気づいただろう、というマイカ嬢の無言の台詞が伝わるようだ。

相手がまたもや背後に剣を振って来たのは——咄嗟にそう動いてしまったということは考えられるので——良いとして、その後も降伏する様子がない。

互角に斬り合っていると錯覚して盛り上がる歓声とは裏腹に、表情を平淡《へいたん》にしたマイカ嬢が、相手に向かって口を開く様子が見える。

顔を兜で隠している対戦相手がなにを言い返したのかはわからないが、マイカ嬢の口の動きから、どんな会話がなされたか、私は見て取った。

「これは、ひどいことになりますね……」

「ど、どうしたの、フェネクス卿？　マイカ様、なにかまずいことになったの？」

下馬評を覆す敵の健闘に、ライノ女史は困惑している。

ライノ女史の疑問に頷きながら、私は、自分の表情が沈痛に歪むことを止められなかった。

「あの人、マイカさんを怒らせました。もう寸止めしてもらえません」

本当に申し訳なく思う。

我が女神に祈ればあるいは希望があったかもしれないが、敵だからいいやと龍神に祈禱《きとう》したのがまずかったのかもしれない。

もはや私から彼にできることは、ただ一つだ。グッドラック。冥福を祈る。

◇◇◇

【横顔　マイカの角度】

二度、首を斬った。一度目は寸止めで、二度目は軽く当てた。いくら鈍感でも、これなら勝負を取られたことに気づくだろう。

しかし、目の前の相手は、剣を構えて戦闘態勢を解かない。

一体どういうつもりだろう。ここまで実力差を示されてなお退かないとは、怪我をしたいということだろうか。頑丈な鎧兜の向こうに問いかける。

「わたしの剣に斬られたことは気づいたと思いますが、まだ続けますか」

「斬られた？」

兜の向こうから、鼻で笑う声が漏れて来る。笑いで揺れた切っ先には、戦意ばかりか、嘲りまで見て取れるようだ。

「あのような軽い一撃では、大根すら斬れん。命を奪う気のない軟弱な剣で、命をかけて戦う騎士が降参する必要がどこにある。覚悟のない騎士遊びはそこまでにして、その可愛い顔に傷を負わないうちに降参するが良い」

敵手の挑発に、心中、真剣が抜かれた音が鳴った。

——面白い。命をかけてと言ったな、三流。

鉄の重さに、熱をもって叩き上げられた鋭さ、二つを共に備えた殺意を握る。

「いいでしょう。なら、絶対に降服しないでください。私の軟弱な剣で、真っ赤に染めて差しあげます」

剣を一振り。心中の殺意と、手中の武器。その重みを馴染《なじ》ませるために風を試しに斬り捨てる。

改めて敵を見据えると、再度向こうが鈍い剣を放って来る。臆病なほどの重装甲ゆえに動きづらいのだろう。ただでさえ手に取るように動きが読めるのに、動きそのものが遅いとなれば、どうとでも料理できる。

踏みこんだ左足を軸に腰を回す。腕を畳んで小さく、回転で生まれる力を切っ先に、狙いは兜の角になっている頑丈な部分、気分は大鐘を鳴らすように思い切り。

村の警報鐘より悪い音が響く。あたしの一撃が全く見えていなかった相手は、衝撃をいなすことも踏ん張ることもできず、打撃音に引っ張られるように倒れこんだ。

——脆《もろ》い。大根すら斬れないこの剣で、ずいぶんと大袈裟に倒れるじゃない。

倒れた敵は隙だらけだが、見下ろしながら、立ち上がるのを待つ。

ふらふらと立ち上がり、剣を構えたところで、再び斬り倒す。脇腹を打ち抜かれて、またも相手は無様に倒れこんだ。

再び見下ろし、立ち上がるのを待つ。立ち上がったところを斬り倒す。何度も、何度も。

段々と、立ち上がるまでの時間が延びていく。倒れこんだまま、なにかを訴えるように兜をこちらに向けて来る。

「どうしたのです」

手加減は十分だ。こちらは命まで奪う気はない。意識が落ちるほど強くも打っていない。だから、立てるはずだ。

——さっさと立て。立ったらまた斬り倒す。

貴様が吐いた言葉だろう。命を奪う気のない剣で降服はしない、と。あたしは確かに聞いた。命をかけて戦う騎士の言葉は、この程度で折れるほど脆いものではないだろう。

少なくとも、あたしは言葉通りに命をかけにここに来た。アッシュ君へ、この想《おも》いに命をかけているよと満天下に宣言するために。

この腕を折られても、この足を砕かれても、嚙《かじ》りついてでも優勝してやると覚悟を決めて、ここに立っている。

さあ、それをあたしに証明する機会を頂戴。立ち上がって、命を奪うつもりの剣をあたしに振るって。それを斬り伏せて、あたしはアッシュ君に告白を聞いてもらうんだ。

——だが結局、その機会はやって来なかった。

ダタラの騎士は、とうとう立ち上がって来ず、降参の言葉を吐いた。

なんて軽い言葉。見下ろす相手への軽蔑が抑えきれない。

「あなたが、寸止めで済ませた私の手加減に甘えた結果がこれです」

切っ先を向け、その肩を叩く。首を取ったという行為を表す、儀礼的な所作だ。その命がまだあることを、噛めしめるが良い。

「命をも失う場に立って、敵の手加減に頼るなど恥を知りなさい！」

無様な結末、なんて後味の悪さ。まるで、あたしの覚悟まで汚されたような苦さ。

あたしのよく知る男の子達の顔が浮かぶ。グレン君やヘルメス君、そしてもちろん、アッシュ君ならば――絶対にこんな不愉快な試合にはならなかっただろう。

あの人達は、口にすることはいつも本気で、行動する時はもっと本気だ。

自分の気持ち、目指す夢、人への想い。その気高さを知るからこそ、その気もないのに命をかけてなどと嘯《うそぶ》いたことに腹が立つ。

勝ち名乗りを上げる気にもなれず、背を向けるあたしに、観客席からの拍手はまばらだ。

まあ、ちょっと、エキサイトしすぎた自覚はある。格下をいたぶったようなものだ。お父さんに知られたら問い詰められるかもしれない。

ただ、そのまばらな拍手をくれる一角、ちらりと視線を向ければ赤髪の男の子が見える。

あなたには、あたしの言葉はどんな風に聞こえるだろう。あなたが夢を語る時に、あたしが感じるように、強く、熱く、明るく聞こえていたら、嬉《うれ》しい。

あたしは、君が夢に焦がれるように、君に恋をしているのだから。この恋は、あなたの夢に負けていないつもりだよ。

準決勝の舞台から下がると、通路で侍女が待ち構えていた。

敵意は感じないので、軽く目礼すると、深々とした一礼が返って来た。

「マイカ様。わたくし、アリシア王女殿下の侍女を務めております、アミンと申します」

——ああ、アーサー君改めアリシアちゃんの。

微笑みに値する名乗りだったので、口元を緩めて一礼を返す。

「はい、アミン殿、わたしになにかご用でしょうか？」

「殿下が、よろしければお時間を頂戴したいとのことです。お疲れかと存じますが、ご都合はいかがでございましょう」

嬉しいお誘いだったので、口元どころか頬全体が緩んだ。

「喜んでお受けいたします。疲労についてはご心配なく、あの程度、準備運動にもなりませんから」

「あの程度、でございますか。殿下のおっしゃる通りですね」

アミン殿の表情に、ちょっとした呆《あき》れが混じった。アリシアちゃん、あたしのことなんて言ったの？　あたしの疑問を察したのか、アミン殿は前を歩きながら囁く。

「マイカ様はあれくらい十一歳の頃からできていたのだから、絶対になにも問題ない、と」

十一歳の頃っていうと……あ、あれだね、モルド達を領都の武芸大会でしばき倒した時のことか。

「懐かしいですね、そんなこともありました」

「……本当なのですね」

アミン殿の返事には、呆れの色が濃くなっていた。なにか、変なこと言ったっけ？

首を傾げている間に、なんだか立派な扉の前についた。

「こちら、王族用の控え室にございます。中で殿下がお待ちになっておられます」

準備は良いか、という確認に、頷きを返す。あの親友と会うのに心構えなんて特にいらないよ。

扉を開けると、それはまあ立派な部屋の中、綺麗なドレス姿のお姫様が立っている。

「マイカ様」

お姫様が、すっと手を伸ばしながら、名前を呼ぶ。

「準決勝、お見事でした。決勝でも、その華麗な剣技を楽しみにしています」

「過分なお言葉を頂戴し、感激しております、殿下」

膝をついて、その手を取って挨拶を交わす。作法的には完全に騎士と貴婦人だ。騎士は男性がほとんどだから、仕方ないね。

「マイカ様、最初にお知らせしておきます」

「はい、殿下」

「この室内は今、わたしが信頼する者のみの配置になっています」

「あ、じゃあ、もうこれ良い？」

「うん、良いよ」

さっすがー！　二つ返事で無礼講の許可をもらったので、さっさと立ち上がって親友を見つめる。

ああ、綺麗になった。男の子のフリができていたのが、嘘みたいに可愛くて綺麗な、わたしの親友が、目の前にいる。手を伸ばして、綺麗なドレスごと抱きしめる。

「久しぶりだね、アリシアちゃん！」

「うん、会いたかったよ、マイカ」

答えた声は、ちょっとだけ湿っていた。

「んもう、すごく綺麗になっちゃって……！　見違えちゃった！」

「ありがとう。でも、マイカも……」

「えへへ、綺麗になった？」

「ううん、格好よくなった」

えー!?　そこは綺麗になったって言って欲しいんだけど！　あたしが頬を膨らませると、アリシアちゃんはくすくす笑う。

「だって、試合中の凜々《りり》しい姿といったら……。女の子達の黄色い声援、聞こえてるでしょ？」

「うん、応援は一杯もらってるね！　もっと敵地っぽくブーイングがあるかと思ったんだけど、気分よく試合できてるよ」

「それはよかった。中々あそこまで応援される選手はいないからね。流石はマイカ、華があるよ」

「えへへ、アリシアちゃんも応援してくれてる？」

「もちろん！　まあ、立場上、ゲントウ閣下や兄様みたいな大声は出せないけど……それに、応援する必要もなく、マイカが勝っちゃってるよね？」

まあね。正直、楽勝すぎて物足りないというか……。もうちょっと激闘が待っていると思ったんだけどなぁ。

「勝った時は拍手でお祝いしているからね。決勝も手加減がんばって！」

「任せて！」

後ろで、侍女のアミン殿が「がんばるのは手加減」って呟いた。そうだよ、がんばるのは主に手加減なんだよ。

アミン殿の呟きを、あたしと同じく拾ったアリシアちゃんが口を押さえてからころ笑う。ああ、アリシアちゃんだ。アリシアちゃんが、こんなに笑ってる。

笑う親友の頬に、手を当てる。

「我慢、つらくない？」

問いかける時、自分の笑顔が泣きそうに歪んだのがわかった。答えはわかっている。つらくないはずがない。泣きたいだろう。あたしが、アリシアちゃんの立場ならそうだ。

なのに、アリシアちゃんは、笑顔で頷いた。

「つらいよ。たくさん泣いちゃうくらいね」

「そう、そっか」

我慢しているのか。でも、泣いたと言えるくらいには、素直でいられているのか。

「ちょっとは、素直になるのが、上手になった？」

ちょっとだけ、と答えた親友は、嬉しそうだった。

「無理に我慢してたら、マイカに怒られちゃうからね。泣きたい時には、泣けるくらいには素直になれたよ」

「もう……まだまだ、我慢しすぎだよ。もっとわがまま言おうよ。言って良いんだよ？　あたしは、アリシアちゃんの一番の恋敵なんだから」

「うん、そうだね。だから、マイカの前では我慢して、笑っていたいんだよ。マイカは、僕の一番の親友だから」

ツンと鼻の奥からこみあげて来るものが、あたしの顔を、声を乱す。

「そ、そんなこと、言って……！　アリシアちゃんは、我慢しすぎだよ……！」

ずるいって言って良いのに、あたしのことを卑怯《ひきょう》だって言って良いのに。好きな人を奪っていこうとするあたしに、そんな綺麗に笑って。

「これは、わたしが我慢したいんだ。そうやって、いつもわたしの代わりに泣いてくれるマイカだから、わたしは笑って祝福したい」

冷たい涙で濡《ぬ》れた頰に、温かい手が添えられる。

「ほら、しっかり笑って。優勝するんでしょ？　マイカなら、決勝も問題なく勝てるよ。本当の勝負はそこからなんだから、余計なことは気にしないで」

「うん、うん……っ」

「ああ、もう……マイカはあんなに強いのに、意外と、泣き虫だよね」

だって、アリシアちゃんが相手だから。アリシアちゃんが、どれだけアッシュ君を好きか、誰より知っているから。だから、だから、アリシアちゃんを、あたしは――。

言い募りたい言葉が、全て涙に押し流される。この感情に溺れてしまいそうだ。

そんな苦しくてつらい感情に揉《も》まれるあたしに、細い腕が差し伸べられる。抱き寄せられ、包んでくれるアリシアちゃんの温《ぬく》もりが、とても、優しい。

「ありがとう。泣けるほど、わたしのことを想ってくれて。おめでとう。それを超えるくらいに好きな人に出会えて」

良いんだよ、と親友は許してくれる。

「マイカの、その優しくて強い気持ちを、思いっきり、アッシュにぶつけちゃって」

そのための舞台は、自分が整えるから――久しぶりに会う親友は、最後まで笑顔だった。


決勝の舞台に響く声援は、ちょっと少ない感じがした。

準決勝は確かにひどい試合だったもんね。長引いただけでなんの見所もなかった。観客からしてみれば、それはつまんなかったと思う。命がけを語ったんだから、せめて失神するまで向かって来るべきだったと思う。あんなのが騎士だって大きな顔をしているんだから、嘆かわしい。

決勝は、いよいよ白熱した試合になると良いんだけど……。そう願いをこめて、対峙《たいじ》した騎士を見据える。

今大会、あたしより防具の薄い相手は初めて見た。決勝戦の相手は、なんと、防具一切なしであたしの前に立っている。

ほぼ無傷で決勝までやって来たあたしを、この期に及んで舐《な》めている――というわけではなさそう。それは、緊張の濃い顔色を見ればわかる。全身にも、ちょっと深呼吸をした方が良い、と思われるほどの固さが見て取れる。

油断しているがゆえの防御軽視ではない。とすると、動きやすさのためと考えるべきだ。

「悪くない選択ですね」

敵手が持ち出した戦術に、微笑みを送る。相手も、やや青ざめた顔で笑い返してくれた。

「そう言ってもらえるなら、この緊張にも意味がある」

この人は、武芸の腕であたしを上回ることができないとわかっている。普通に戦ったのでは、普通に負ける。それは明白で、しかし、この人はその中でも不貞腐《ふてくさ》れず、あきらめず、真っ暗闇の中で勝ち筋を求め続けた。

どうしたら勝てるか。一番負けから遠く、勝ちに近い立ち位置はどこか。考えた結果、彼が選んだのは、防御を捨てることだった。

準決勝のように防御を重視して装備を重くしたところで、あたしの動きは捉えきれない。ならばせめて、身軽になり、自分の最大速度をもって向き合う。それが彼にできる最善だったのだろう。

危険な選択である。

「先に言っておきます、常に寸止めができるとは限りません」

その危険性を指摘すると、敵手は全て承知の上だと青い顔のままで頷いた。

「こちらこそ先に言っておく。あなたを相手に、自分には手加減する余裕はない。全力で振り切らせて頂く」

危険だからこそ、それは勇敢な選択でもある。

この人は本気だ。自分が死んでも負けたくないと挑み、あたしを殺してでも勝ちたいと欲している。その眼光の鋭さに、少しばかり肌が粟立《あわだ》ったのを感じる。単純な武芸の腕前なら、十回やって十回勝てるであろう相手に、恐怖が湧いたのだ。

この決勝戦は、真剣勝負だ。刃引きされた武器を使っていようと、お互いに命を捨てることを覚悟しているなら、それは真剣勝負と言って良い。

良いね。すごく良い。最後の最後で、命がけになれた。

「全力で戦いましょう」

「もちろんだ」

悔いのないようにと相手に告げれば、覚悟が決まった声が応じる。

試合開始位置で、相対する。

心臓の音が加速するのを感じて、呼吸を一段深くする。アッシュ君がそばにいれば、すぐに察して、緊張していますね、と笑いかけて力みを解《ほぐ》してくれただろう。今、その笑顔はすぐそばにいないけれど、そう思っただけで、わずかに鼓動が落ち着いた。

審判が発する構えの合図に、剣を引き抜く。一拍の後には、真剣勝負が始まる。

しかし、戦いはすでに始まっている。敵手を見るともなく見やる。緊張した表情は、真《ま》っ直《す》ぐにあたしを捉えている。大上段に剣を構えた手は、力みに指先が白くなっている。前かがみの腰の重心や太股《ふともも》から察するに、爪先で地面を摑んで今にも飛びかかろうと備えている。

開始と同時に、一直線に突っこんで来るつもりだ。

全身に満ちた力み具合からして、横に避けるのは難しくはない。しかし、それは命がけの真っ向勝負から逃げるように思えて、自問する。

これに立ち向かわずにアッシュ君の下へ辿《たど》り着いたとして、あたしの言葉はどれほどの真剣さを帯びていられるだろうか。

問いの答えは、あっさりと下される。剣を下段に引き寄せ、正面から迎え撃つ構え。

あたしならできる。簡単なはずだ。体格差があっても、技量の差はそれを補って余りある。そう確信しながらも、敵手の殺気に汗が滲《にじ》む。全身に、余分な力が入ってしまう。

これが真剣勝負の重圧。恐怖が全身に絡みつく。普通に戦えば普通に勝てる相手に、普通が維持できない。

でも、それでも――試合開始の合図と共に、前に踏み出す。

相手も同時に一歩を踏み出している。振りかぶった剣による全力の振り下ろし。単純であるために強力な一撃。それも、生半可に胴払いしようものなら、相打ちで仕留めるという命をかけた全力。

あたしが取れる選択肢は、その全力の振り下ろしを一度さばいて、返す一撃で仕留めること。できる。簡単だ。普通にやれば余裕でさばける。グレン君との稽古で、これより凄《すさ》まじい振り下ろしをいくつもさばききっている。

そして、いかに命がけの恐怖が襲って来ようとも、あたしはそれを乗り越えられるだけの耐性がある。

――命をかけると、あたしは言った。

アジョル村を救うため、スイレンさんとレンゲさんを救うため、赤髪の男の子が走り出したあの日に、その瞬間から命をかけると言ったのだ。

ならば、もはや命がけの真剣勝負はあたしの日常だ。特別なことなんかじゃない。緊張する必要なんかない。恐怖なんてとっくに慣れきっている。

この一瞬の攻防は、命をかけて恋するあたしにとって、ただのありきたりの一幕に過ぎない。目が覚めて髪を結うように、あの人におはようと声をかけるように、当たり前に命をかけて生きれば良い。

命をかけ続けた経験をもって、命をかける恐怖を踏み越える。

大上段からの強烈な振り下ろしに、全速でもって剣を叩きつける。横っ面を張り飛ばすような一撃を、精密に鍔元《つばもと》に送りこむ。得られるのは、渾身《こんしん》の一撃を弾《はじ》いた快音だ。

当然の結果、練習通り、普通の出来事。だから、驚くこともなく、変に力むこともなく、体は柔軟に、心は縦横に、返す一撃を最速で繰り出す。

それに対して、敵手は遅れた。恐怖に狭まった視野が、乱れた呼吸が、力んだ全身が、崩れた姿勢からの立て直しを遅延させる。

その差は、首筋に突きつけられた刃という形で、歴然と示される。

敵手は、剣を振りかぶった姿で、停止した。

「恐《こわ》い一撃でした」

決着はただの一撃。しかし、実力以上にこの胸まで迫って来た一撃だった。

ただし、胸を一杯に満たしているあたしの恋ほど、恐くはなかった。

「無念、だが……自分の負けだ」

噛み締めるように敗北を受け入れた騎士の目には、光るものがある。それはきっと、あの月下の温泉であたしが流したものと同じ光だろう。

ならば、大丈夫。あなたなら、まだそこから這《は》い上がれる。

「優勝は、もらいます。あなたは、別な手を考えてください」

「あぁ……無論、そうするつもりだ」

敵だった騎士の精一杯に強がった返事に笑みを誘われながら、剣を鞘に納める。

さあ、ここまで来た。いよいよだよ、アッシュ君。

観客席、今日も拍手が一際大きな一角に顔を向ける。見間違えようのない、太陽みたいな赤髪の男の子がそこにいる。

次はアッシュ君だよ。あの月の下で、あたしの心臓に告白を突き立てて逃げていったあなたに、今度はあたしが告白を突き立てる番だよ。

覚悟は、いいよね？

陽《ひ》の光に朱色が混じり始めた頃、試合場に表彰式のための舞台が完成した。

「マイカ・アマノベ・サキュラ様」

優勝者のあたしは、親友の声でその壇上へと呼ばれる。大会優勝者を称《たた》える言葉と褒美を与える役目は、国王陛下の名前で、若い王族のお姫様が担うらしい。

着替えてさっぱりした体で舞台に上がり、親友のお姫様と目が合うと、任せて、と唇の動きで伝えられた。絡み合う視線から伝わって来るのは、アッシュ君を逃げられないようにしてあげる、という気持ち。

もちろんだよ。対アッシュ君同盟の盟友にして親友、そして一番の恋敵であるアリシアちゃんだから、任せてしまえる。

「はい、アリシア殿下」

行儀の良いお返事の裏に、そんな親愛をこめて答える。一瞬だけ、お互いの笑みがあの寮の部屋で過ごした時に戻った。

ほんの少しだけのことで、すぐに膝を突いて儀礼的な態度に戻る。この場で今の表情の違いに気づけるのは、本人であるあたし達以外には……いるとしたら、たった一人だ。

あたし達三人の関係の、新しい時間を、アリシアちゃんは自分から始めた。

「この度の大会で見せた、貴殿の卓抜なる剣、まさに神技と呼ぶに相応しいものでした。あなたのような〝可憐な〟強者が、我が国の民のために存在することを、嬉しく思います」

可憐と口にした時、アリシアちゃんの声が、少しだけ笑って響く。

そんな風に言われたら、ちょっと恥ずかしいよ。でも、嬉しい。あたしより可憐という言葉が似合うアリシアちゃんから言われるなんて、素敵なリボンを一つプレゼントされたようなものだ。これから告白をする乙女として、これ以上頼もしい贈り物はない。

「その剣と、大会の優勝を讃え、望みの褒美を取らせましょう。なにか、希望はありますか」

そして、アリシアちゃんから言葉を差し伸べられる。赤髪の男の子を逃がさないよう、縛り上げる呪文の始まり。その最初の一言に、あたしは顔を上げる。

「では、恐れながら、アリシア殿下。私の望みを申し上げます」

「なんなりと、マイカ様」

夕暮れに差し掛かった会場が、静まり返る。

ああ、皆も聞いて。どうしてあたしが、この大会に出たのか。ここまで勝ち上がって来たのか。

「サキュラ辺境伯家の騎士、アッシュ・ジョルジュ・フェネクスに、私の気持ちを聞いて頂きたいのです」

「気持ちを、聞いて頂く、と？」

アリシアちゃんは、笑った。

王国一の称号と比べても、それがとても贅沢な願いだと知っているからこそ笑う。常に夢に向かって止まらない男の子を、一時とはいえ夢から奪って想いを聞かせられるならば、これくらいの代価が必要だとアリシアちゃんはわかっている。それを皆にも知らしめたくて、笑っている。

あたしも笑い返す。どれほどこの想いにかけているかを皆に知らしめたくて、誰よりアッシュ君に知って欲しくて、とびきりの笑みで声にする。

「はい。答えまで縛る気はございません。ただ、彼《か》の者に私の気持ちを聞いて頂ければそれで良いのです。答えは——彼自身の心から頂戴します」

結婚や婚約を願うでもなく、愛を捧《ささ》げるでも求めるでもなく、気持ちを聞いてもらうだけに王国一の褒美を使う意味を知って欲しい。

あたし達の好きな人は、それくらいに困った人で、それに見合うほど素敵な人だからこそ、ここまで焦がれてしまう。

「なるほど。その者と話し合う席を持ちたいと。この大会で優勝をもって望むには、ささやかな願いに聞こえますね」

「とんでもございません。アッシュ・ジョルジュ・フェネクスという人物は、このくらいしないと振り向いてもくれない難物であり、このくらいしても手に入れたい、素敵な人なのです」

アリシアちゃんも、あたしと同じくらいにそれをよくわかっているよね？

「恐れながら、彼の者と話をすれば、アリシア殿下もおわかりになるかと」

「ん……実は、フェネクス卿とは先日、社交の席でお会いしました。確かに、素敵なお方でしたわ」

あ、聞いたよ。ダンス、楽しんだんでしょ？　しかも、パーティの間中、あくどいダタラ侯爵から守られる形で付き添ってもらって、決闘までしてかばってもらえたんだよね。

いいなぁ。うらやましい。ジェラシー感じちゃう。

それと同時に、惚《ほ》れ直す。そうこなくっちゃね。流石はアッシュ君。王女殿下でさえ惚れてしまうほど、優しくてかっこいい男の子が、あたしの、あたし達の想い人。

なんて、いつまでもアッシュ君のことを惚気《のろけ》てばかりもいられないね。これだけ言えば、アッシュ君がどんな人か、皆にもわかってもらえたと思う。

後は、アッシュ君が決して逃げられないようにこの場を完成させるだけ。

「実は、先日、彼に想いを告げようとしたのですが、逆に告白されてしまいました」

どうして、今日この場が必要だったのか。アッシュ君にも、きちんとわかってもらわないとね。もう、逃がさないんだよ、って。

「彼は、私のことを好きだと言ってくれましたが、私の気持ちは聞いてくれませんでした。だから、今日こそ、彼には私の気持ちを聞いて欲しいのです」

アリシアちゃんが、深い頷きをくれる。

「マイカ様のご希望は、わかりました」

舞台が完全に整ったことに満足するような目が、壇上から真っ直ぐにアッシュ君へと放たれる。

「アッシュ・ジョルジュ・フェネクス。国王陛下の名代として命じます。こちらへ、壇上へ来なさい。そして、あなたをこれほど強く想う者の言葉を、最後まで聞き届けるのです」

アリシアちゃんの視線の先で、赤髪の男の子が立ち上がる。

見れば、いつもの笑みにちょっと困った気持ちが混じっている。アッシュ君は、目立つのが苦手だっていつも言っているから、本当ならこんなところに来たくはなかっただろう。

でも、アッシュ君はいつもあたしの試合を見ていてくれた。お料理も、あたしのためにと作ってくれていた。そして今も、割れた人垣の中、多くの視線にさらされながらここに、あたしのところへと来てくれる。

罠《わな》が仕掛けられていることを知っていただろうに、あたしの気持ちを汲《く》んで、今日のここまで付き合ってくれた。

「アッシュ・ジョルジュ・フェネクス、これに」

そして、とうとうあたしの隣までやって来て、アッシュ君はアリシアちゃんの前に跪《ひざまず》いた。

ありがとう。苦手な舞台への招待を、それでも受け入れてくれて。そのお礼には、ならないけれど……ここから先は、あたしの全力を約束するよ。

「マイカ様、フェネクス卿、ここから先はかしこまる必要はありません。これよりは、マイカ様への褒美となります」

アリシアちゃんは、そう告げて一足先に壇を降りる。振り向く寸前まで、アリシアちゃんは笑顔だ。そのことを、いつまでも忘れてはいけないと思った。

そうして、夕陽で燃える舞台の上には二人きり。

「よし、アッシュ君……立って」

立ち上がったアッシュ君が、真剣な顔であたしを見つめる。

正面から。

どう、アッシュ君。これならもう、逃げられないよね。もうあんな勝ち逃げはさせない。言うだけ言って、あなたのことをもっともっと好きにさせておいて、立ち去ってしまうなんてこと、絶対に許さない。

どうしてもそうしたいなら、あたしを倒してから行って。

多くの戦士達を打ち倒し、アリシアちゃんから贈られたこの大舞台、あたしも倒れるまで退くつもりはない。

——だから、聞いて。

「アッシュ君……前に、言ってくれたよね」

始まりの言葉は、生まれたての炎のように静かに灯《とも》る。

「あたしのことが好きだって。でも、あたしのこと、幸せにできないから、あたしの気持ちに応えられないって」

その炎が放つ光は、今まで臆病に仕舞いこんでいた、あたしの気持ちだ。

「それは、すごく嬉しかった。アッシュ君が、夢に熱中しているのは知っていたし、それ以外のことに興味ないこともよく知ってたから……」

ゆっくりと夜に沈んでいく故郷の生活の中、アッシュ君の笑顔は夜中に現れた太陽だった。太陽は、地上の全てを照らす。人も、獣も、鳥も、花も、なにもかもを照らして区別しない。太陽が持つ大きさは、そういうもの。

だから、そんな大きな太陽が、誰か一人を特別に照らすなんて、本当はありえない。いつからか、そう気づいていた。

「そんなアッシュ君が、あたしのことは、幸せについて考えてくれてたんだなってわかって、嬉しかったよ」

あの月下の温泉で、好きだと言われた時、あたしの胸がどれほど熱く、明るくなったかわかる？

凍える冬の夜に、朝焼けに抱かれたみたいな、幸せな気持ち。

嬉しい、すごく嬉しいよ。太陽がくれた、特別扱い。あたしだけが、太陽を独占した刹那。間違いなく、あたしは世界で一番の贅沢者。あの瞬間、あたしは死んでも良いと思った。

でも——あたしの好きは、そんなものじゃない。

「アッシュ君はすごい勘違いをしているんだよ！」

太陽が、なにを照らすかを区別しないのは、当たり前のことだ。無理にあたし一人を照らし続けて欲しいだなんて、思っていない。

「あたしは！　アッシュ君に幸せにしてもらおうなんて思ってないよ！」

太陽が特別扱いしてくれないなら、自分が特別になれば良いと、あたしは想いを育てて来た。

果てしなく大きくなって、誰より太陽の光を受ける、特別な花に。

もっと、もっと高く天に伸び、広く広く枝葉を伸ばし、絢爛《けんらん》で豪華な花を咲かせて、大きく、大きく！　天の頂き、何者にも触れられぬ孤高を駆け続ける太陽が、地上を見る時にどうやったってこの花を見ずにはいられないようにと、今日この日までひたすらに大きく！

わかる、アッシュ君？　わかってないでしょう。だから、教えてあげる。

あたしの言葉を——いつか、あなたからもらった灯火《ともしび》を継ぎ続けたこの言葉を——聞いて。

「あたしが！　アッシュ君を！　幸せにするんだよ！」

もはや、あたしの言葉は無数の想いに燃え広がり、どんなことをしたって消せない大火だ。なにも、誰も、あたしの言葉を消すことなんてできやしない。アッシュ君だって。

「アッシュ君は、自分のしたいことだけやってて良いんだよ。あたしはそのアッシュ君を助けてあげる。一緒に考えて欲しいなら、隣で筆を執るよ。一緒に戦って欲しいなら、隣で剣を握るよ。別な仕事を任せたいなら、張り切って走るよ。そこが地獄だろうと、相手が竜だろうと、あたしは一歩だって引き下がらない」

ああ、まだ、まだ足りない。もっと燃えろ。もっと言葉の火に想いの薪《まき》をくべるんだ。後先なんて考えるな。どうせこの想いが尽きることは、一生涯ないのだから。もっと燃やして、あたしの気持ちを世界に示せ。

「アッシュ君は、あたしのこと舐めすぎだよ！　アッシュ君が変なのなんてとっくにご存じだよ！」

おかしいのは知っている。あなたの一言で皆が驚くんだから、アッシュ君は絶対におかしい。そうか。だから、どうした。そんなおかしなあなただけなんだ。夜闇に脅《おび》えるあたしの手を引いて、ここまで強くしてくれたのは。

「でも好きなの！　そんなへんてこすぎるアッシュ君が好きなの！　へんてこじゃないアッシュ君が欲しいなんて一度も思ったことないよ！」

それで良いの。それが良いの。その大きすぎる輝きで、世界を照らし続けて、皆を驚かせて、笑わせて、今日も空の上を駆けていって良い。特別ななにかを気にして、立ち止まる必要なんてないんだよ。

強く育ったこの花《あたし》は、いつだって特等席を奪って、あなたの光を一番に楽しんでみせるから。あなたが北の山を目指すなら、北の山に根を張る。あなたが西の海を目指すなら、西の海に枝を伸ばす。

あなたがこの地上のどこを見ても、自分の光で綺麗な花が咲いていると笑えるように、あたしがあなたの正面で咲き誇ってみせるから！

だから――言い募る呼吸が乱れる。大会のどの試合でも、こんなに息は乱れなかった。

それも、当然か。命がけで挑んだ試合だったけれど、実際は余裕があった。でも、今は、正真正銘、命がけで言葉を叩きつけているんだから。

いつの間にか握りしめていた手を、ゆっくりと開く。震える指を苦労して開いて、あたしの太陽に差し出す。

「安心して、あたしを好きになって。あたしも、あなたが夢を想うのに負けないくらい、命がけで好きだから」

どうか、信じて欲しい。あなたを追いかけ続けた、あたしの強さを。

あなたがどれほど強い炎を放ったって、この花は燃え尽きはしない。ううん、燃えて灰になったとしても、その底から蘇ってみせる。絶対に、絶対に、あなたの優しさに甘えることはしない。

だから――それを証明するために、あなたのその灼熱《しゃくねつ》の夢を、この手に頂戴。

「あたしのことを、あたしの幸せから奪って良いよ。あたしも、あなたのことを、あなたの夢から奪うから」

アッシュ君の目を見つめる。正面から。

「ありがとう、マイカさん」

言葉と共に、手を握られる。

「では、あなたの幸せを、遠慮なくもらうね」

その手に、あたしの幸せを手渡す。

「うん。あたしも、アッシュ君の夢をもらうよ」

そして、その代わりに――あたしの手に、その太陽の意思が乗せられる。

ああ、熱いよ。すごく熱い。これがあれば、この火があれば――どんな夜も、どんな冬も、あたしには二度と、襲って来ないだろう。


【正面】


いつも、その横顔を見つめていた。

前を真っ直ぐに見つめるその横顔を、いつも、ずっと、見つめていた。

太陽みたいに笑う顔に憧れた。灯火のように暗闇を払う眼差しに心奪われた。冬の暖炉のような温かい声に安らいだ。

どの瞬間を切り取っても、好きだと言えてしまうその横顔を、ずっと、見つめていた。

その顔が、今、真正面からあたしを見つめている。あたしだけを、あたしが、見つめさせている。

逃げられないこの場に引きずり出して、あたしの気持ちを聞いてもらうためだけに。

なんて贅沢な時間だろう。命をかけるだけの価値はあった。

前しか向かないアッシュ君、一時も足を止めないこの男の子を、あたしの目の前だけに捕まえて

おけるなんて。

剣も、勉強も、人付き合いもお仕事も、全部がんばったかいがあったなぁ！

「あの、マイカさん？」

「なぁに、アッシュ君？」

呼びかけられただけで、にこにこしちゃう。あ、これはいつもか。

別に恋人に呼ばれたから嬉しい、っていうわけでもない。アッシュ君の中毒性のせいだ。

あれ、あたし達、もう婚約者だっけ？　んー、現段階で婚約決定までしてあるのかはわかんないや。手続きとかまだだから、恋人だって言う方が正確かもしれない。

その恋人が、珍しく恥ずかしそうに困っている。

「この後、どうしましょう？」

「とりあえず、婚約手続きをしよう。ばっちりしよう。すぐしよう」

「いえ、その前です、その前。今、この場をどうしたものかと」

アッシュ君が、顔を左右に振る。右を見ても、左を見ても、観客席からは拍手喝采だ。

試合に参加した騎士達も、これに負けたのなら仕方ないか、みたいな顔で笑っている。お爺様《じいさま》と叔父上は肩をど突きあいながら号泣しているし、アリシアちゃんはお淑《しと》やかに拍手をしてくれている。

「とっても祝福されているね！」

「祝福が多すぎて困ります。どうやって収めればいいんでしょう？　閉会宣言とかないんですかね」

司会進行の人も困ってるんじゃないかな。アリシアちゃんが国王名義で、この場をあたしの褒美の場にしちゃったから、動けないんだと思う。

あれだね、場の主導権が行方不明になっちゃってる。

「飛行模型を飛ばした時みたいだね」

「あの時もぐだぐだでした……。私、式典とかに向かないんだと思います」

「そんなことないよ」

本当に向かない人は、場を収める、とか考えないと思うもん。それに、アッシュ君ほど式典が必要な人間も、あんまりいないんじゃないかなぁ。

叔父上、本当はもっと勲章を渡したいって言ってたよ。アッシュ君が必要ないって言うから控え目にしてるだけで。

「でも、こういう人目を集めるのは、やっぱり苦手と言いますか……」

おどおどしているわけじゃないけど、アッシュ君が落ち着かない様子で、また左右を見渡す。

「う～ん、この場はマイカさんが国王陛下から賜った場なので、マイカさんがお終《しま》いを宣言しないといけないのでは？」

「うん、そうだと思う。アッシュ君にしては気づくのが遅かったね？」

本当にこういう場がダメなんだろうなぁ。それでも、あたしのために下りて来てくれたんだから、ふふ、嬉しい。

「……では、マイカさん、終わりにしましょう？　そうですね、アリシア殿下に、素晴らしい場を頂いてありがとうございました、とかそんな感じで良いのでは？」

妥当な提案だね。多分、司会の人もそれを待っているんだろう。わかる。わかっている。

でも――

「――やだ」

我ながら、会心の笑みだったと思う。アッシュ君が思わず真顔になるくらい。

「マイカさん？」

「だって、やだもん。アッシュ君を独り占めできるこの時間を、あたしの手で終わらせろって言うの？」

無理無理無理。絶対無理。観客一同帰ってもあたしは終わりだなんて言えないよ。断腸の思い？　これに比べたら腸の方がまだ斬りやすい。

「そこを、なんとか。なんとか終わらせて頂くことはできませんか？」

「え～？　終わらせるの～？　ん～、え～……そうだなぁ、アッシュ君の出方によるかな～？」

「なんでもしますよ？」

「ん？　今、なんでもするって言ったよね？」

はい、確認しましたー！　アッシュ君への絶対命令権、値千金なんてものじゃないね！　幼馴《おさな》染《じみ》のあたしをもってしても、十年に一度あるかないかの超絶レア、お宝だよ！

口が滑った、と思っているのだろう。アッシュ君が、表情に迷って唇をむぐむぐと歪める。

まさか今のなし、なんて言わないよね？　あたしがにっこり笑って釘《くぎ》を刺すと、流石にアッシュ君は潔かった。いつだって言葉を大事にする人だから、口にしたことはちゃんと守ってくれる。

「お手柔らかにお願いします」

「ふふ、それじゃあね？」

せっかく恋人になれたんだもん。数時間後には婚約者になる予定だよ。だから、どうしても欲しいものがある。

「名前で呼んで」

「……マイカさん」

ああ、そうだけど、そうじゃない。

もっと、もっと特別が欲しいの。あなたからの、あたしだけを、もっと欲しい。

恋する笑みは獰猛《どうもう》で、さらなる愛情に渇いている。

あたしの笑みは、欲深いだろうか。重すぎるだろうか。

アッシュ君の表情が、わずかに驚いた気がする。

わからないが、知ったことではない。

これがあたしの、あなたに恋する生き方だ。

「名前で呼んで――アッシュ」

瞬間、頰が赤くなったのが、自分でもわかった。

大切に想う人を、呼び捨てにする。

なんてぎこちない呼びかけだったことだろう。今まで、幾万幾億と呼んで来たその名が、まるで初めて口にするかのように、真《ま》っ新《さら》で、鮮烈で、特別に響くなんて。

アッシュは、わかってくれたらしい。幼馴染から特別な呼び方をされて驚いた顔が、ふっと綻ぶ。

「可愛い……こと、言うね――マイカ」

それは、いつものアッシュ君じゃなかった。初めて見るアッシュだった。

だって、顔が赤いし、言葉が途中でつっかえた。笑っているけど余裕がない顔だし……それになにより、あたしの名前を呼ぶ声が、かすれて聞こえた。

呼びづらい？　呼びづらいよね。アッシュが他人を呼び捨てにするなんて、普通は絶対ないもの！　きっと他の誰にも許していない、特別をもらってしまった。

「いいの？　自分で言うのもなんだけど、なんでもする、なんて迂闊《うかつ》な発言、私ほとんどしないと思うよ？」

「いいの！　これでいいし、これがいいの！」

アッシュの特別が一番良いんだから！

「そこまで言われると、少し照れるよ、マイカ」

少し？　ふうん、少しなんだ。あたしには、アッシュの顔が真っ赤に見えるんだけどな？

にこにこしながらアッシュを見つめたら、その顔がふいっと横にそらされる。

「さて、それで、マイカ。お願いを聞いたんだから、この場をどうにかして欲しいな」

その横顔を、両手で捕まえて、正面に固定する。

「動かないで。周りのことなんか見ないで、あたしだけ見て――今だけで良いから、あたしだけ」

言ってしまってから、顔が熱くなる。

なんてわがまま。流石にやりすぎかもしれない。そ、そうだよね、名前を呼んでもらう約束で、なんとかするって話にしてたもんね。

でもでも、アッシュの出方による、とは言ったけど、絶対叶えてあげるとは言ってないわけだしぃ、ホワイト寄りのグレーでしょ？

「マイカ、そんなこと言って良いの？」

「ふぇ？」

あ、予感がする。これ、あたしが負ける時のやつだ。

「そんなずるくて可愛いこと言うマイカは、大事にしまっておかないとね」

手が伸びて来る。アッシュの手だ。大会で無数の――ってほどじゃないかもだけど――太刀筋をかわして来たあたしだけど、これだけはかわせない。防御不能、回避無用、どんと来いのやつ。しかも、大歓迎の裏でちょっぴり緊張するあたしは動けなくなっちゃう。

そんな手が、あたしの背と、膝の裏にするりと回された。

あ、これ――まさか、もしかして、ひょっとしちゃったりして!?　なにをされるかと予想がついて、一瞬でパニックになった。

お姫様抱っこだ！　そう思った時には、お姫様抱っこされていた。

「マイカが終了宣言しないなら、マイカを会場からさらっちゃおうね」

「あわ、あわわ……っ」
ア、アッシュが、こんな強引な手で来るなんて、このマイカをしても予想外！
無理ぃ、これは勝てないよぉ！

こんな強引に、でも優しく抱っこなんかされたら、あたしはもう真っ赤な顔でアッシュを見上げることしかできない。

アッシュも笑って見返してくれるから、もう抵抗する術《すべ》がない。

鍋の中の川魚。アッシュの腕の中の――マイカ……！

アッシュが歩き出すと、司会が優勝者の退場をお見送りください、とすかさず声を上げる。送り出す拍手が湧き起こった。

そ、そうだよねぇ！　この流れだと退場が認められちゃうよねぇ！　流石だよね、アッシュは！

閉会式の主導権をあっさりと握ってしまった！

「とりあえず、このままサキュラのお屋敷に帰ろうね。そしたら――」

「そ、そしたら……？」

やばい。アッシュの言葉からひしひしと感じる、恐いくらいの幸せの予感。

「お願い通り、マイカだけ見つめてあげる」

あたし、幸せで死んじゃうかもしれない……。

「お願いしますぅ」

ある編纂者のあとがき

本書をお手にとって頂き、誠にありがとうございます。

今回も、多くの方々のお力添えによって本書をお届けすることができましたこと、五度目となりますが、改めて感謝申し上げます。


さて、今回の取材は旧スクナ子爵領へとやって参りました。現在の地名は変わっていますが、スクナ温泉郷というブランドを掲げ、伝統ある温泉地として人気の観光名所です。

この地には、領都イツツと並んで貴重なアッシュの資料――いえ、ここではフェネクス卿《きょう》と呼ぶべきでしょう――かの人物の資料が保管されているのです。

当時、王国一の情報機関として知られたこの地では、情報収集の際に人物の外見を正確に伝える手段として絵画が奨励されていました。そうです、現在一般に想像されるフェネクス卿伝説にまつわる方々の容姿は、このスクナ家の諜報《ちようほう》活動によって磨かれた技術によって描かれたものなのです。

それらの貴重な資料は今、スクナ温泉郷の最高峰の旅館に、名物として保管されています。かつては王侯貴族をもてなし、フェネクス卿を始め領地改革推進室一同の定宿となった場所。今でも、ここはスクナ家の末裔《まつえい》の方が運営する旅館です。

早速、女将《おかみ》さんにご案内を頂いて、貴重な資料を拝見させて頂きました。いや、テレビでも見たことありますが、美術館じみた設備まであるとは、流石《さすが》は（元）王侯貴族御用達《ごようたし》の旅館ですね……。

人相確認用と思われる正面や横顔の絵や、身長を確認するための絵（体のどこに傷跡があるのかわかるものまで！）など小物も豊富ですが、やはり注目してしまうのは、正式な絵画として描かれた一枚の絵でしょう。

明るい陽光の下、寄り添って歩く男女の絵。まだ若い二人だと言うのに、長年連れ添った間柄のようにも見えるのは、それだけこの二人が互いの呼吸をわかっているのでしょう。それこそ、描き手がその嚙《か》み合った呼吸を表現できてしまうほどに。

仲睦《なかむつ》まじく絡まった腕は、もう絶対に離れないと言っているかのよう。どこか似ている二人の笑顔はお日様のように明るく、今にもその笑い声と、周囲の祝福やからかいが聞こえて来るようではありませんか。

誰がどう見ても、想《おも》いの通じ合った男女として描かれているアッシュとマイカです。寒村で巡り会った幼馴染《おさななじみ》同士が、幸せそうに寄り添っている。当たり前のようでいて、二人の立場を知って見る者には驚くほど、私人としての喜びに満ちた姿です。多くの困難があっただろうに、そんなものは些細《ささい》なことだと感じさせる。流石は「王国中の全恋人の憧れ」と評された二人ですね。

タイトルは、比翼連理。飛ぶためにお互いを必要とする鳥に、立ち続けるためにお互いを必要とする樹《き》。まさしく、この二人の関係を見事に表現した一枚と言えるでしょう。

私も遠い未来から、お熱いお二人に祝福を送りたいと思います。

——紙上紙幅の幸せに祝福を送りながら

フシノカミ 5
～辺境から始める文明再生記～

発行　2021年7月25日　初版第一刷発行

著者　**雨川水海**
イラスト　**大熊まい**
発行者　永田勝治
発行所　**株式会社オーバーラップ**
〒141-0031
東京都品川区西五反田8-1-5
校正・DTP　株式会社鷗来堂
印刷・製本　大日本印刷株式会社

©2021 Mizuumi Amakawa
Printed in Japan
ISBN 978-4-86554-959-1 C0093

※本書の内容を無断で複製・複写・放送・データ配信などをすることは、固くお断り致します。
※乱丁本・落丁本はお取り替え致します。左記カスタマーサポートセンターまでご連絡ください。
※定価はカバーに表示してあります。

【オーバーラップ　カスタマーサポート】
電話　03-6219-0850
受付時間　10時～18時（土日祝日をのぞく）

作品のご感想、ファンレターをお待ちしています

あて先：〒141-0031　東京都品川区西五反田8-1-5 五反田光和ビル4階　オーバーラップ編集部
「雨川水海」先生係／「大熊まい」先生係

スマホ、PCからWEBアンケートにご協力ください

アンケートにご協力いただいた方には、下記スペシャルコンテンツをプレゼントします。
★本書イラストの「無料壁紙」　★毎月10名様に抽選で「図書カード（1000円分）」

公式HPもしくは左記の二次元バーコードまたはURLよりアクセスしてください。
▶ **https://over-lap.co.jp/865549591**
※スマートフォンとPCからのアクセスにのみ対応しております。
※サイトへのアクセスや登録時に発生する通信費等はご負担ください。

オーバーラップノベルス公式HP ▶ **https://over-lap.co.jp/lnv/**

絶望と最強の兆しを手に
少年は超大作エロゲの世界を生きる――!!
エロゲ転生
運命に抗う金豚貴族の奮闘記1
著 名無しの権兵衛 イラスト 星夕
8月25日発売!
オーバーラップ文庫